望郎歌

龚爱民——著

上海文艺出版社
Shanghai Literature & Art Publishing House

图书在版编目（ＣＩＰ）数据

望郎歌 / 龚爱民著. -- 上海：上海文艺出版社，2023

ISBN 978-7-5321-8639-6

Ⅰ.①望… Ⅱ.①龚… Ⅲ.①长篇小说－中国－当代

Ⅳ.①I247.5

中国国家版本馆CIP数据核字(2023)第071731号

发 行 人：毕 胜
策 划 人：杨 婷
责任编辑：李 平 程方洁 汤思怡
封面设计：悟阅文化
图文制作：悟阅文化

书 名：望郎歌
作 者：龚爱民
出 版：上海世纪出版集团 上海文艺出版社
地 址：上海市闵行区号景路 159 弄 A 座 2 楼
发 行：上海文艺出版社发行中心发行
 上海市闵行区号景路 159 弄 A 座 2 楼 206 室 201101 www.ewen.co
印 刷：成都市兴雅致印务有限责任公司
开 本：880×1230 1/32
印 张：8.75
字 数：205 千
印 次：2023 年 6 月第 1 版 2023 年 6 月第 1 次印刷
Ｉ Ｓ Ｂ Ｎ：978-7-5321-8639-6
定 价：75.00 元

告读者：如发现本书有质量问题请与印刷厂质量科联系 T：028-83181689

推动摇篮的手，就是推动地球的手。

——拿破仑（法国）

目录

一 ………………………………………………………… / 001

二 ………………………………………………………… / 003

三 ………………………………………………………… / 010

四 ………………………………………………………… / 013

五 ………………………………………………………… / 017

六 ………………………………………………………… / 019

七 ………………………………………………………… / 024

八 ………………………………………………………… / 027

九 ………………………………………………………… / 036

十 ………………………………………………………… / 042

十一 ……………………………………………………… / 047

十二 ……………………………………………………… / 051

十三 ……………………………………………………… / 053

十四 ……………………………………………………… / 055

十五 ……………………………………… / 062

十六 ……………………………………… / 068

十七 ……………………………………… / 072

十八 ……………………………………… / 080

十九 ……………………………………… / 085

二十 ……………………………………… / 092

二十一 ……………………………………… / 094

二十二 ……………………………………… / 096

二十三 ……………………………………… / 097

二十四 ……………………………………… / 103

二十五 ……………………………………… / 112

二十六 ……………………………………… / 115

二十七 ……………………………………… / 115

二十八 ……………………………………… / 120

二十九 ……………………………………… / 124

三十 ……………………………………… / 128

三十一 ……………………………………… / 131

三十二 ……………………………………… / 134

三十三 …………………………………… / 137

三十四 …………………………………… / 139

三十五 …………………………………… / 140

三十六 …………………………………… / 142

三十七 …………………………………… / 147

三十八 …………………………………… / 148

三十九 …………………………………… / 152

四十 ……………………………………… / 152

四十一 …………………………………… / 155

四十二 …………………………………… / 164

四十三 …………………………………… / 167

四十四 …………………………………… / 169

四十五 …………………………………… / 171

四十六 …………………………………… / 179

四十七 …………………………………… / 180

四十八 …………………………………… / 188

四十九 …………………………………… / 189

五十 ……………………………………… / 191

五十一 ································· / 195

五十二 ································· / 199

五十三 ································· / 201

五十四 ································· / 202

五十五 ································· / 205

五十六 ································· / 210

五十七 ································· / 213

五十八 ································· / 217

五十九 ································· / 220

六十 ···································· / 223

六十一 ································· / 229

六十二 ································· / 232

六十三 ································· / 236

六十四 ································· / 241

六十五 ································· / 252

六十六 ································· / 253

六十七 ································· / 259

六十八 ································· / 264

六十九 ································· / 269

一

后来，向云林屋老太王腊月无数次地想，向云林不是洪家关村的人就好了，要不，向云林不是洪家关乡的农会主席，也就好了。

在桑植这块，管女人、老婆、堂客都叫老太。他屋老太，我屋老太，你屋老太，或某某屋老太，某某某屋老太……就这么叫。

贺龙带着两万人队伍大出走的那年，洪家关村以向云林为首，走了十三条有了家室的汉子。那些年，向云林三番五次帮红军扩红，哪想到这最后一次，他把自己也扩了进去。

向云林屋老太王腊月就劝他说，你能不能不走呀？

向云林说，前些年扩红，扩的都是后生尕，现如今都是些小孩子了，十四五岁，哪有后生尕？再说，这次走的都是有家室的，俺是乡农会主席，还得带个好头。

王腊月说，好歹，你跟文常哥是姑妈老表，又是发小，你要不好跟他讲，赶明儿俺去找他。

王腊月说的文常哥就是贺龙。文常是他爹妈给的名字，贺龙是他革命后自己取的名字。他是土生土长的洪家关村人，所以都叫他文常，不叫贺龙。文常哥、文常叔、文常老表……就这么叫。

向云林说，俺见到了文常哥了，他对俺讲，云林，你会使中草药治病，部队很需要你，这次别人谁不走都行，就你不行！

向云林走的头天晚上，天煞黑时，向云林还没回家，王腊月抱着三岁的立夏，哼唱着催他入眠：

> 马桑爷，马桑娘，
> 你长高，我长长，
> ……

谁发明的谁又流传下来的歌谣，没人知道。就像山野的风，打哪来，到哪去，谁能说清？

要说马桑树是个啥呢，其实就是个年岁中的盼头。

那是一种矮趴趴的灌木树，枝繁叶茂，却仿佛长不高的小老头。桑植的山野，一丛一簇，贱生贱长。冬天，叶落尽，春来，便脱胎换骨，万枝吐翠，极是爽眼。可桑植人相信马桑树是神树，传说在有月亮的夜晚，能不断往上长，一直长到天上去，每年七夕，牛郎就是爬马桑树才得去天上与织女相会的。于是人们总是拿它祈求神灵护佑，避祸消灾，福寿常在。

天黑好久了，向云林才回来。

王腊月说，饭给你留着，你快去吃。

向云林进内屋看看睡了的立夏，出来，听听隔壁，问俺，爹睡了？

王腊月说，爹睡了。

向云林说，我在乡里吃过了。

想到男人明早上就要走，王腊月心里难受，泪水泉一样涌出，两肩头不由得青蛙那样抽起来。

男人拢着她的肩，哄她。他推她到内屋，坐到床头。

王腊月劝他好几天，怎么也劝不住。这会儿到了床上，她改劝为咬了，男人傻乎乎地说你想咬就咬，使劲咬。直咬得云林肩头血肉模糊，惨叫一声，把睡得小猪似的立夏给惊醒了。

想那会儿年轻，王腊月就真是个王腊月。王腊月白白胖胖，高长结实，身上高低凸凹，有山有水，云雾蒸腾，风光好着哩。谁想他这一走，她就守活寡，守了大半辈子。

等男人呼呼睡去，她却翻过来倒过去，怎么也睡不着。

就翻身爬起，穿好衣裳，出门朝何文池屋走去。

王腊月去找何文池屋老太葵梗要一把马桑树火灰。

二

王腊月走进何文池屋的时候，堂屋里正亮着四根蜡烛，何文池屋老太葵梗正盘腿坐在草垫上，窗户开着。葵梗没睡，她晓得王腊月要来找俺，她在等她。

那天晚上，洪家关村的十三位要出征的汉子的老太，全都来找过葵梗。第二天早上，十三位汉子全都怀揣一把马桑树火灰上路。马桑树火灰是个意象，代表他们的肉身与故土山林紧密相连，即使走到天边，也断不了回家的路。

那为啥都找葵梗要马桑树火灰呢？因为葵梗是始傈妮呀！

在桑植乃至湘西一带，人们把巫师叫作梯玛，而把女梯玛叫作始傈妮。据说，先前的梯玛都是由女人担任，传女不传男。

王腊月走进屋，一缕不知从哪儿冒出来的雾气也跟着钻进来，弥漫在灯影晃动的屋里。王腊月说葵梗姐，还没睡哩……

葵梗说，你屋向云林真要走了？

王腊月说死活要走，拦不住。咦，文池哥哪去了？

葵梗说，这些天忙。这会儿指不定在刘家坪开会。文常哥的队伍全赶到那儿了，讲是明天开拔。

王腊月说那文池哥走吗？

葵梗说不走。想走也走不脱。

何文池是桑鹤游击大队的大队长。还是一个礼拜前，贺龙把何文池召去，同去的还有桑植县苏维埃主席程少卿。贺龙说，主力部队这次去得远，也不知哪天才得回来。桑植是红军的根基，主力部队走了，还得有人留守，你们两个都得留下来。贺龙说，你们两个要搞好配合啊，主要任务就是保护好红军家属和红军伤病员。具体分工呢，程少卿负责肃敌和打游击，活动范围是在凉水口、陈家河、沙塔坪、县城一带。何文池呢，是要全心护卫好要护卫的人，活动范围是桑植、鹤峰两县交界的芭茅溪、五道水、四门岩几个乡镇。何文池和程少卿两个满口应承。

葵梗说，文池跟随文常哥多年，是参加过北伐和南昌举义的老兵，是人家的心腹嘛，叫留下来，就得留下来。话又说回来，你是人家的心腹，紧要关头，你就得替人家分担呀，你说是不是。

王腊月问，姚萍在家吗？

葵梗说，这会儿带着守柱回嘎公（桑植方言，指外公，外祖父）家了。

王腊月说，守柱与你亲，怎么就肯走啦？

葵梗说，这臭小子，哄了半天，姚萍才带走他。

何文池有葵梗和姚萍两个老太；守柱四岁，守柱是姚萍生的。不过守柱与葵梗，比他亲娘还亲。守柱夜夜都与葵梗睡……这事说来话长。

葵梗十三岁时，随她爹流落到这儿，不巧她爹得病，死了。她就自个做主，头上插根草标，要卖身葬父。何家帮她葬了爹，让她做他家媳妇儿。那时何文池才六岁。她是人家的老太，却又像姐，像娘。文池那时就跟她睡。小男人长成人了。可她却有个女人到死都闭不上眼的败病，不生养，男人二十出头时，她也快三十了，肚子还不见动静。后来，文池跟文常哥当兵去了，家里只剩下她和公公婆婆。两个老人又都是五十出头，前后不到一年就接连着过世的。何家几代单传，两个老人走时都跟她交代：等文池回来了，把他留住，生个儿。

南昌举义那年，举义部队后来在潮汕给打散了，何文池一个人往老家赶，回到家，带回个女子，就是姚萍。

何文池跟老太葵梗讲，他路过湖北鹤峰县城时，地方团防见他形迹可疑，要带他走，他打倒几个，夺路奔逃，得幸姚萍关键时刻藏下他，他才躲过一劫。姚萍就是鹤峰的人，她爹在县城开一家南杂铺，送她上过一年半桃源女子师专。她遇见文池的时候，正病退在家休学，见文池英武气十足，有本事，他们相处几天后，姚萍喜欢上了他，就想跟他来到洪家关。之后姚萍在洪家关办学堂，当过好多年女先生。

葵梗把事情想开，自个不能生养，公公婆婆走时又把何家传宗接代的事托付给她，现今男人回家了，带回个姚萍，不正是天意要文池娶二老太么？于是葵梗像文池的娘一样，张罗着让男人再成一次亲。

后来，村里流传着一些话，说何文池有时跟姚萍睡，有时跟葵梗睡。但多数时候还是在葵梗床上。说文池跟葵梗讲，跟姚萍睡不着，她爱瞎闹，跟你才睡得着，你像俺娘。葵梗就笑话他，你现在有老太了，老太又能给你生娃，你还要老娘不？
说文池就故意板了脸讲，娘只一个，媳妇可以换，俺怎么光
要媳妇不要娘了呢？这当然是笑话，半是掰弄半是夸赞。掰弄
是这块的方言，就是调侃，调笑。夸赞呢，是讲他们三个在一
起，好得如同糍粑粘上了米糖，扯不开了。葵梗听到这些话
时，又好笑又好气：俺明明是人家老太，偏把俺掰弄成人家的
老娘。可话说回来，葵梗不管是待文池，还是待姚萍，有十成
热心绝不掖下半份的。也确实，在这个家里，葵梗就像他两个
的老娘。文池自己也感觉到这点，他后来死的时候，就实实在
在叫了葵梗一声娘的。

姚萍生下娃后，由葵梗做主，取名守柱。问，守住个啥
呢？葵梗就讲，守住家呀，守住老太和儿女呀，守住做人的德
行呀。别像他爹，像个麻婆丁（蜻蜓）似的，飞来飞去，不着
家，在外面瞎闹腾……

过年了，一家四口，去给公公婆婆上喜坟。葵梗抱着褓褓
中的守柱，走在前头。到了坟上，葵梗吩咐文池、姚萍两个砍
掉坟包上的柴茅，再挖些新土，把坟盖圆。葵梗一手抱娃，一
手把篮子里装着的糍粑、炒米、橘果……一一摆到坟前。

一小挂鞭炮，喜气洋洋地炸开了。

葵梗流着泪，喜着脸说，公、婆，俺何家有后，您二老有
孙子啦。孙子叫守柱。您二老听好了，有俺葵梗在，守柱就饿
不着、冷不着；有俺在，尽他两个本事生，俺给养……今天是
喜日，俺不哭，俺不哭——

说着说着，葵梗的泪水流得更欢了。

三大间板壁屋，他两个住东头，葵梗带着守柱住西头，俨
俨然一夫两房。

守柱每晚都跟葵梗睡。

慢慢地，守柱满地爬了，跟跄学步了，认得爹和娘了，晓得亲疏了。

有天夜里，守柱床上跟葵梗讲，娘，二娘讲，俺不是你生的，是她生的。你讲气人不气人。俺往后都不想理她了，哼……

葵梗吓一跳。想，俺这不是抢了人家姚萍的心头肉？心里好一阵难过。

葵梗想想，就跟守柱正经讲，你真是二娘生的，不是俺生的。你叫俺娘，那是俺不会生，你二娘会生，你二娘怜惜俺，怕俺老了孤寂，没人养老，才让你叫俺娘的。你二娘是好人。

守柱讲，娘，你是不想要俺了吗？

守柱一抽一抽，哭起来。

哄了好久，哄不住。越哄，哭得越凶。

葵梗跟守柱讲，二娘是你亲娘。守柱，你记住了吗？

守柱讲记住了。

就这，近邻远乡又传开了。都讲，何文池屋大老太那心肠，好得跟菩萨似的。

想不到的是，就因这事，促成葵梗做了始俫妮。一个不知住在哪个廊场的始俫妮听说了她，装作得伤寒打摆子到她屋门口叫花。葵梗是叫花子出身，平时见叫花子来了，都会给些打发，这回，葵梗却是把那叫花子婆留住三天。就那三天，人家把一身本事传给了葵梗，等人家走了，葵梗才知晓人家是始俫妮。就是葵梗的师父。

葵梗师父前脚刚走，赶巧刘大兴娘中邪突然得了疯病。

刘大兴是个红军。刘家在枫坪村，离洪家关村不远，过花妍溪，抽一袋烟的路。

大兴娘傍晚赶鸡上笼，猛然瞅见一只黄鼠狼屋墙头一闪，又不见了。大兴娘想也没想，顺手拾了块柴，投过去，过去一看，那柴块子正打在黄鼠狼脑壳上，抽搐着死了。大兴爹见了说，你一个鸡蒙眼，这会儿还数不清屋廊上几只鸡，怎么眼就这么尖，看得见墙角的黄鼠狼呢？还一甩手打死了，拐哒（桑植方言，糟糕，要坏事了的意思）拐哒，怕是有背时事上门哒。

大兴娘夜饭没吃就疯了，脱了衣服，光着身子往外跑，讲胡话。这时，葵梗去他家借东西，刚走到屋院，大兴娘哆嗦着说黄大仙黄大仙，她把黄鼠狼喊作黄大仙：你别咬俺，俺不跟你去，俺不跟你去。

葵梗见大兴爹拖住大兴娘，把她摁在一把靠背椅子上。葵梗径直走到屋墙头，拾起打死黄鼠狼的那柴块，朝上面呸呸吐了两口唾沫，然后在院坪里堆起柴火，将那柴块投里面烧了。也是怪事，待那柴块燃尽成灰，大兴娘不哆嗦了，脑子灵醒过来，责问大兴爹说，搞什么？你把俺衣脱了搞什么？

葵梗上前，哄小孩似的，拍拍大兴娘胸口，再拍拍大兴娘的背，大兴娘安静下来，再也不闹了。葵梗吩咐大兴爹扶大兴娘床上歇着去，葵梗借了东西就回去了。

一夜过去，大兴娘啥事没出似的，和平时没啥两样，该搞啥还是搞啥去。不过，问大兴娘光身子乱跑发疯的事，却是一点也不记得了。

从这以后，谁家有人病病歪歪，久治不愈，或快倒气了，再就是有人撞鬼中了邪，昏迷不醒，郎中那儿没招了，就都来找葵梗。葵梗事先画两道纸符，一道贴门楣上，一道叫人家拿到村中央老枫树下，用石块压着。随后葵梗就举着鼓槌，摇着铜铃，浑身哆嗦地跳上一阵，又念一会儿咒语。等葵梗的法事搞完，病人或撞鬼中邪的人第二天就好了。

也有极个别不好的，该吐血不止的吐血不止，该死的还是要死。人也不怪葵梗，叹一声说，是命。

这块的人信神，也信命。

王腊月说，红军走了，清乡团要来，流氓土匪要来，文池哥是要把俺这些人都转移出去？

葵梗说，这不都要转移出去！

葵梗又说，你要做好你公爹的工作，到时喊走就走，别拖后腿。清乡团那些人来了，可不管你是啥人，都不放过，要吃枪子，要砍脑壳的……

王腊月说，老人家家的，死脑筋，舍不得本乡本土。俺的话，他难听进去。葵梗姐，你有空时，去跟他说说。

葵梗答应了。

到这时，王腊月才向葵梗要马桑树火灰。葵梗说，你等会儿，俺这就给你拿。

葵梗拿起旁边桌上的笔，点了墨，在一张黄纸上画了字不像字圈不像圈的两道，又坐上草垫，闭着眼，念了会儿咒语。然后拿出那纸符，叫王腊月往上面吐两口唾沫，把那纸符点上火，放碗里，烧成灰。地上有个火盆，里面装着半盆早预备好的马桑树火灰，葵梗用手指撮起一点，放碗里，与纸符灰一起拌匀，再用一小块布包好，交给王腊月。

葵梗交代王腊月说，把这小布包缝进男人的衣襟角里，离家后，那衣服要穿七七四十九天。你给云林交代好，切记！

三

第二天吃过早饭，洪家关村的十三位老太，还有与十三位汉子有血亲关系的人都去送行。沿着杨柳溪走了好远的路，爬到一座山包上。从这个山包拐向东，再翻三道山岭，走三十多里，就是刘家坪了。

刘家坪的十几个村庄，集结了红二、六军团的各师团，明天早上，只等着贺龙的一声令下，嘹亮的军号声就会吹响，部队就开拔了。

在那座山包上，十三位汉子站住了，一起回过头去。在这离乡别土时刻，他们要好好看看，生他们养他们长大的这块土地。

从西北方和东北方的深山里流出来两条溪：花妍溪，杨柳溪。两溪交汇后叫玉泉河，三水刚好形成一个完整的"丫"字。玉泉河流过一个大约十公里长的撮箕形的小平原后，注入浩浩荡荡远去的澧水河。这个山环水绕的小平原就是洪家关乡，而那"丫"字头岔开的两笔捧着的中间那块便是洪家关村。洪家关村北靠鹰嘴山，坐落在一片坡山之上。

若是站在西南的高处，向"丫"字头右角纵深处打望去，就能看到并排卧着五条龙样的大山，龙嘴是一律朝着洪家关村方向。这可有讲说啦，因为有个从洪家关村走出去的贺龙贺文常，这块就有地理先生说，洪家关村是"五龙捧圣"之地，定应地灵人杰。不过，那地理先生也不尽是见风就说雨，遇日出一定会说晴空万里的，他们的见识足可以上升到哲人的高度。看那贺龙的祖屋，正好坐落在花妍溪、杨柳溪、玉泉河三水相交接的那廊场，这似是形胜中的形胜，地理先生却说，这叫铧尖洗水，最终会落了个人去楼空啊。铧尖，就是驶牛耕田的铧头，不，铧尖应该是铧头的尖角。人扶犁，牛拉犁，那雪亮的铧尖钻入地皮，就剖开两道泥块，花一样向两边连绵开放，形成长长的两道泥带。那是乡村春天里最动人的一景。你说地理先生说得没道理吗？想当年，贺龙的爹、弟、几位姐和妹等全家七口，先后都跟着他牺牲。贺龙带队伍走后，他家老屋就让国民党还乡团一把火烧了，贺龙从此就再没回来过。后来贺龙是有过回来的心思的。1959年，他那日理万机的脚步都走到湘江边上了，这边也知会了州里、县里的大小官儿，他要回来看看，桑植的平民百姓，全都指望着他回来呢，可那次他到底还是没回来。本来嘛，新中国成立后桑植县政府依原样重起了他家老屋，可在后来又遭到平毁，充作稻田。人们终于搞清地理先生那话里的玄机。这是后话。

也就在昨天下午，贺龙抽空回了趟洪家关。回洪家关前，贺龙在刘家坪开了个红二、六军团师以上干部会议：为粉碎30万敌军以堡垒为依托的步步逼近，根据走过二万五千里长征已顺利到达陕北的中央军委的指示，部队实施战略大转移。贺龙知道，他们这次去得远，去得久，也不知哪年才得回家，所以他那次回洪家关，是想看看乡亲们，也与家乡做一次正式的道别。

刘家坪隔洪家关两地四十多里，贺龙带着几个警卫员一会儿就到了。他们鼓点般的马蹄声敲碎了洪家关那个傍晚的夕阳。

玉泉河边，贺龙跳下马，心情沉重地望着这块生养自己的土地。他的目光绕镇街的层层屋脊走一圈，落到自家那三间木板瓦屋和一侧的牲口棚。

知道红军要走了，很多人赶来看望贺龙。乡亲们从附近的村寨赶来，他们倚重他，他们说：

文常侄，我的儿子交给你了……

文常哥，我男人跟你走了，我和孩子们等着他，你们快些打回来……

贺龙明白，因为他们的男人、儿子，自己与他们紧密相连啊。

贺龙巴心巴肉地说，放心吧！不管走到哪里，你们的亲人我都会照顾好，我们也会打回来的……

贺龙到村子里转一圈，看望了几位他走到哪儿都放心不下的人。

贺龙回到村街上，乡亲们又围拢到贺龙身边，一声声叮嘱着，出去了，一定得早点打回来。

贺龙含着泪说，红军走了，白军来了，苏区人民，尤其是洪家关人又要吃苦了，乡亲们请多保重，不管我贺文常走到哪里，一定会带着部队打回来的！

贺龙跨上战马，大伙要保重啊！

随后，贺龙紧紧勒住马的缰绳，向乡亲们看一眼，调转马头，走了。连他自己都没想到，这一去就是几万里，就是几十年，而他那当年令敌人闻风丧胆、后来又日理万机的脚步再也没有踏上家乡的土地。

十三位汉子还没看够，十三位老太就齐刷刷跪下。王腊月不甘跪在后面，就着膝盖蹬蹬走到前头去。彭兴汉打着面写有"洪家关村十三勇"的红旗，站在队伍前头。彭兴汉屋老太张菊妹跪在他身后，她拍着她的大肚子说，彭兴汉，俺和娃在家等着你！

彭兴汉平常爱唱戏词儿。回答她的，是彭兴汉现编了几句词儿，押上桑植阳戏《杨家将》的韵腔唱出来：

> 俺今日扛旗走前头，
> 待明日破阵争头功；
> 老太你绣好花枕扫庭除，
> 待他日你爷们把家还。
> ……

汉子们走好远了，亲人们还站那儿，看着那面红旗在坡岭上越走越远。

四

刘大兴屋老太柳叶子背上背着一岁的早芹，手里牵着三岁的陈学文去刘家坪。

十三勇与老太们分手后，赶上了柳叶子娘儿三个。

向云林说，大兴屋老太，你看十三老太送我们一程都回去了，你也回去吧。你有啥话，就让我们传给大兴吧。

柳叶子说，俺没啥话要给大兴说，俺是要让早芹去见见她爹，让学文见见他的爹。见了，也好让他们走得放心。

　　见柳叶子她娘儿三个执意要去刘家坪，向云林就替她背着早芹，辣子的男人黄长坡背着陈学文。他们步子迈得快，柳叶子一路小跑，才跟上。

　　陈学文是红军营长陈荣丰的儿子。早芹的爹刘大兴给陈营长当警卫员。一年多前，学文的娘还在红军卫生连当班长，学文跟着他娘。不想，他娘在一次敌人偷袭卫生连的战斗中牺牲，陈营长就把他接到身边来自己带。可陈营长在一线战斗部队，枪林中去，火线上回，实在不方便，他带学文只一个礼拜，就让警卫员刘大兴把学文送到家里代养。当时刘大兴参军才只半年，他是在和他的童养媳柳叶子圆房后参的军。而当刘大兴把两岁的陈学文送回家时，他老太的肚子大了快生了，好在刘大兴屋父母都在，他们乐意帮陈营长照顾儿子，于是陈学文就留在了刘大兴家。不巧的是，陈营长一直忙于打仗，没时间来看儿子，直到今天红军主力部队要从刘家坪开拔了，他都没抽出空闲来看看儿子。

　　晌午时，他们到了刘家坪。柳叶子看到好些女人，老太，姑娘，还有大娘们，都是来送人的。就是没见着陈营长和刘大兴。

　　向云林给柳叶子说，俺们都帮你找，包管你和两个孩娃见着他们的爹。

　　十三勇报到编队后，正好组成一个班，向云林任班长。那天晚上，柳叶子娘儿三个就与他们在一块儿。他们都没睡，要睡也没廊场，要有廊场也睡不着。那两万人的队伍，都分散驻扎在二十几里长的十几个村寨里，从这个村寨到那个村寨，走哪儿都是人，说不定很多人都没处睡。要睡，也是随便找个干净廊场迷糊会儿，养养精神。

　　到处都有人在说话，嗡嗡嗡成一片沉沉的能排山倒海的声流，就像春天里暴风雨来临之前的连续不断隆隆作响的闷雷。十三勇是没人睡，好像是有人迷糊了，后来却被喊醒了，不让睡。他们是兴奋啊。

柳叶子也没睡，连迷糊会儿都没有。

那样一个夜晚，似乎刘家坪蹲伏着个巨人，他正蓄积力气，等着第二天要去干赶山填海的大事情。那样的夜晚，那样的场面，柳叶子一辈子只见过那一次。那样的夜晚，地气大动，那晚过后，山河开始震荡，柳叶子是眼见的，第二天，深秋寒天的，桑植满山遍野的映山红全开了。总之，那样的一个夜晚，是刘家坪，也是桑植空前绝后的一次，这之前，没有过，之后也一定没有了。

没廊场睡，要睡也睡不着，十三勇就在村口烧一堆火，大伙围着火堆说话。辣子的男人黄长坡说，大兴屋老太，明早上部队开拔时，两个娃兴许能见着他们的爹。

柳叶子听着，心里一阵难过，险些落下泪来。

柳叶子说，不晓得你们要去多远，俺是怕一年两年见不到你们……

谁能想到，两个孩娃最终没见着他们的爹。

天还没亮，一串军号声吹起。那军号声低回着，很有力量，说地动山摇也不为过。伴随着这低回的军号声，刘家坪的村村寨寨、沟沟峪峪突然就笼起了白色的雾罩，军号声响起时，雾罩子上来，军号声和雾罩搅一块，号声落了，雾罩还笼着。军号声先后响过三次，中间歇气也只男人抽一袋烟的工夫。

柳叶子记得军号声第一次低回时，刘家坪前面的干田坝上队伍集合完毕，四乡八村来送行的乡亲还在往那儿赶。从头天晚上，送行的人就开始源源不断地来。这时候送行的人，差不多全到了，里三层外三层，把部队集合地围了个结结实实，有的手里提着苞谷酒，有的挎着满篮子糯米粑，争着挤着到队伍边，把东西送到红军手中。最是招人眼的，是一些年轻的姑娘和年轻老太，她们怀里夹着一双或几双刚刚做好的布鞋，羞羞答答地寻找自己的心上人，把东西送上去。

军号声第二次响起时，队伍水流一样开动了，乡亲们就都跟着队伍一起走动。

柳叶子背上背着早芹，手里牵着学文，跟在十三勇屁股后面跑着。向云林一边赶路，一边劝柳叶子安心回去，说，不管走多远，红军都要回来的，陈营长和大兴都要回来的。第三次军号声低回时，队伍终于把娘儿三个落下了，可娘儿三个还在跑啊。柳叶子看见向云林出了队伍，站下了，他挥着手，示意她别跑了。柳叶子这才停下脚步。她的泪流下来。

等到雾罩收起时，队伍已走得干干净净。送行的人们都站一处瞭望，想看看队伍的背影，却是啥也看不见了，他们像是随着雾罩的散去遁地入云，神仙一样消失了。

就这时，只听得有人惊呼一声，大伙随着惊呼声，纷纷转头，四野观望，就只见远远近近的山岭上，都罩上了一片艳红。接着，就有一片接一片更大的惊呼声，水一样向着四野漾开去，漾开去……

不多会儿，终于有人弄明白，那是满山遍野的映山红开了！

映山红本是春天才开，可这深秋寒天的，映山红怎么会开？

这事不管你信也不信，可这事千真万确。好多年后，人们仍会提起那回大冬天映山红盛开的事。

五

柳叶子背着早芹，牵着学文，慢慢走在回家的路上。

路边上，看见洪家关村的铜牙子拍打着渔鼓筒，唱了起来：

> 初一早晨去望郎，
> 情哥征战在何方？
> 初二早晨去望郎，
> 手巾包饭纸包糖。
> ……

铜牙子是个卜算子。他因为小时候眼瞎了，就做了卜算子。

桑植这块，卜算子十有八九是盲人。可想，为人算命这碗饭，明眼人也是能吃的，可明眼人就算饿着也不抢吃，这就叫仁义，是天理人道。

铜牙子本叫童丫子，叫他铜牙子，取的是铁齿铜牙的意思，可见他预测人生前程和推断祸福吉凶有多厉害，口碑有多刚硬。

铜牙子挂根竹棍，拍打着路梢，各乡各寨行走，每到一地，总要先唱段渔鼓，以此吸引人来卜算。有时行在路上累了，坐下来，也会唱。有时是心里忧了，有时心里喜了，都要唱那么一段的。

可不，这会儿遇上送别红军亲人的人们，三三两两地行在路上，他就坐在路边，唱了起来：

> 初三早晨去望郎，
> 笼中仔鸡捉一双。
> 初四早晨去望郎，
> 郎的姐姐门前挡。
> ……

后来，有人注意到，铜牙子唱的大多是望郎歌。也难怪，桑植这廊场，出外打仗的人多，寡妇也就多，桑植人又爱唱，望郎歌也就多。再说，铜牙子各乡各寨行走，遇见的寡妇多，所以，他唱的就多是望郎歌了。

也有种怪话，说铜牙子眼是瞎了，可心却花着呢，一心想与哪位寡妇来事……这话可有些不正经了，也没几人信。

可大人小孩都爱听铜牙子唱。也由着他唱。

> 初五早晨去望郎，
> 傩神庙里去烧香。
> 初六早晨去望郎，
> 村口来了信邮郎。
> 初七早晨去望郎，
> 情哥冲杀战场上。
> ……

六

红军主力还没开拔，就有人到一些红属家里做老人们的工作，到时得随游击队转移，别拖大伙的后腿。

就连王腊月到何文池屋去的那天晚上，葵梗也跟她说过要配合好游击队转移的事。

王腊月倒没啥，问题是她公爹不想走。她公爹也知道，洪家关是不能待了，可活是洪家关人，死是洪家关的鬼，一辈子都在洪家关，老人，都土埋了大半截，头发也白透了，倒要离乡背井？

这么想的可不止王腊月的公爹一个，年纪大一些的都这样想。

王腊月说，爹，俺们得听游击队的，要不国民党白狗子一来，连猫狗子都得杀。

公爹回她说，俺又不是猫狗子它爹。你这么跟俺讲话，你还不如直接讲俺就是猫狗子。

公爹就是这样给她说话。他心里有气，就直接朝她身上撒。他这个人，平日里说话就分不清好歹，也不看是给啥人说。他要对他儿子这么讲倒没啥，可他对儿媳妇也这么说话。

王腊月就说，你不是猫狗子他爹，可你是向云林的爹。

王腊月又说，向云林是谁你晓得不？他原来是洪家关乡的农会主席，现在他又当了红军，跟贺龙军长走了。

王腊月这么一说，公爹倒是没话讲了。

向云林要参加红军跟文常哥的队伍走，从一开始他就没反对过，他哪有话说。

家里有一袋子苞谷米面和一袋子谷子，按说要全背走，王腊月得带立夏，还有大小包袱几个也得背，两袋子粮食公公只背得起一袋，要么背苞谷米面，要么背谷子。王腊月本承想，剩下的那一袋可以让游击队的人帮着背，可公爹却把一袋子谷子扛到屋后菜园地里，挖了个坑埋了，上面毡些柴茅，免得渗水进去把谷子腐烂掉。那年月，缺吃少穿，粮食金贵，他不跟儿媳妇招呼一声就这么把一袋子粮食埋了，再说他埋的还是谷子，你说他眼里还有没有这个儿媳妇。

王腊月心里有气。本想说他一句，但看他那可怜恓惶的样子，就装作没看见，就好像家里没有过那一袋子东西。

公爹大概是想着，出去躲一阵子后，又可以回家的。哪有那么好的事？这么一走，不知哪一年才回得来。

王腊月心里只可惜那一袋子谷子。

一切打点好，终于要走了。

一家人过了花妍溪，公爹却放下背着的苞谷米面又奔回去，说是屋里大门没关好，他回去再关关。

出门时，王腊月明明看他把大门关好了，又用手撅了两撅，拍了两拍，才离开的，他这会儿又奔回去，他真是去关大门吗？

王腊月明白，他这是故土难离啊。王腊月放下背上的立夏，耐心等他。

没多会儿，公爹回来了。

王腊月看见他眼圈红红的，明显是偷偷哭过。

因贺龙是洪家关村人，洪家关村人便是国民党白狗子的头号敌人，每回只要红军处于劣势，一撤退一转移，洪家关村人就首当其冲成为屠杀或追杀的对象。

在桑植，陈周两姓是贺姓的仇家。陈姓中有个陈策勋，周姓中有个周熠臣，这两人靠屠杀红军及红军家属得到国民党的扶持而起家，是彻头彻尾的反共专家，土豪劣绅的代表。陈策勋是桑植县反共司令，周熠臣是桑植铲共大队长，这两个人还封有什么旅长团长的官衔，又有自己的团防枪兵，贺龙的爹、弟、妹，有好几位亲人都是死在他们手里。

那些年，洪家关村尤其是贺氏家族就是这么被屠杀和追杀过来的。

1928年6月之后，贺龙带着队伍从桑植撤退转到湖北洪湖去，先后有三年多时间，贺姓十几家一百多口人就一直躲藏流落他乡。陈策勋、周熠臣的枪兵只要一逮着机会，就凭着兴趣逢人便杀。这当然也殃及旁姓许多人。

而这回，就杀得更凶。红军开拔后，仅一个礼拜，就开杀了。男人是没有条件可讲的刀砍斧剁，女人除了农协会和妇女会人员外，凡见留着短发的也是可以杀的。

何文池的桑鹤游击大队转移出去的，一部分是红军家属，一部分是红军伤员。红军家属洪家关村最多，有百多人。整个三百多人。

这么些人，往哪儿走？哪儿才是可以栖身，还可以过日子的廊场？有这样的廊场么？放到如今，想来都是个难。

桑植西北与湖北鹤峰交界的芭茅溪、五道水、四门岩一带，还有鹤峰的几个乡镇，是桑鹤游击大队多年打下的地盘。芭茅溪是桑鹤游击大队的大本营。

何文池的游击大队就是要把大伙带到芭茅溪一带去。

芭茅溪在洪家关西北方，最短的路一百多里，陈家河是必经地。陈策勋探听到消息，派周熠臣事先带领三百多枪兵在陈家河一带设好埋伏，只等着文池的一干人马来钻。可陈策勋的阴谋诡计没瞒过程少卿，他连夜找到何文池商量，要何文池放弃走陈家河的直线路，另选一条弓形路：从洪家关出发，经过刘家坪，绕到东北方的官地坪（官地坪乡当时归常德地区的慈利县管，新中国成立后才划归桑植），再从官地坪进入湖北鹤峰地界，接下来直向西，进入桑植西北方的四门岩，最后到达芭茅溪。

转移的路上，彭兴汉屋老太张菊妹早产了。

是刚进入官地坪地界的事。天上飘着雪花，山野和路上都积了层薄薄的雪。是个女娃。师长夫人接生的。

师长夫人叫戴桂香。她男人是贺龙未出五服的堂弟，叫贺锦斋。贺锦斋是位红军师长，1928年在一次行军打仗中，部队被敌人包围，他是为了掩护军长贺龙带着部队突围时牺牲的。贺师长牺牲后，戴桂香虽没能生养，却不愿移堂改嫁，而是将贺锦斋的胞弟两岁的儿子青松过继到贺师长名下，由她抚养。

人们叫她师长夫人。想是人们敬重贺师长，贺师长死了，却要把他的师长名号留着，留在他的老太身上，留在从不改变的对她的一个师长夫人的称呼上。所以都不叫她贺锦斋老太，更不会直呼其名戴桂香。想来，这是一份情义，她，就不得不认了。

师长夫人没能生养，却会接生。师长夫人接生大半辈子，洪家关全村的孩娃，还有外村的一些孩娃，都是师长夫人用两手接到这个世界来的。

那娃的名字也是师长夫人给起的，叫大雪。娃生下地，张菊妹非得让师长夫人取个名。师长夫人说，俺喜欢下大雪，虽然大雪节气还有一个礼拜才到，眼下下的也还是小雪，俺就取个大雪。师长夫人还说，大雪叫起来又大气又好听，以后不定还是个干大事的料。

张菊妹说，您说啥就是啥。

张菊妹因为生了娃，这以后的路途，都是躺在系在杠棒上的吊床上，怀里抱着大雪，由几个游击队员轮换着抬着走到芭茅溪的，她瘦弱得不成样子，可她的精神头好，说话声音比娃还没下地时还大。她对大雪说，你是在娘的肚里待不住呀。你怎么不早些天下地？你爹要见了你，兴许就不走了呢。

她又说，你爹他们不晓得走到哪个廊场了，老天啊，看在俺闺女的份上，您要保佑她爹不落伍，不掉队，子弹打来绕弯走，不伤着他一根汗毛，保佑他平平安安把家还……

大伙要走的那条弓形路，说起来也是一次长征，三四百里的路，三百多老弱病残，游击队的办法是翻山越岭，昼伏夜行，一路上的那个艰难就不说了，反正是离家后的第十三天才到芭茅溪，将近半个月之久啊。结果证明，程少卿的策略是对的，除在官地坪地界发生一次与地方枪兵的战斗，死了两名游击队员外，红军家属和红军伤病员倒是没死伤，整个转移也算是顺利吧。

可程少卿却为了这次转移丢了性命。

何文池这边转移时，程少卿带着一百多名游击队员故意去钻周熠臣的埋伏。那是在陈家河的车家嘴，一个山包连山坳适合打埋伏的廊场。两队人马遭遇，周熠臣占着有利地形，但程少卿早有准备，周熠臣的突然袭击开始没伤到他几个人。可程少卿也与他们打了一天两夜，死伤大半，他自个也负了伤。

突围出去后，游击队员抬着他，从利溪坪、两河口转移到廖家村的猫子溪养伤。周熠臣探得消息，带着枪兵赶到猫子溪抓到程少卿，再将程少卿押到他老家南岔廖家溶周家院子审讯。

为防游击队偷营，周熠臣从县里调来五十多名团丁团团围住周家院子，周熠臣花言巧语，劝说程少卿带着游击队投降，或是他个人脱离共产党和游击队，也放过他。程少卿没理他。

周熠臣见白费了心机，就把人吊起来严刑拷打，打得皮肉开裂，又用铁钉将人四脚四手地钉在门板上，整得程少卿死去活来。可一醒过来，他就骂敌人，你们打死我，十八年后又是条好汉，我还要跟你们对着干。

周熠臣气急，将程少卿抬到县城，动用"猴儿抱桩""刺刀穿剑"等厉刑，程少卿还是没降。绝望了的周熠臣在1936年1月将程少卿执行死刑。

程少卿被行刑之前，他唱着："要吃辣椒不怕辣，要当红军不怕杀，刀子架到脖子上，脑壳掉了碗大个疤。"

七

柳叶子家与她们几家不同，她家死了好几口。她的公公婆婆、叔弟刘二兴，都被杀死了。

红军走了，桑植又落到敌人手中。国民党几路人马随着寒天隆冬的到来，蝗虫一般涌进来。桑植的土豪劣绅们也死灰复燃，他们一个个，像地鼠样从地下钻出来，拉起清乡团、铲共队的名号，搞起疯狂的屠杀。苏维埃干部、农会主席、妇女干部、红军伤病员、红军家属及直系干亲，抓住了，杀……

他们挨家挨户地搜捕，一夜之间，一些乡镇的苏维埃主席，一些红军伤员，还有一些游击队队员被搜查出来，五花大绑，赶到干田坝上，或河滩上，或村子场坪上。再烧起一堆干柴大火，将几百人赶过来，围着大火站成一圈——那些人中间，有像柳叶子公公婆婆那样的老人，有像刘二兴那样的后生，有刚成亲不久的红军老太，有呱呱呀呀的孩娃……

黑洞洞的机枪口对着他们，耀武扬威的枪兵围着他们。蹬着马靴的国民党军官由清乡队头头带着，在他们身边转来转去，扇他们的耳光，捶他们的脊梁，揪他们的头发。一个破锣嗓门喊叫着，谁交出伤兵，可免一死；谁当众宣布与其断绝来往，也可免去一死……

人们沉默着，没人搭理他们。

破锣嗓子又喊，要再没人说话，就杀几个，让你们看看，锅是铁打的，牛皮不是吹的。

敌人动手了，用各种手段折磨那些被抓住的人。

想来，这哪是人干出来的事呢，当然畜生也干不出这样的事。不是有句老话，叫作畜生不如，骂的就是这些的人。

人们不再沉默了，场面乱起来，可除了大人的痛骂声、小孩的哭啼声和敌人的喝斥声，却一直没有愿意向他们求饶的声音出现。

一直到半夜，敌人折腾够了，那个破锣嗓子下了命令：开火！几挺机枪突突突地响起来，人们倒排栅一样，一排排倒下去。

这个冬天，桑植被一场杀人的暴风雨搞得落花流水。桑植战战地苦熬着。雨不是天上的雨，风也不是空中的风，那都是由人的尸骨化成的血雨腥风呀。

　　幸亏公爹有先见之明，柳叶子和早芹、学文娘儿三个才逃过了那场劫难。红军刚走，公爹觉得要出啥大事了，他哄着催着儿媳妇带着两个孩娃回她娘家去躲反。

　　叔弟刘二兴送她娘儿三个回娘家。她背早芹，二兴背学文，他们是趁着黑夜，在谁也不知晓的情况下悄悄走的。

　　柳叶子娘家离枫坪有两三天的路。枫坪还从没人去过她娘家。她从八岁那年由人领着，放到枫坪后还没回过娘家。

　　刘二兴把娘儿三个送到廊场后，又连夜赶回去。

　　谁想，刘二兴回到枫坪没过几天，就和公爹婆婆一起被杀了。

　　柳叶子要晓得会有那场屠杀，刘二兴到她娘家后，她怎么也是不会让二兴回去的。

　　他还只有十六岁啊。

　　枫坪村统共两百来口人，就杀掉五十几口。老刘家祖坟上，新添柳叶子的公公婆婆，还有十六岁的刘二兴三个坟包。

　　这一次屠杀后，桑植人口大减。

　　后来，凡杀人的那些廊场，长年累月阴气森森，就是在暴日下，也黑稠得跟重油一般。半夜听到有人哀号怨叫，声声断肠。第二年，桑植地界满山遍野的映山红没有开。山野的布谷鸟叫出了乌鸦的声音。地主老财们房前屋后的大树上，常常掉下来碗口粗的青蛇，悄无声息地爬进他们的内室，钻入他们的被褥。再以后的多少年内，映山红开得倒是旺，却一律是白色花瓣，春天一到，山野间披霜戴雪，似蒙了白色孝布一般。

八

这转移的路上，王腊月一家和师长夫人一家遇上了轰隆队。

轰隆队是些打着清乡团旗号到处流窜的流氓地痞，有时是土匪团伙，少则十几人，多则几十人、上百人，这些人打家劫舍，杀人放火，坏事干绝。那晚上遇上的是大团伙轰隆队，怕是有百来人吧。

那是张菊妹生大雪的第二天晚上，师长夫人好事儿要来了，小肚子疼。好事儿就是现今说的痛经。

别以为寡妇就没好事儿，寡妇也是人，是女人，所以寡妇也来好事儿。

那一年，师长夫人三十五岁，还年轻着呢。

师长夫人小声告诉王腊月，她小肚子疼了。王腊月就陪着她走。师长夫人背着六岁的青松，脖子上还吊着一大一小两个包袱，王腊月陪着她，帮不上她半斤力气，因为她也背着三岁的立夏，脖子吊着的还是三个包袱呢。

一支三百来人的老弱病残的队伍，在天下黑后的山路上，慢悠悠地朝着更黑也更深的荒无人烟的深山里行走。

王腊月随师长夫人走在队伍后面，她公爹也就落在后面。

走着走着，王腊月一家人和师长夫人娘儿两个就落在最后面了。那晚下雪，下得可比头天晚上张菊妹生大雪时大，像蝴蝶像花片一样，一会儿左一会儿右一会儿上一会儿下地乱飞乱舞，西北风打着呼哨刀子似的刮着，一股一股朝人的脖子里钻。后来，雪更大了，雪片子打得眼睛睁不开，眼前只是个白，感觉前面连个路眼也没了。王腊月和师长夫人站下了，王腊月的公爹在前面十几步的廊场等着，也不知道前面大队伍走到哪个廊场了，把他们落下多远了。这时几个人都听到了狗叫。狗从远处叫，叫得一声接一声。几个人都在下风口，风乱刮，也听不出是哪里的狗叫，好像是从西北那一片叫起来的。狗叫声越来越响，不大工夫，听着有人往这边跑。

师长夫人，俺怎么听到有人来了。

王腊月急忙朝师长夫人跟前靠，她公爹也往这边靠。

王腊月和师长夫人都把背上的娃放下地，招呼她公爹刚要往路边两棵青冈木树后面躲，就听着眼前嘭的一声，前头一冒火，窸窸窣窣就跑过来一大帮子人。这不是前面要转移的队伍上的人，这帮人个个膀大腰圆，都戴着篾织的壳子帽。老百姓把戴这种帽子的人叫作篾脑壳。篾脑壳其实也是轰隆队的别称。几个人见了篾脑壳，倒吸一口冷气，打个冷噤，心里直唤，坏了，坏了，篾脑子来了，这可怎么好？

奔在前面的一个篾脑壳吼道：别躲，要躲打死你们！

王腊月，师长夫人，还有王腊月的公爹动都不敢动。一帮人一下子涌上来围住他几个，他们个个端着枪，拿枪口指着几个人的头。

干啥的？跑在前头那个拿枪的问她公爹。

别看她公爹平时倔里倔气的，嘴巴打得死人，到这节骨眼上他就没种了，人家拿枪一捣他的头，他连小胆儿都丢了，就光剩个瞎哼唧，浑身哆嗦得话都说不圆了。

师长夫人看王腊月的公爹说不出话，接过话来说，走亲戚的。

走啥亲戚？到哪儿去？

到前头湖坪去。

湖坪是官地坪靠桑植鹤峰的一个边界村，师长夫人一家族曾在那廓场躲过几年难，她对那儿蛮熟。

你们是去芭茅溪吗？是何文池的人吗？

师长夫人想了想说，你知道还问？何文池就在前面不远，你们要有事找他说去，你们不认识俺带你们去也行。只是，别拿枪指着俺孤儿寡母的。

好个师长夫人，话讲得利落不算，还话里藏话，有胆气，不卑不亢，让对方听着一下子摸不着他们几个的底细，不敢把他几个怎么样。

这时上来一个看样子是当官的，他提着枪呵呵笑，说话神里神气：我怕你是吃了老虎胆！

他围着师长夫人转一圈后，接着说，我们就是接桑植团防司令陈策勋的命令专门捉拿何文池的。看你模样儿长得乖致，就不杀你了，让你给当个压寨夫人怎么样？

师长夫人可是一点也不害怕，她笑了笑，请问你是谁？你有几个胆子敢和何文池作对？

那当官的长得像头水牯，五大三粗，胡子拉碴，一脸凶气，眼睛睁得老大，他说，我坐不改姓，行不更名，我叫刘豹，这官地坪可是我刘豹的地盘知道不？俺还怕他何文池不成！

刘豹并非是官地坪人，他与他的轰隆队在凉水口乡一带占山为王当土匪，只是他那儿与官地坪那天晚上大伙路过的那廓场相挨着，他才说官地坪是他的地盘。其实在官地坪大地盘上，不管是地方团防，还是山里土匪，都是不敢得罪贺家人或洪家关的人的，贺龙实在威名赫赫，他们也知道贺龙的厉害，要有家族的冤仇，必定是要以牙还牙以血报血的。

这之前的四五年，有那么两三年，贺姓十几大家近百人逃到官地坪躲反得到庇护，就因为官地坪的区长向云阶、乡长向宗波都跟贺龙是铁打的关系，他们搞的就是"明团暗共"那一套。

师长夫人知晓些刘豹的底细，她笑了笑，说出的话就更有刺头了，俺劝你还是别乱来！你莫为难俺几个，俺给何文池带个话，说你刘豹兄弟是个善人……

那刘豹突然就火了，一脚将师长夫人给踩倒了，又踏上一只脚，嘴里骂道，你敢这样跟老子说话，老子就不信你的个邪，你这个压寨夫人老子是要定了！

师长夫人，还有王腊月，都是没料到他刘豹会发这么大的火。想是她师长夫人没摸准他的脾气，他是个受不得刺头话的又不计后果的飞天和尚。

刘豹来这么一着，把青松和立夏可吓坏了，两个孩娃娃啦一声就坐地上大哭起来，王腊月的公爹则转过身子，来了个野鸡钻草弄。

为啥说野鸡钻草弄呢？野鸡在危急时刻，往往会顾头不顾尾地朝草弄里钻，等它藏好了头，尾巴却露在外。

这不，几个烂人大步跨过去，呼隆一下子摁住了他。

摁住他做啥？撕他的衣裳。棉衣衫给脱了，裤腰带也解了，硬是把他腰里别着的几个苞谷饼子给掏出来。

这帮烂人也是饿急了，掏出来就抢着吃。

几个苞谷饼很快就抢吃光。有几个没抢得吃的，又上去摁着王腊月的公爹脱他的裤子。

王腊月说，别脱了，他身上啥也没有了。

一个提长枪的人一枪托子打倒王腊月，说，他身上没吃的，你身上有啊。

接着几个人都上来，搵着王腊月要脱她的衣裤。

他们真是饿了，真是想到王腊月身上弄到吃的。那边搵着师长夫人的刘豹也在脱衣服，他一边脱一边嘴里笑骂道，要弄不到吃的，就吃你人。

刘豹这话可给这边撕扯王腊月的几个烂人提了个醒，就是找不着吃的，也会有比吃更好的事。几个烂人就把找吃的干脆给忘了，有两双手一个劲地撕扯王腊月的裤腰带。

王腊月只管两手紧紧捂住裤腰带不让他们得逞，别的啥也顾不上了。

那边师长夫人一声不吭，也紧紧捂住裤腰带，与刘豹扭扯在一起。

王腊月脑壳里只听见一声重槌敲响锣：师长夫人怕是要给刘豹糟蹋定了。

在这紧要关头，王腊月想着的是师长夫人。王腊月想得赶快解救师长夫人。至于她自个是啥处境，有没有能力解救，她王腊月却是不管不顾了。

看到刘豹那样作践师长夫人，王腊月身上就轰隆隆腾起一股冲天的怒火，不，应该是一股冲天的胆气。先前的那些个怕呀，浑身发抖呀，上下牙床子打架呀，全都烟消云散，剩下的只有一股子胆气。

人说急中生智。在这节骨眼上，王腊月就有了一个怎么保师长夫人脱身的想法。王腊月想，俺要保住师长夫人。虽然这想法太冒险，太一厢情愿，也不知能不能干成，但王腊月啥也顾不上了，为了保全师长夫人，她把她自个舍了！她就是这么想的。

王腊月被几个烂人搵着，两手紧紧捂着裤腰带，亏了嘴巴还空着呢。她就朝那边正撕扯师长夫人的刘豹喊，刘豹，刘豹，叫你的人先都停下来，你也停下来，俺想起一个顶顶重要的事，俺说给你听。

刘豹果然放开师长夫人站了起来，看见刘豹站起来，这边摁着王腊月撕扯的几个烂人不自觉也跟着收手站起来。

刘豹说，你有啥说的？要不你啥也别说，让俺先弄弄你，这个老太长得可比你乖致多了，俺在这儿弄有些舍不得，俺得把带回去做压寨夫人呢。

王腊月觉得，她这第一步就奏了效，等下一步，刘豹他不定就跟着往王腊月的圈套里进。

一边快被脱光了的她公爹，让一个烂人一脚踩在地上只剩下哼唧，他想哭嚓怕是声音大了搞得烂人们的火了会更遭罪，所以他只会浑身哆嗦着哼唧了。

青松和立夏两个孩娃哪见过这阵仗，都坐在地上，两腿乱蹬划，两只冻得红肿得像萝卜的小手不断地抹泪再朝两边甩去，都放开嗓子哇啦哇啦大哭着。

看到他们几个这样子，王腊月的那股子胆气，从心头腾腾直往上走。王腊月听见自个儿头顶有股火呼呼冒出来，全身变成了一把火。这把火就是胆气，胆气就是一把火。等这把火烧光，人也就没了。没了就没了。火一旦冒出来，就得全烧光，不然就得受煎熬，受烧烤，那会更遭罪。

王腊月想，为了师长夫人和两个娃和俺公爹，俺就把俺变成一把火烧了算了！

王腊月对刘豹说，你晓得你刚才欺负的是谁么？她是俺洪家关人称师长夫人的贺锦斋的老太。

王腊月看见刘豹脸上一愣，好像谁站他身后捏住他的耳朵狠揪了一把，可他说，听说倒是听说过，可她男人早死了，俺才不怕他……

王腊月说，石门县的罗效之，一个升了旅长的人，还是石门县的团防司令。师长夫人的男人，也就是贺锦斋曾经就死在他手上，可三年后，一支两千人的队伍，将石门县城围得铁桶一般，就是要取姓罗的狗头。结果只一个时辰，姓罗的就被活捉，五花大绑着，公审之后，砰的一枪被打烂了狗头。刘豹兄弟，这事，你不会没听说过吧。

刘豹摇着头说，俺没听说过，可你的话俺是听懂了，这个女人动不得，是不是？

王腊月说，是的，你动谁也别动她。

刘豹说，动不得她，那俺就动你啦。

王腊月跟刘豹说这么多，其实也是在拖延时间，等游击队来救他们。也真是不巧，那一阵子，游击队也在找他们，可是风大雪大，也是第二天早上才知晓，正在找他们的游击队迷路了，在大雪弥漫的山上转来转去，就是找不着他们。

游击队不来，看来只有拼死一搏自救了。刘豹他说要动她，正合王腊月的意，她想好的招正等着他过来呢。可又不能让他看出她的心迹，她就继续说，你要是放了俺，放了俺几个孤儿寡母的，俺就给何文池，给贺文常帮你带个好，他们会记着你的好，往后见了面你们男人间也好说话……

刘豹靠近王腊月，一张胡子拉碴的脸笑得像二郎狗：得了，你个老太娘们，小嘴巴巴的说得好听，其实你就是吓唬俺。你道俺是吓大的！你道俺不晓得，贺文常他们这回去得远，也不知有没有回来的那一天……俺今儿个就不信那个邪了，到时候把你们大人孩娃全活埋，看往后还有谁知道这个冤大头就是俺刘豹！

刘豹欺近王腊月，一脚将她踩倒在地，接着他的两个喽啰摁住她。刘豹自个也脱了裤子。王腊月躺在地上，不挣也不扎，一个眼巴巴看着他上来无可奈何束手就擒的可怜样子，一张嘴仍不空闲：刘豹兄弟，当着这么多人！又当着俺公爹和孩娃！俺今儿就是死了，一张脸也是丢尽了，到地底下都没脸见人。你看是不是让你的人都转过身，避一避……

王腊月这么一说，刘豹那两个摁王腊月的喽啰就放开她，就转过身子扭过头去。

王腊月这张嘴巴巴呀呀的，硬是说得刘豹和他的人上了她的当，进了她的圈套。要不，刘豹的两个喽啰一直摁着她，她怎么腾出手来和他斗。

你道王腊月是用啥法子制住了刘豹？

王腊月趁刘豹欲火烧身头脑发昏时，迅速拿出之前从包袱里拿出来的绳子，一把套住了他的脖子，将他死死勒住。

王腊月先是两手都用上了，两手都用劲，刘豹被勒得嘁喽一声就倒过气去，他闭上眼，也没大叫，还以为是王腊月不小心跟他开玩笑呢。等他搞明白她的真实意图时，用绳子将他死死制住。

不知哪来这么大血气将刘豹勒住，让他动弹不得。刘豹呼吸困难，不敢乱来。王腊月也没用上全力，要用上全力万一人一下断了气就没法跟他讲价钱。

所以王膜月手上的劲用到了八成，也不全用八成，个别时候用到九成十成，让他不敢挣扎。这样他才晓得他是掌握在你手里，他才晓得他就是有再大的力气再大的脾气再大的威势，而在那一时刻都逃不过你的手掌心，这时你说啥就是啥，他都会听你的。

刘豹脸色紫红说不出话来。他的一帮喽啰转过身来，看见王腊月这样作弄刘豹，有三两个愣头青喽啰立马将枪口抵住王腊月的头，说，放开！快放开！

王腊月说，刘豹，他们要开枪，我让你马上断气。

刘豹慌忙用眼神示意，他们放下枪，他憋着涨红了脸。王腊月见他有话要说，手上力度松了些，刘豹喘了几下才问她，你要啷样才会放手，快说。

刘豹终于听王腊月的了。接下来，刘豹照王腊月说的，呵斥他的人放开师长夫人、她公爹和两个孩娃，再后退到来路最近的一个山包后面去，他的人都一一照办。

接着王腊月让她公爹和师长夫人背了两个孩娃朝前面使劲跑，有多远跑多远，跑得越远越好。

师长夫人和她公爹也没跟王腊月客套，背起娃就跑。

巧不巧的，这时突然之间西北风就吹起呼哨打着旋，把地上的树叶卷起往天上丢，雪花和蝴蝶和花片一样，飘飘扬扬，漫天飞舞，正好掩护他们几个脱逃。王腊月觉得这是老天同情他们，故意施了障眼法，帮他们逃跑呢。

王腊月估摸他们逃远了，刘豹的人一时半会是赶不上了，王腊月便手上一用劲，刘豹舌头一伸，昏死过去，接下来，王腊月麂子样一跳而来，就朝前面几个人逃的方向奔去。

王腊月在前面跑呀跑，后面刘豹的人追呀追，只听见子弹在她左右前后嗖嗖嗖响着，但没一颗咬着她。

王腊月从小大山里长大，上山砍柴扯猪草，下溪沟捉鱼抓虾，上树掏鸟窝，爬岩壁采岩耳，她都干过，凡是男人能干的她也能干。像这样在深山老林里被索人性命的土匪追着跑，虽说她是个女人，但她泼了命，跑得当然就跟麂子差不多了，所以追她的土匪就老是抓不住她。

待土匪们快追上王腊月时，何文池派来的一个班的游击队员终于寻来了。师长夫人、青松、王腊月的公爹、立夏早让游击队救应着了。王腊月飞快过去。游击队员们阻击，撂倒了几个追在前面的土匪，土匪们再不敢往前冲。幸亏没人伤亡，游击队员们和王腊月回头追赶大队人马。

赶上大队人马后，王腊月公爹昏睡发高烧，嘴里乱煽（桑植方言，乱说的意思），讲胡话，烧得浑身满嘴都是泡，行进的队伍里已有个早产生娃的张菊妹是抬着走的，这时又多了个她公爹要游击队员抬着走。

九

那是王母娘娘从天庭失手落下的一根缎带。而正当那缎带从天上飘落时，大山们憨实得像董永一般，挪一挪身子，退后一步，随后哈着腰，勾着头，打量着那缎带随风摆动的前去的身影。从此以后，那山就站成风吹不倒、雨打不朽，苦苦盼归的样子，那水也就流成了回肠九转、依依不舍的样子。

那是一道狭长的河谷，那河水，蓝得像翠玉。

那儿满山遍野长芭茅，人们就叫了它芭茅溪。

说是溪，偏是宽宽绰绰的一条河，河道时窄时宽，窄时三十几丈，宽时六七十丈。水流却是平缓，那些驶木船或竹筏子吃水上饭的，从上源能行船的廊场开篙，可睡可坐，任船或筏子漂流，小半天的工夫，就到陈家河了。

风平浪静的日子，河谷的高空平稳地翔着一只河鹰，有一时刻，它竟平展在那儿不动了，似乎空中都没了空气流动。它那洒脱自信，自由自在的气派，让一河谷的风景变得旷古高远，不可一世了。

芭茅溪乡紧挨着澧水的源头五道水乡。几十里两岸高山耸峙连绵，却也不是悬崖绝壁挡道无路可行。想是当先那缎带飘落人间，山们挪动身子让道的那会儿，一顺也就让出了山根脚下一些让人得以存活的坡地和坪地，所以就有一条不知从哪个朝代修成的官道，连缀起两岸的十几二十个村寨。

那条官道从下游勾留河岸往上爬行去，串联着两河口、陈家河、竹叶坪、芭茅溪、五道水几个乡，从五道水往西和往北，连接着龙山和湖北的宣恩、鹤峰两县。

芭茅溪乡公所就在这条官道上。乡公所往上一袋烟的脚程，官道旁有个很小的，后来却名满天下的廊场：芭茅溪盐局旧址。1916年3月，还只有二十岁的贺龙响应蔡锷将军护国讨袁的号召，带领洪家关村及周边村的十二位穷苦农民端了搜刮民脂民膏的芭茅溪盐局，第二天回到洪家关，就召开"桑植讨袁民军成立大会"，没几天，贺龙带领一千多名穷苦农民攻占桑植县城，杀了头号恶霸朱海珊。十多年后，毛主席带领他的起义部队打算上井冈山，走到一个叫三湾的廊场，毛主席站在一棵大树下给部队讲星星之火可以燎原的道理，他把大手一挥说：贺龙两把菜刀起家，现在当了军长。我们现在不止两把菜刀，还怕干不起来吗？毛主席说的"贺龙两把菜刀起家"这事，就发生在芭茅溪。

这事的根由是芭茅溪当时新设了个盐局，而这个盐局派有全副武装的税警，税警们以刀枪相逼，向当地老百姓催交盐税，害得他们走投无路，连家都不敢回了，就纷纷跑到洪家关向贺龙求救。贺龙气得呀，当即抽出身后插着的那把柴刀，带领十二个农民连夜奔向芭茅溪。当他路过家门口时，看见他娘和他妹妹正用柴刀劈柴，就顺手再要一把柴刀，第二天凌晨到了芭茅溪，就用手里的两把柴刀把芭茅溪盐局砍得天翻地覆，当场缴获了十二支毛瑟枪。正是凭着这些武器，文常哥从此拉起革命的队伍。

贺龙用的是两把柴刀，为啥到毛主席那儿，就成了"两把菜刀"呢？后来人民解放军的军史上，写的也是"贺龙两把菜刀砍盐局"或"贺龙两把菜刀闹革命"。

有人推测，毛主席湘乡那边的口音重一些，"柴""菜"有些咬不清，毛主席本来说的是"柴刀"，而毛主席的那个书记员，却把"柴刀"听成了"菜刀"，随后写了出来，这话又很快流传开去，等毛主席觉察到这一字的错处时，却是没法更改了，因为很多人都在这么说。

芭茅溪乡是桑鹤游击大队的大本营，东边的四门岩乡、龙滩坪乡，北边的五道水乡及鹤峰县的两个乡，西边的游乐乡、细砂坪乡等是游击队的势力范围。从桑植外半县转移过来的红军家属，有将近一半家庭都安置在芭茅溪居住，多数家庭投亲靠族，也都分散居住在芭茅溪以外的山寨。

那一带差不多占了桑植内半县的一半，山高路险，地处偏僻，游击大队统共三百多人，他们熟悉当地地形，热络当地人情，人心也都向着他们。国民党桑植县政府觉得一时难以剿灭他们，竟容忍了这一梁山水泊地的存在，他们搞了个"先招后制"的办法，任命何文池为芭茅溪乡乡长，他的队伍编为游乐乡自卫大队。何文池是个聪明人，他接受任命时，讲明一条，他的队伍受招不受调。

何文池名正言顺地召开了芭茅溪所辖十保保长会议，规定：凡我区所辖武装，一律听招不听调，受招不受编；凡我乡文武官员和士兵，一不准调戏妇女，二不准无故烧杀，三不准乱拉民夫，四不准强要鸡鸭，五不准抢窃民商；凡我乡官兵，除留一个排的执勤兵外，一律生产自屯，平时生产，战时为兵，保证钱粮自给，不准向农民摊派抽调。再就是，在芭茅溪开办自治小学。

在大山里的一些山根平地上、山坡台地上、林中空地上，红军家属们在游击队员们的帮助下，用树干、茅草搭建起两三间房屋，再用柴草栅出一方小小院落，一家一家，又一家人就住下来。

不经意地，哪天清早，那些空落的院里，突然间有了鸡飞狗叫猪哼的声音。

来年开春，她们扛起锄头挖荒，撒下一把把的苞谷种、荞麦种、小谷种，又插一些番薯秧，不用照管，到夏天，苞谷自会长成胀鼓鼓的棒子，荞麦一块块，紫色云团一般，小谷总是头重脚轻，不得不勾下腰来，番薯坨会将土皮拱出嘴巴宽的裂口。这一家一家，又一家人要吃的粮，就有了。

桑植九山半水半分田，走到哪个廊场，也只能靠种苞谷、荞麦、小谷、番薯几样来活人。桑植这块造不出水田，可坡地却不少，凡长草长树的廊场都可开出长庄稼的地来。

这块雨水多，草木密，聚得住水，大山差不多就是个看不见水的水库，苞谷、荞麦、小谷、番薯等几样作物都是见土就长的作物。

也得幸，这世上有这几种贱生贱长的东西，还可作主粮，桑植就靠这几种作物生息一代又一代人。桑植那个年代死的人多，有打仗死的，有冤杀死的，有瘟疫死的，但绝没饿死的。

听说红军三大主力北上到陕北后，毛主席说过：小米加步枪养育了中国革命。要是红军南下到桑植这一带大山生根发达，那毛主席一定会说：苞谷番薯和步枪养育了中国革命。这道理再简单不过，南方雨水多，土地贱，插根棍子就长树，丢颗种子会长苗，若要是养军队，这块土地比陕北那块黄土强得多。

到了夏天，房前屋后的南瓜开花了，茄子扁豆爬上了架，也开了花，黄的黄，紫的紫，大朵小朵，说是姹紫嫣红、蜂飞蝶舞也不算夸张啊。

所以这山中的日子，对转移到这儿的红属们，特别是红军的女人们来说，是避乱，一旦住下来也就顺了。她们生下地睁眼看见的是山，从小打交道的还是山，砍柴、扯猪草、洗衣、挑水，或是扛起锄头挖荒、拿起梭子织布、进山采药、下河抓鱼，哪样没干过？哪样不会干呢？

只是呢，原先的那种男耕女织是生活，到这时却成了她们这一生的回忆，或是她们来生的想望。这家里没有了男人，男人都打仗去了，北上抗日去了，这日子怎么过，说到底，哪都是个难。

乡公所隔河对岸的取和坪村，是葵梗的老家。葵梗爹早死了，可人情还在，老屋场还在，何文池一家四口就在那儿修屋安了家。

何文池平常白日里过河去乡公所执勤，晚上回家住。

葵梗与姚萍，还像姐妹那样处，过去怎么过，现在也怎么过。姚萍还在芭茅溪自治小学当了校长。

转移到芭茅溪的第二年夏天，来了个挑箩筐收药材的汉子。他被游击队哨防当作探子带到乡公所。何文池认得他，他是红军营长陈荣丰的参谋兼文书李长桐，桑植白石乡人。

李长桐说他本来是跟大部队开拔了的，可出发第二天，部队在大庸县抢渡澧水时，敌人的飞机丢炸弹，一块弹片干进他的大腿，不能走了，只好就近找了户人家，留下养伤。陈营长留下十块光洋，嘱咐李长桐说：伤好后，去他的警卫员刘大兴屋看看他儿子。陈营长托刘大兴把儿子送到刘家后，直到红军主力部队长征出发，他都没抽出空闲去看看儿子。

李长桐伤好了，回到桑植，来到枫坪村刘大兴家，看到刘家残垣断壁，一栋木房子被烧得精光。他打听到刘大兴的爹、娘和弟弟刘二兴都被清乡枪杀了，刘大兴老太柳叶子带着陈学文和她自个的娃三个逃命去了。李长桐不知晓柳叶子的娘家住哪乡哪村，只好置了副箩筐，装作收药材的，在大山里四处走动，寻找刘大兴屋老太柳叶子。就这样，他找到芭茅溪来了。

何文池听李长桐说了他的来由，说，你来了正好可以帮我，我正需要个你这样的人当参谋。

李长桐说，我要先找人，我帮不了你。

何文池说，你留在我这儿，我让所有游击队员帮你打听，不比你一个人找强？

李长桐就留下来。

芭茅溪自治小学只姚萍一名先生。李长桐当参谋的事不多，他原先在常德读过师范，就也去当先生。

不久，何文池打听到，芭茅溪的云朝山村有姓柳的人家。李长桐便又挑起那副箩筐，装作药贩去找。

十

有块宝地，叫桑植坪。三面悬崖绝壁的高山，障住一块坪地，坪地上住着两百来户人家，没高山的东边，是道坳口，连着取和坪。

桑植坪就是师长夫人的娘家。

说桑植坪是块宝地，首先与它的来历有关。

桑植坪的来历可久了，得从三皇五帝时候说起。

师长夫人曾听她爷爷说，三皇中有个叫神农的人，就是炎帝，炎帝的小女儿叫女娃，女娃向神仙赤松子学道，后来修炼成仙，本事可大啦，有时候她是她本人，有时候她会变成一只白鹊。女娃变成白鹊干啥呢？原来她是想像她爹神农那样做些对大家有益的事，就选了个清静廊场种桑养蚕。这不，女娃为了教会蚕吐丝，有时候就化成白鹊，筑巢住在桑树上了。

师长夫人的爷爷对她说，说到这儿，你该听明白了，这世上种桑养蚕就是女娃发明的，女娃种桑养蚕选的那廊场，就是俺桑植坪。

师长夫人的爷爷是光绪时候的秀才，也算是有学问的人了。

师长夫人的爷爷说，这可不敢乱说，这是有根据的。

师长夫人的爷爷还说，桑植坪地名可比桑植县地名早。桑植县志上写着：宋朝宋仁宗时候，在西南推行土司制度，设桑植宣抚司，因司治俺桑植坪而得名；清朝雍正时候，又将土司废除，改土归流了，就设了桑植县，县名因县界内到处植桑养蚕得名。桑植就是植桑的意思。可见得是先有桑植坪，而后才有桑植县的。

那桑植坪最早是啥时候啥人叫出来的呢？

师长夫人的爷爷说，不晓得，县志上没说。

师长夫人的爷爷又说，县志上没说，那就是传说了。传说正是这样，因为女娃在这儿种桑养蚕，才叫桑植坪的。

师长夫人的爷爷说，女娃种桑养蚕的事，史书上可有记载。有段书文，是这样的……

师长夫人小时候，爷爷教她念过一些书，《三字经》《女儿经》《千字文》她都背得，《大学》《中庸》她也读过一些。有本叫《太平御览》的书，就记着女娃种桑养蚕的事，那段书文爷爷特意让她读过，她一直记得："南方，赤帝，女学道得仙，居南阳崿山桑树上，正月一日衔柴作巢，至十五日成，或作白鹊，或女人。赤帝见之悲恸，诱之不得，以火焚之，女即升天，因名帝女桑。"

这段书文讲得够明白，神农爱女笃深，见女娃为了养蚕竟在桑树上筑巢，心里很不好受，好说歹说，请她下树，女娃不听，神农就烧树，逼她下来。神农想不到的是，就在他放火烧树时，女娃刚化成蚕在吐丝，丝缠住身子，一时无法挣脱，才焚化升天的。后来那棵烧死女娃的树就叫帝女桑。

师长夫人的爷爷说，炎帝放火烧死女娃时，桑植坪忽地就天昏地暗，刮起黑天风来。那场黑天风，不紧不慢，一直刮到第二天天明。只听见满坡满坪的桑树，千棵万棵的桑树，在风中呜呜地吼了一夜，喊了一夜，哭了一夜。

好不容易等到天明，村人们走出家门，只见满坡满坪的桑树，千棵万棵的桑树，全都成了残干断枝，满地的枯枝败叶，满地的死蚕乱丝。

随后村人们发现，竟然没有一棵桑树是被风刮断的，所有的桑树一律是摧枝拉干自戕而死。它们万众一心自戕而死。桑植坪的土地上，方圆十几里，遍地英灵。

师长夫人的爷爷说，女娃升天后，又变成了另一种叫精卫的鸟。变成了精卫的女娃仍想着干大事，就不断衔来小树枝和碎石块，发誓要填平东海。

直到一天，女娃感觉累了，想回到桑植坪好好睡一觉，当她从大海边飞回桑植坪，看见满坪地的桑树全为它自戕而死的时候，女娃哭了，哭得伤心欲绝，哭得肝肠寸断，哭得四周的山都低下头，哭得澧水打着漩往回流。

女娃当然要救活那些为它而死的桑树了，它还来不及歇息片刻，就展开翅膀，飞过一片又一片的桑树林。奇迹也就在这时出现了，只见满坪满坡的桑树，千棵万棵的桑树，眨眼间，就长出了枝和叶，变得枝繁叶茂，而那些柔嫩宽大的叶片上，也爬满了白胖胖的蚕宝宝。

当然了，村子中央当初那棵被烧过的桑树也变得枝繁叶茂，柔嫩宽大的叶片上爬满了白胖胖的蚕宝宝，还比其他的桑树长得高大。

从此，人们就把这棵桑树叫作帝女桑。

现如今，桑植坪的坪中央仍有棵古桑树，屋大的树干，得十六七人伸展双臂才能围抱，树高约莫有二十几丈吧。这棵树是哪个朝代栽下的，又经历了多少风雨，活了多少年岁，没人能说得清。

师长夫人的爷爷说，那棵树就是帝女桑。

这就是桑植坪。千百年来，桑植坪地名先是挂在人们的嘴上一传再传，后来写进史书，再后来又设桑植县，留存了下来。而最早跟女娲学种桑养蚕的人，一代又一代，生生不息，一直生活在这块土地上。

说桑植坪是块宝地，还跟下面的一段传说有关，跟这种树有关。这种树传说也是因为女娲才有的。女娲把满坪地桑树救活后，就在桑林中好好睡了一觉。当它一觉醒来，奇迹又出现了，桑植坪长出了一种很像桑树却又不是桑树的树。

这种树与桑树差不多高长，却站得没桑树直，叶片比桑叶小。只见它们手牵手，肩并肩，低首俯腰，密密匝匝将桑树坪围成一个圈，那样子很像一匹匹对主人忠心耿耿、任劳任怨的战马，在护卫着女娲歇息呢。

村人们叫不出这种树的名字，女娲说，就它们马桑树吧！

从此，这世上就有了马桑树。

从此，女娲每当填海填累时，就会回到桑植坪来，女娲爱栖息在马桑树林中。渴了，吮吸那桑叶上的露珠，饿了，啄食那玛瑙似的马桑果。

从此，人们敬奉马桑树。人们总是把马桑树当作能够带来神灵护佑、可以避祸消灾的神树。

师长夫人的爷爷说，说马桑树是神树，能够带来神灵护佑，可以避祸消灾，也是有故事可以佐证的：雍正皇帝时，废除南方一带的土司，改土归流。桑植宣抚司是姓向的土王，他向朝廷交了司印，随后拖家带口去到朝廷指定的河南祥符县定居。而与桑植相邻的湖北鹤峰的容美土司田姓土司王，他可没这样好的归局，朝廷不仅要收回他的土地和司印，还要治他叛乱罪——到底是什么情况的叛乱罪，一时说不清，反正是有这么回事——这姓田的土王只好随一条白练挂往梁上。真是英雄末路，枯藤惊鸦！

姓田的土王原想以自己的一死换来朝廷对他家人的宽恕。

谁想他在生时，得罪过朝廷几位官员，而今他们紧随新皇帝正是得意当道时，结果他一家老小还是没逃脱被朝廷派来的官兵追杀灭门的下场。

姓田土王的一家老小上百口人东躲西藏，在桑鹤两地大山中与朝廷的追兵兜圈子，其间好多人被灭杀，到后来还有二十几口人亡命在逃。

一天，这二十几口亡命人逃到芭茅溪官道上，他们听当地人说，桑植坪是个能够躲避凶灾恶事的廊场。正当他们半信半疑时，报知朝廷追兵从东边龙潭坪方向快到了，这二十几口亡命人也是慌不择路，赶忙寻船过河，一行男女老少，相互牵连，跌跌撞撞，哭哭啼啼，从取和坪直向桑植坪奔去。这二十多人到了桑植坪连接取和坪的那个山坳口，终于跑进桑植坪村界了。

那二十几口亡命人与朝廷追兵其实也就是脚尖贴脚跟的事，当朝廷追兵赶到通往桑植坪那唯一的通道，就是那道坳口时，冲在前面的追兵一个个被抛踢毽子似的抛了出来，重重地摔在坳口外，喊爹叫娘。后面有胆大又不信邪的追兵，接着往前冲，结果还是被抛出来，不是摔得昏死过去，就是一时半会儿爬不起来。

这会儿，追兵中没来得及往前冲的人和前面逃命的人，还有山坳近旁劳作的村民们，大家都看得清楚，把追兵一个个抛出来的，不是哪些人，也不是哪个人，独独是山坳口平日里不引人注目的那些马桑树。

这时，只见一蔸蔸、一丛丛的马桑树，都突然长了脚似的游走，它们展枝蓬叶游动着，像是听了谁的号令似的，眨眼间，山坳口就布下一排排马桑树兵阵，只待追兵前来冲击。

当然啦，朝廷追兵再也没人敢往前冲，一个个大张着口，干瞪着眼，鬼打痴似的站在那儿，不知道怎么办好。

就在这时，前面那二十几位两脚已踏进桑植坪地界的田姓亡命人突然间震撼了，他们为马桑树的袒护感动了，为马桑树对他们没有来由的亲娘般的无私袒护而感动。他们一个个敬畏感激地、泪流满面地跪下来，对着马桑树长拜不起。

接着是，那些朝廷追兵也都突然醒悟，这是神灵对前面亡命人的袒护，是天地神之间的某种启示和警戒：对田姓亡命人，千万不可赶尽杀绝！于是，他们也都一个个，敬畏地、忏悔地跪下来，对着马桑树长拜不起。

还有，那些个在山坳口劳作的桑植坪的村民和取和坪的村民也都跪下来，对着马桑树，对着生养他们的这片后土，长拜不起……

师长夫人的爷爷说，后来，官府再也没人问罪这二十多口田姓亡命人，湖北鹤峰田姓土王的后人在桑植坪生息下来。

十一

师长夫人给何文池说，彭兴汉屋老太刚生娃，向云林屋老太也怀娃了，就让他两家随俺住桑植坪吧。

何文池说，师长夫人想得周全，您可得多操心他两家了。

师长夫人娘家有两个哥哥、三个弟弟，也都成家立业，还有两个叔伯、四个叔伯兄弟，统共十大几家。师长夫人跟他们说这事时，没一个打犹豫的，都说你要怎么搞就怎么搞。说，你是师长夫人啦,是呀,俺师长姑爷是不在了,可你还是俺戴家的娘娘,俺们得给娘娘与师长姑爷撑门脸,是不是。

向云林屋老太家与彭兴汉屋老太家在师长夫人兄弟家的山坡地上建了柴茅屋。两家还各有块菜地。粮食呢,两家都是到无主的荒山地各圈一块,挖了荒,烧把火,春上丢进去苞谷种,栽些番薯秧子,到夏秋时,苞谷结棒子了,番薯发坨了,一家人一年的粮就有了。

桑植坪传说是有神灵护佑的廊场,住那儿最为牢靠了。彭兴汉屋老太张菊妹生了娃,谁都眼见了,可王腊月是不是怀了娃,向云林离家也只半月,王腊月自个拿不准,跟谁也没敢说。想师长夫人对何文池哥说她怀了娃,只是要个借口,是顾念着她呢。王腊月估摸,要是后来她没娃生下地,师长夫人会说她是流产了,没捡起。

住到桑植坪两个月时,王腊月摸着肚皮对师长夫人讲,要没您的好口彩,俺怕就没这个娃咦。师长夫人掩了嘴笑。

六月初六,王腊月打取和坪的道观里请回一尊白瓷的白虎神。那尊白虎凛凛地蹲着,双目生威。道师手执拂尘,替她念了段《十梦歌》:

> 墙上跑马是能人,
> 万千枯井聚宝盆,
> 钢刀把把保郎身,
> 根根麻绳马缰绳,
> 白虎当堂是家神,
> 娥眉十五月团圆。

听着道师的念词,王腊月落泪了。王腊月腆着肚子,双手捧着回来，做了个木龛，小心翼翼地供上，木龛上放了个小碗，插上香，三炷，飘起道道烟，袅袅的。王腊月供的是一颗心。能祛难消灾，佑人平安的白虎神呀，这到芭茅溪避难来的乡亲们的苦苦的日子，你可都要看见，都要听清啊。

是在白露那天，王腊月的娃哇哇大哭着落草。师长夫人为她接生。王腊月诚心诚意请师长夫人给娃取名。她本承想顺应立夏的名字，师长夫人会起个白露的。她心里就觉着白露好。

可师长夫人起的是蕙兰。

师长夫人说，蕙兰是一种兰草。桑植坪外边的这条澧水到处长兰草，澧水也就叫兰水。古代有个叫屈原的诗人，他的诗文中就留有"沅有芷兮澧有兰"的句子。

师长夫人说，蕙兰就是蕙质兰心，说的正是女子又聪明又娴雅呢。

师长夫人说，俺接生了那么多娃，取了那么多名字，一直想把蕙兰这个名字给谁的娃。俺是想，这个娃在娘肚子里时与俺同过患难，现在又在俺娘家桑植坪澧水边落地，这个好名字就是她的啦。

春种或秋收的农忙时节，还有平常做家务，去地里薅苞谷草或守野猪，王腊月都背着吃汁儿（奶水）的蕙兰。王腊月用一条长布带子，把蕙兰从腿根到肩背兜住背在背上。背孩娃干活有讲究，不能用竹椅架背，也不能用竹背篓背，要是那样，一弯腰一使劲，孩娃会从竹椅架或竹背篓里滑脱下来。那都没布条子稳妥。

王腊月的公爹放两只羊。他还代彭兴汉屋老太家放一只，王腊月让他给师长夫人养一只。彭兴汉的爹娘也都到桑植坪来了，都比王腊月的公爹年长。这俗话不是说，一只羊是放，两只羊也是放嘛。

芭茅溪满山遍野长芭茅，芭茅鼠就多。芭茅鼠也叫竹鼠，喜欢打洞，吃芭茅根和竹根两样，嘴脸长得就像老鼠，个头却是兔子般大，肥壮身子，短脚短尾，没兔子那么狡猾，憨里憨气。

公爹可是逮那种野物的老手。

芭茅鼠从哪儿出入，洞窝安在哪儿，它又窜哪儿在忙吃，一般人看不出来，公爹却能将待在地皮下的芭茅鼠一应看得清明。

公爹看好了，就用镐铲撬洞，边撬边在近旁咚咚地蹬脚。这类似敲山震虎，以稳住那野物待在地下不敢动弹。要是那野物待在地下深了，又不恳出洞，就用火熏，火一熏，它自会出蹿，这一蹿，好，手到擒来。

公爹四五只一串地往家带那野物。那野物可是月嬷子（桑植方言，指正在奶孩子的女人）吃了下汁儿水的好东西。王腊月吃不了那么多，就送些给彭兴汉屋老太吃，也给旁的人家分一些吃。

桑植坪河里有种鱼叫泉鱼。这种鱼可长到巴掌大，放到火上一烧烤，冒出来一层油，味道憨好。桑植坪那四五丈宽的河里，泉鱼多得过河都咬脚。

太阳天里，鱼咬水中岩头上的青苔蔓，一翻一翻的，亮闪亮闪，像照镜子。桑植坪俗语：七上八下九归泉。意思就是，七月，鱼往上溜；八月，鱼往下跑；九月，鱼往冒泉的洞眼里钻。

开春一涨水，泉鱼随泉眼的喷水喷了出来。

捕泉鱼，先用树枝树叶往泉眼边围好，泉眼喷水的时候，泉鱼冒出来落到树枝树叶上，这时只管往桶子拣就是了。一等春日涨水，河里哪个泉洞都冒鱼，桑植坪家家户户都去逮鱼。

有的人家逮多了吃不下，就烘干之后拿去芭茅溪逢场圩时卖，卖得的钱就买从鹤峰过来的湖北、四川的货郎用驴、马驮过来的盐、布料、肥皂、针线等。

说是有两老庚打平伙，酒喝多了，半夜里到门前泉洞边喝水解渴，口里只说老庚啊好酒，好酒。想是喝得实在多了，就瘫作一堆，睡那儿了。那呕吐的货都流到河里，醉翻了半河的鱼，第二天，过路的人去捡泉鱼，装起来怕有满满两大水桶呀。

这事，让人说了好些年。

公爹带着立夏，伙在桑植坪的人群里，逮过两回泉鱼。他本不想去，桑植坪人不逮芭茅鼠，就爱逮泉鱼，他是怕讨人嫌，可立夏闹着要去，他就带立夏去逮了。

十二

柳叶子的娘家云朝山是深山里的深山，孤悬绝塞，南边独路上山，一夫当关，万夫莫开，北边有山路与鄂西的鹤峰县交通。云朝山山下，就是芭茅溪。

早芹两岁时，就知道要爹了。

早芹最初的记忆是在她娘的背上。早芹问娘，俺爹呢，俺爹去哪了？

柳叶子说，你爹打仗去了，过不多久就会打回来。

早芹问，爹是不是打死了？

柳叶子说，不会的，你爹跟着他营长呢。

说是这么说，但早芹的话却成了柳叶子满心的疑惑，常常搅得她睡不着觉。

柳叶子就背着早芹，屁股后面跟着陈学文，从云朝山的这个寨子走到那个寨子，每每遇到游击队员，都要问，知道刘大兴吗？给陈营长当警卫员的那位，他营长叫陈荣丰。

有人摇头。

有人摆手。

也有人跟她说，走了，随大部队走了。

可还是抵不住两个娃不断要爹，常常也为求得一点心里的安慰，一见人就问，刘大兴去哪了？给陈营长陈荣丰当警卫员的那个人……

早芹最早学说话，也就是那一句，看见我爹了吗？他叫刘大兴。

跟在她屁股后面的陈学文也就问，看见我爹了吗？他叫刘大兴。

陈学文一直以为柳叶子是他亲娘，刘大兴是他亲爹。云朝山人也以为柳叶子是他亲娘。

最先，陈学文这么问别人，说刘大兴是他的爹，柳叶子也没纠正他。

早芹伏在她娘的背上，她娘那时年轻，头发又黑又长，在后边绾起一个坨坨，穿一件蓝花白底的衣衫。娘背着她到处走，用力久了，左肩下方那儿开缝了，早芹就伸进去一根手指，挠她娘的痒痒肉。

十三

　　铜牙子不知在哪条山道旁坐下来，手上拍打起渔鼓，嘴里唱起来：

　　　　　　　一更一点月初升，
　　　　　　　忽听蚊虫闹一更，
　　　　　　　思想奴的哥一去三五春，
　　　　　　　蚊虫那边叫奴在这边听，
　　　　　　　叫得奴家好伤心，
　　　　　　　听得奴家好痛心，
　　　　　　　茶饭难下咽（念 ying）。
　　　　　　　二更里二点月如盘，
　　　　　　　忽听秧鸡闹二更，
　　　　　　　鸿雁年年归，
　　　　　　　不见传书信，
　　　　　　　秧鸡那边叫奴在这边听，
　　　　　　　叫得奴家好伤心，
　　　　　　　听得奴家好痛心。
　　　　　　　不禁泪双淋。
　　　　　　　三更三点月正明，
　　　　　　　忽听蛤蟆闹三更，

两眼望穿不见郎身影，
蛤蟆那边叫奴在这边听，
叫得奴家好伤心，
听得奴家好痛心，
越想越愁闷。
四更四点月偏西，
忽听斑鸠闹四更，
想是郎在外另有意中人，
斑鸠那边叫奴在这边听，
叫得奴家好伤心，
听得奴家好痛心，
越想越凄怜。
五更五点月西沉，
忽听金鸡闹五更，
如今男儿汉几个又钟情，
金鸡那边叫奴家这边听，
叫得奴家好伤心，
听得奴家好痛心，
越想越伤心。

十四

师长夫人也唱望郎歌，那是一首与马桑树紧密相连的歌：

> 马桑树儿搭灯台，
> 写封书信与姐带，
> 郎被生意缠住手，
> 三五两年不得来，
> 你个儿移花别处栽。

这是歌的前半段。你看得出来了吗，这几句话是一位在外经商的生意人写给他屋老太的家书。这样看来，这首情歌应该是桑植县改土归流后才有的。雍正时候，朝廷对包括桑植县在内的西南地区废除了土司和土司王朝，人们获得了人身的，还有生活生产的自由。桑植县境九山半水半分田的情况，就使得一些年轻人开始走出大山打工，或做生意，自然也就有了男人出外闯荡，老太在家守候的情况。

话说有这么一位男人，老辈人说他是桑植坪人。他坐船顺水而下，一路经桑植县城，经大庸、慈利、石门，到常德、津市，再到洞庭湖，后来就到了大武汉；再后来或许坐大轮船沿长江而下，到了南京，到了人间天堂的苏州杭州也不一定，反正是走了大口岸，见了大世面。这是个有些本事的男人，因为多数桑植男人都是打工，而他却是经商，他在一个口岸待下来，慢慢站稳脚跟——上面提到的那些口岸，他随便在哪个廊场都行，反正是离家上千里——要知道，这在那时候算是路途迢迢了，回一趟家实在不容易呢。

那人虽然站稳了脚跟，却一直走着背运，大务小事，没一样顺手，可有一时期，他终于否极泰来，生意做得风生水起。道上朋友往来，时常免不了去一些风月廊场。虽然桃红柳绿、蜂飞蝶舞，却是没有一次动摇过他的心。

他离家在外能坚守节操不出轨，并非他是一本正经的道德君子，而是因为他太爱自家老太。他屋老太虽是个没见过世面的乡村女子，但她美丽端庄，蕙质兰心，他在外面经历得愈多，愈是觉得她好。由于时时念她想她，他心里偶尔会莫名地袭上种不安阴影。可这只是一闪念的事，不会让他变得忧郁不振，或是心猿意马。似乎因了这种微妙的心理，骨子里不乏浪漫情怀的他，就把给老太的家书写成了似诗似歌的那五句话。

这五句话正是以说道马桑树开头的。

师长夫人从小就听人唱这首歌，她也学唱这首歌。后来她嫁到夫家，男人出外当兵，有十年没归家，她就经常唱，再后来男人死了，她还是唱这首歌。"马桑树儿搭道台"，师长夫人曾无数次地揣摩这句话的意思：也许那人觉得马桑树是长得高大通神，在上面搭个灯台，能够照得远吧，把信使要走的路照得通亮顺畅。到底能不能这么解释，师长夫人也不是太不明白。可有一点她却是笃信的，马桑树是个神物，能够护佑那人的家信传递到他老太手里，不至丢失。

回头仔细品嚼这几句话，就会发现这是一封耐人寻味、情意绵绵的情书。是体恤之情，劝老太脱离苦海，寻夫改嫁？似乎不是。是一封正儿八经，却又说得很委婉的休书？就更不是了。是在试探老太的心思？或是提醒老太，不要红杏出墙？是，好像又不是。再换个脑筋玩味，信中似乎没说明自己的归期，其实是说了："三五两年不得来"——"不得来"就是"有得来"，两年，三年，五年都说不准呢？也许明年，也许后年，但最多不会超过五年。信中说得非常明确的是，为何"不得来"却是"郎被生意缠住了手"——其实这人的真实意图就在这里：你要安心在家带孩子，替我孝敬堂上双亲，等我事业有成衣锦还乡的那一天，我们就可长相厮守，再不分离了。

这位生意人如同伯牙，他的老太如同钟子期，他们唱和的是高山流水的琴瑟和鸣，请看老太给丈夫的回信：

> 马桑树儿搭灯台，
> 写封书信与郎带，
> 你一年不来我一年等，
> 你两年不来我两年挨，
> 钥匙不到锁不开。

坚贞高洁情愫如纸上水墨，黑白相衬，黑黑得端庄笃诚，让人安心；白白得纯洁无瑕，惹人爱怜。最绝妙的该是"钥匙不到锁不开"一句了。曾经，师长夫人嫌这句话偏俗，就试着以"春风不到花不开"一句替换，结果觉得差，真是差远了：一年四时都有花开，不仅不合实情，而且花为惹眼扰神之物，是不能表达爱情专一的，全然不如原句的生动精准和本真生活气息。

这对恩爱夫妻想不到，这支记录他们爱情生活的歌竟然在民间传唱了两百年之久。这对恩爱夫妻更想不到的是，两百年后，有一位叫贺锦斋的红军师长，为了他的夫人戴桂香，将这首歌仅作了一句的改动，这首歌的面貌便焕然一新，成为红军扩大队伍和无数红军战士与他们亲人之间必唱的歌。

1928年2月，师长夫人当兵去了十年的丈夫贺锦斋终于回到了家。

贺锦斋17岁离开家时只是贺龙的一名卫士，现在他是贺龙的得力干将。半年前的南昌起义，作为贺龙的国民革命军第二十军第一师师长，他臂缠白巾，冲锋在前，把起义军的旗帜插上南昌城头。

贺锦斋是与贺龙等十几位共产党人一道，化装成客商秘密回来的。南昌起义后，中共领导的第一支武装部队被打散，他们受党组织的指示，要在他们的家乡桑植县拉起一支农民武装，开展湘鄂边红色割据。

当兵十年才回一次家，本是久别胜新婚的燕雅时光，可贺锦斋却忙得脚下生风，白天出去会亲访友，晚上一帮人还要开会。夫人对他所做的一切都不问情由地支持。每当他深夜开会回家，她正为他暖起被窝；每当子夜之后鸡叫声起，他要走了，她送他出门；当他因活动经费不足而愁眉不展的时候，她拿出积攒了多年的私房钱……

也许是这块土地封闭得太久了，"有一个穷人的党叫共产党"星火一样在穷苦的农友们中风传开。那些穿着草鞋，赤着脚板，肩扛火铳，手执梭镖和大刀的庄稼汉们，足有三千多人，很快汇聚在一面"工农革命军"的旗帜下，贺龙任军长，贺锦斋任师长，然后一声呐喊，蜂拥着朝桑植县城冲杀而去……

这是1928年4月2日。这个日子发生的事，便是后来载入军史的湖南四大武装起义之一的桑植起义。

桑植起义成功后，扩充队伍，即扩红，成了工农革命军的中心工作。

因为扩红，贺锦斋领受了组织编写红歌的任务。

这一时期桑植县产生了很多红歌。桑植县的文史专家证实：新中国成立后收集的两百多首红歌中，都出自当年贺锦斋与周逸群（湘鄂边特委书记）等几位知识分子之手，其中贺锦斋一人就编写了一百多首。

贺锦斋待在家里编写红歌的这段日子，可是他们夫妇这辈子最幸福快乐的时光。

他们都是1901年出生，青梅竹马，从小又定下了娃娃亲，17岁他们成亲。她对父母为她一生的安排受之若命，就像所有人不能选择兄弟姐妹一样，她从一开始就认定他是她命里的那另一半。他呢，家境殷实，聪颖早慧，六岁能背诵三百首古诗词，九岁能吟诗作赋，十三岁在读经史了。其父贺星楼是清末秀才，有意把他培养成承传书香的才子。然而谁也想不到，新婚不到三个月，他就离家出走，跟带兵打仗的贺龙走了。

这一次，难得的夫妇朝夕相处，她觉得一切变得梦境一样美好。一种巨大的幸福感包围着她，压迫着她。由于心里憋得难受，她不由自主、反反复复地哼唱起一首歌来——

> 马桑树儿搭灯台，
> 写封书信与姐带，
> 郎被生意缠住手，
> ......

桑植民歌浩如烟海，当地人称：山上的马桑树有多少，歌就有多少。贺锦斋也是从小就听过大人唱这首小调。此刻，夫人圆润清亮的声音，就像清澈而温暖的溪水一样濡润着他的心。想到自己离开家这些年，夫人在家谨守妇道，操持家务，替自己照顾堂上双亲……他想，这歌不正是自己和夫人的真实写照吗？

他飞快地记下歌词，稍作思考，他圈改了一句，把那句"郎被生意缠住手"改成"郎去当兵姐在家"，又工整地将歌词写一遍——

> 马桑树儿搭灯台，
> 写封书信与姐带，
> 郎去当兵姐在家，
> 我三五两年不得来，
> 你个儿移花别处栽。
>
> 马桑树儿搭灯台，
> 写封书信与郎带，
> 你一年不来我一年等，
> 你两年不来我两年挨，
> 钥匙不到锁不开。

他沉吟了好一会儿。随后他轻轻哼唱一遍，会心一笑：这老歌新唱，真是不错，就是它了！

他叫来正忙着家务的夫人，让她看她一直唱着的他刚改过的这首歌。他拉她走到窗前，一只手拢着她的肩，一只手拿着歌词，细心解释他改过的那一句……

她说，这歌唱的不就是你我？

他说，这歌唱的就是你我！

两人相视一笑，随后齐声唱一遍，又唱一遍……

第二天，师长夫人按师长的要求，加入红歌传唱队，教农友们唱这首歌。

红歌宣传队在县城设立多个宣传站，在农村的主要集镇和墟场也都设了宣传站。每站都配有两三名宣传员，摆一张小桌，插一面红旗，面对围观的工农青年，宣传员用大量事实揭露国民党军政的腐败和土豪劣绅的罪行，同时向广大群众教唱革命歌曲，宣传红军为穷人打天下的道理，号召大家来参军。这些革命歌曲，通俗易懂，群众容易接受。每教一首歌，便立即四处传唱，一时城乡上下处处歌声，群情高昂，一大批青年踊跃参军，涌现了父亲送儿子，妻子送丈夫，妹妹送哥哥，甚至全家争着当兵的好局面。

师长夫人与几位男人当了兵的姐妹在洪家关乡场上教人唱歌。她唱得最多的便是这首由师长改编的《马桑树儿搭灯台》。在她们的鼓动下，周围十多个村子数百名庄稼汉参加了工农革命军。那段日子，师长夫人觉得她周围的一切变得像梦境一样美好。她常常将自己的感受告诉给其他姐妹。但更多的时候，这样的幸福她却独自享受了。当她没人言说的时候，她心里憋得难受，她就轻轻地哼唱这首歌。

现在，回到老家桑植坪的师长夫人，常常在一个人的时候哼唱这首歌。她唱着这首歌，回想着她与师长在一起的点点滴滴……

十五

又一个夏天到来，姚萍肚子显怀有了新迹象。葵梗找铜牙子卜了个卦，算准是个闺女。葵梗就早早地飞针走乡，为即将到来的小女娃缝制包单、包袄、小衣、小帽、小鞋。到深秋，姚萍肚子鼓得老大。她是冬天日子生产，葵梗生怕有啥闪失，坏了姚萍肚里的孩娃，就在堂屋里供上公公婆婆的灵位，灵位前每天烧着香。葵梗一个人包下了家里大小事务，不让姚萍沾边，不让她走出房院。葵梗吩咐一家人走路轻手轻脚，说话不许大声嚷叫。

可一天早上，葵梗正在屋里忙着，外面突然传来两声枪响，吓得她一下子扑趴在地。等她手慌脚乱出来，看见何文池撅起嘴得意地吹着枪管里冒出的蓝烟，守柱拍手欢叫，他爷儿两个正笑闹一处。

原来，这一大早起床，何文池本是避着她坐在屋院前那棵柿子树下擦枪，没想到那柿子树叶快落光了，却有两颗挂在树尖的柿子让早起走过去的守柱看见了，就嚷嚷着要爹帮他摘柿子吃。文池一笑说好，好，看俺怎么摘柿子。就抬头举枪，随着砰砰两响，伸手一接，两个熟透了的软柿子就托到他手上了。守柱见两个柿子的皮一点也没伤着，喜得嘴巴咧到耳根上去了。

葵梗看清明是怎么回事，气不打一处来，过去扯着何文池耳朵骂，池子呀，你都是两个孩娃的爹了，你还这么没心没肺地闹！文池把她的话当耳边风，她的心就怄得疼。

何文池跟她犟嘴道，俺怎么就没心没肺了？俺才要跟你说事呢！

吃过早饭，何文池让守柱到二娘屋里玩去，说是有事跟他大娘商量。文池一进葵梗屋，就说要洗澡。

葵梗就仔仔细细给他洗了个澡。

葵梗自打十三岁进何家当童养媳，那时候她每天都给文池洗澡。文池长大后，洗是不用她亲手洗了，却到她这儿养成个怪脾性，他每到心里有麻纱疙瘩事或急难事，一时没办或不知怎办，有时是他遇到高兴事、大喜事，都要葵梗给他洗澡。

葵梗烧了一大锅水，把专给他洗澡的大木盆搬过来。

葵梗兑了温水，一点一点，把他这些天来的污垢和疲劳搓掉。文池眯上眼，任葵梗把他搓揉。慢慢地，文池仰靠在木盆里，打起鼾声。

文池五短身材，大脸盘子，黑乎乎的粗硬胡须从脸鬓接下巴连成一个圈，眼珠子通红，是个恶相人。说他五短身材，他只是比中等个儿矮一点点，也不是太矮。可他长得壮实，重得像个秤砣，要是没几斤力气是搬他不动的。

葵梗搬他搬得顺手，一手抄住他的背板子，一手抄他的大腿，吸口气，一使劲，不打趔趄，他就从澡盆到床上去了。

葵梗那时的一身力气就是给文池洗澡时搬移他练出来的。

葵梗问他，你要去做哪样的事。

文池戛然止息鼾声说，不好说。

鼾声又起，这回是真睡着了。

一个时辰睡过去了，他才醒来。

　　到这时，文池才跟葵梗透露眼下他不得不去干的一件事：他要去杀那个桑植铲共队长周熠臣，给程少卿报仇。

　　葵梗对文池知心知肺，程少卿被周熠卿砍头后，他没闹着去报仇雪恨，是因为他身上牵连着红军家属几十家两百多人的身家性命，再加上他又任着芭茅溪的乡长，明里是不好撕破脸，跟陈策勋、周熠臣这些人作对。

　　后来听人说，程少卿在被害之前，大喊道，要吃辣椒不怕辣，要当红军不怕杀，刀子架到脖子上，脑壳掉了碗大个疤。手起刀落的那一刻，只听见阳青白日的天空轰隆一声惊雷，在场的很多人撕心裂胆地全身一震，跟着心口就痛起来，像被带着倒刺须的啥的舌头轻轻舔着似的痛。

　　听说那些人心口痛得十分蹊跷，那啥的舌头舔起来时，心口伴随着一种要呕吐的感觉时紧时松地痛，过一会儿不舔了，就不痛了，像啥事也没有过似的。可等把心口痛的事差不多忘记时，那啥的舌头又舔起来，那种要呕吐的心口痛又来了。就这样，一阵痛，一阵不痛，一阵又痛了，反反复复，没完没了，日夜折磨着他们，不晓得哪个时候会不痛。

　　开先，周熠臣嚷着要将程少卿的人头挂在县城门口示众一些天，就因了牵连他们一些人的心口痛，还有那记阳青白日里的响雷一直响在他们耳畔，才没人敢把程少卿的头挂到城门上去。

　　直到一个礼拜后的那个早上，执勤队的人跑来向周熠臣报告，程少卿的头不见了，这心口痛才放手饶过他们。周熠臣没派人追查偷程少卿头的人，就是恐怕那心口痛回头又折磨他们。

　　杀程少卿的那天，文池没去县城，他的游击队谁也不许去。事情过了两个月，文池才派张小牛进城里去探听——张小牛是鹤峰县人，从小父母死了，只好四处乞讨活命，游击队让他送过两次信，人都混熟了，就铁了心跟在游击队屁股后面跑，打起仗来也不怕，直到文池见到他，把他带在身边。那年他才十五岁。小牛人笃厚，办事牢靠，又滑得像个猴子，文池喜欢他，把他当儿子待，有啥不能一时声张的急难事都派他去办——小牛打听到，偷程少卿脑壳的人是城郊瑞塔铺与程少卿有亲戚关系的一对铁匠父子。

一个月黑风高夜，文池带着小牛去探程少卿的坟。文池与小牛先来到瑞塔铺铁匠铺子里，问明程少卿葬在哪个廊场。走时，文池将一个装有三十块银圆的布袋子送给铁匠爹，铁匠爹没接，却劈脸问文池，周熠臣啥时杀？

文池没答话，再把钱袋子往铁匠爹怀里塞。

铁匠爹胳膊拐子一别，钱袋子掉地上，铁匠爹老了脸说，俺认得你，你叫何文池，你和俺表侄都是贺文常的亲信……你不去为俺表侄报仇，你的钱俺不要！

文池的脸麻辣得哟，皮肉都抖起来了，回家后文池跟葵梗说，要是没那一脸的络腮胡子遮盖，他的脸怕是要红成猴子疤屁股了。

文池还是啥话没说，索性弯腰捡起钱袋子，拉着小牛，转身就走。等找到程少卿的坟，文池让小牛站一边望风，他对着程少卿的坟包磕了三个头，说少卿，你的仇不报，我何文池就不是人养的。

现在文池说他要去杀周熠臣，葵梗没阻拦。文池这人，他想好要去干的事，九头牛也拉不回，再说杀周熠臣也是他在程少卿坟头许过愿的，不让他去等于是剥了他的脸皮还让他活人。葵梗只是觉得他这个时候去，有些不对头，因为姚萍肚里的娃没落草呀。可葵梗除了叮嘱他一定全须全尾地回来，连半句反对他的话也不说。

葵梗没阻拦他，也是相信他这个人的本事，他要去杀个人，还不跟猎人进山打只兔子或打只野鸡一样容易。葵梗看着他长大，看着他学武，十四五岁的时候，他跟师父练铁砂掌，用一个破箩筐装满河沙，先是两手不停地往筐里插，直插得两手血肉模糊，还要插，旧伤好了，又添新伤，手上的血痂一层盖一层，最后都变成了老茧，将手伸开去，就真像铁板一块，拍在厚岩板上当当响。等手怎么插也插不烂时，他还练插，一天不断地练了四五年。

他还练跑，练飞檐走壁，练到哪个程度呢？

南岔村里有户姓周的土豪，家有恶狗，没来由地乱咬人，一连咬了四五个大人的后腿，还扑趴过一个八岁的小姑娘，咬得小姑娘头上、脖子上、肚子上全是伤，周家不管束自家的狗、不给人治伤不说，还放出话来：打狗看主人，谁要是招惹他家的狗了，就让他吃不了兜着走。

那年，文池才十六岁，却也是血气满满，当他听人说起这件事，气得一个蹦蹬，直往南岔赶去，叫你拦都没法跟上他。南岔隔洪家关村也就一顿饭工夫，文池很快就到了。

巧不巧的，那恶狗正站在路口，准备随时追咬路人。那恶狗又高又长，站那儿像条半大牛犊，它看文池大步朝它走去，也就扑上来。文池身子一矮一闪躲，那狗扑了个空，就趁这一刹那，文池五指张开的手，直插进那狗的后腰，狗吃了大痛，惨叫一声，掉头就跑。

它晓得今天遇到了硬角色，只好跑了。

开始，狗跑得飞快，文池也跑得飞快，可跑着跑着，狗就慢下来，文池也慢下来……

那天，南岔很多很多的穷人都乐呵呵、笑哈哈地看着一个比恶狗高不了多少的半大小伙满田坪追赶那狗。

南岔是一马平川的田地，那恶狗怎么也跑不出人们的眼睛。

后来呢，后来那狗硬是让文池追得七窍流血，全身抽搐，倒地毙命。当然了，那姓周的人家听说文池是洪家关村来的小子，也就只好自认倒霉，忍气吞声，不了了之。

远近都知道，洪家关村出狠人出硬角色，不好惹。

这是说文池能跑，有耐力。他的本事还不只这些，他的枪法也是一等一的好，说他百步穿杨那是一点也不夸张的。

有人在屋窗下轻轻敲了三下，文池说，俺得走了。

葵梗帮他穿戴整齐，又将短枪帮他别在后腰，他就神清气爽地出了门。

小牛在门外已等多时了。

小牛满二十了，长得又高挑又瓜俊（漂亮），比文池高出一个头去，文池的本事他也学到一多半去，文池干这样的事自然少不了他。

这时还是中午，他两个朝葵梗招呼一声，就钻进取和坪河岸边树林子不见了。

他两个没过河走官道进城，是为避人耳目。

游击大队沿芭茅溪官道上下统共设有五六道暗哨，整一个芭茅溪一有啥风吹草动，就会有人向文池来报告。从取和坪向河下游去，有三道岗哨，但文池与小牛那天进城，到第三天早上回到家，却是没人知晓，他两个连自己的岗哨都瞒过了。

后来文池给葵梗说，周熠臣死在一根麻绳手里，麻绳将他吊在县城的自家房梁上。他与他的三老太睡在一起，可是三老太睡憨了，连男人是怎么搞到房梁上去的都说不清明。看周熠臣那样子，好像是自己动手上吊的，却又找不出他自找死路的由头，也没一个人信。

文池说，那天晚上是小牛动的手，他望风。他两个翻墙越房进周家房院前，小牛丢个肉包子，把周家的狗给毒死了，所以等小牛把人弄到房梁上都没狗叫。

紧接着，两人赶到瑞塔铺程少卿的坟上，文池又给程少卿磕了头，说，少卿，俺本想将姓周的狗头弄来祭你，可你知道的，俺不能那么干……

天很快亮了，两人在程少卿坟地附近找了个隐蔽廊场，一觉睡到下半天，天快黑时，才回头往芭茅溪赶。路过瑞塔铺街上时，文池没忘了将原先铁匠爹拒收的那个钱袋子丢进铁匠铺。

十六

那是早春二月天，树梢上开始拱出豆粒大的嫩芽苞，坡地上，山道边，溪沟旁已逼出一层养眼的浅黄淡绿。但天气还很冷，空气中流动着那种顽固的湿冷清寒。走在路上，风吹起来，将人冲撞挟裹，如同铺天盖地的凉水泼着，浑身打战如筛糠。

李长桐李参谋挑了副箩筐，一高一低，走过一个又一个寨子，一路打听柳叶子家住哪儿。说他一高一低，是说他有点跛。李参谋的大腿让弹片咬伤过，伤好后，他的腿就瘸了。桑植这方的人说跛子不直接说跛子，而是说大路不平。不是吗，跛子走路时一高一低，肩膀翘来翘去的，好像就是路不平嘛。

那天李参谋走到一个垭口，柳叶子正在油菜地里忙乎。李参谋放下箩筐，吹起了那支短箫。后来柳叶子听说，箫分八孔箫和六孔箫，那是支六孔箫。那是陈营长带给学文的。当初，陈营长让留下来的李参谋去看学文时，李参谋说，营长你还是留个啥信物给儿子吧。你这一走，不知猴年马月才见得着。留个信物，好让儿子有个念想。陈营长想了想，就把平常带在身上的一支六孔箫交李参谋带给学文。

听见李参谋吹箫，柳叶子直起腰，棚着手向他张望。头上扎着羊角辫的早芹欢叫一声，跳出油菜地，欢跃着跑过去。她太小了，奔跑时像只小雏鸡，两手两臂张开，平稳着身子。陈学文怕早芹摔了，紧跟着跑过去。

早芹跑到李参谋面前，一脸烂漫地说，你是俺爹么？你一定是我爹啦！

陈学文也说，你是爹吗？你一定是爹啦！

李参谋笑眉笑脸地说，你是早芹吗？你是学文吗？

两个孩娃听见李参谋叫得出自己的名字，两个都说，那你一定是俺爹啦。

陈学文要过李参谋手中的箫吹起来。学文这孩娃三岁时才会说话，平常也没早芹嘴快，长大后也是口拙舌笨，可他箫吹得好。他吹箫是无师自通。他这是第一次吹，在柳叶子听来，就是很好听的声音了。

早芹拉着李参谋的手向柳叶子这边走来。学文吹着箫，跟在他两个的后面。

李参谋来到柳叶子面前，说，你是刘大兴屋老太吗？俺找你们两年了。

就在那地头上，李参谋就把他受伤后留下来，留下来受陈营长的托付来看学文，伤好后又四处寻她娘儿三个的来龙去脉一股脑儿地跟她说了。

柳叶子忍不住问了，那大兴呢？大兴现今在哪儿？

李参谋说，他们早到陕北了，现今在山西，正打日本鬼子呢。

李参谋想想又说，弟妹你放心，刘大兴跟陈营长在一块儿，他会没事。

李参谋比柳叶子大两岁，他这时叫她弟妹了。他是觉得叫她刘大兴屋老太绕嘴、拗口，才叫她弟妹的。后来的年月里，他一直叫她弟妹。

李参谋先是给柳叶子十块光洋，说是陈营长托他带给她的，再给她三块光洋，说是桑鹤游击大队给的红军家属的安家费。柳叶子推脱不要，说俺养学文不为钱。

李参谋说，谁都知道你养学文不为钱，这点钱也不能补偿你的恩德。可这是陈营长给你的，是他的心意。你要不拿，现在也不能退回去了。再说他若是晓得你不要他的钱，他也不会心安。

李参谋这一说，柳叶子就不能不拿了。

两个孩娃听清了两个大人说话。早芹说，原来你不是俺爹啊！

学文说，你说的陈营长是谁？

学文隐约记得，他是送到这家里来的。因为在他两岁的记忆里，基本上是人来人往，像赶集一样热闹，还有就是经常赶路，人喊马嘶地从一个廊场转移到另一个廊场。现在他五岁了，他还是对他的身世犯疑。柳叶子没对学文说清他的身世，一是把他当亲儿子待，二也是想到隐姓埋名，可以更好地活下去。

柳叶子这时想，学文既然这么问了，和李参谋回家后，她就当着李参谋，直白地告诉学文，俺不是你亲娘，你与早芹也不是一个爹。

柳叶子又说，你的爹叫陈荣丰，是个红军营长，这位李叔叔就是受你亲爹托付专门来看你的。

学文来这家里三年了，对柳叶子早有亲情，听了她的话，他流着泪说，娘，你是不是不要俺了。

柳叶子就哄他，李参谋也哄他，又告诉他，他为啥送到这家里来。再嘱咐他，往后对外人可不得乱说他不是这家里的孩娃，他爹是红军营长。他到底是弄明白了，才不哭。

那天晚上，李参谋留在柳叶子娘家住。

第二天李参谋下山前，拿过学文的箫，吹了一支有歌的曲子。李参谋又手把手地给学文教了些吹箫的要点，然后才走。

从此学文吹箫入迷。他只要一吹箫，就啥都忘了。

过一阵子，李参谋又上山来看望学文。回去时，把他带到芭茅溪住了一段日子，上了一段时间的学。再过一阵子，学文说他想早芹妹妹了，便又把他送回山上。

学文到芭茅溪的日子，早芹耳朵里时时回响着学文的箫声。

就在这一上山一下山的往来中，李参谋开始是让学文叫他爹。后来，他跟柳叶子商量，就让学文跟他过日子，他两个算是一家人了。柳叶子虽有些舍不得学文，但想到李参谋是个大老爷们，又有学问，学文跟了他，会得到更好的照顾，也能学到文化，就答应了。

李参谋再要带学文去芭茅溪，也把早芹带上，不让两个孩娃分开。

十七

师长夫人看王腊月与张菊妹两家日子过得艰难，就教了她两个一门赚钱的手艺，用芭茅秆编草帽和斗篷（斗笠）卖。

在桑植，原先人们都习惯用麦秆编草帽。可桑植种麦子不多，麦秆有限。师长夫人就发明了用芭茅秆织草帽。也就是说，师长夫人是用芭茅秆编东西的发明人。芭茅秆类似芦苇，又长又柔韧，用圆圆条子，或把秆儿破成篾条，怎么编都行，可比麦秆好编多了。再说芭茅秆这东西，一到秋天，桑植的山野哪儿都能采到。

王腊月与张菊妹两个住得近便，除去忙地里的活，她两个都在编草帽和斗篷。她两个总是一起编，有时在张菊妹家编，有时在王腊月家编。她两个又一块把编好的草帽和斗篷挑到芭茅溪集场去卖，得的钱平分。这有些类似于新中国成立后的生产合作化和互助组。

王腊月与张菊妹编草帽和斗篷时，几家的孩子，立夏，蕙兰，大雪，青松，还有从取和坪赶来的何文池屋的守柱，后来还有李长桐带来的那个陈学文，都聚一块一旁玩。他们跳绳子、踢毽子、打飞棒，或一起唱书。听他们唱书可有意思啦。他们这样唱：

我是中华儿女，我爱我的祖国。即使她还有不足和不尽如人意，我也会尽我的微薄之力，有一分热发一分光，为祖国建设添砖加瓦……

　　王腊月与张菊妹知晓，这都是那个李参谋教给他们的。听说李参谋在当红军前，上的就是当先生的学。他们唱的这些书，王腊月与张菊妹大都听得明白，可"中华""祖国"两个词儿，却是第一次听到。她两个停下手中的活，喊停几个孩娃，一本正经地问：几个都唱得好，嗯，唱得好。那俺得问问，中华是哪个呀，祖国又是谁呢，嗯，看谁先答上来。

　　王腊月家的立夏抢先说，中华、祖国不是哪个人，是我们的国家，是我们中国。

　　王腊月与张菊妹都啊了一声，好像有些懂了。

　　张菊妹说，嗯，立夏说对了，那你们接着唱。

　　几个孩娃都毕恭毕敬地站着。这时王腊月看青松举起他的右手来，就说，青松，你举手干啥呢？

　　蕙兰与大雪都有些蒙，看看王腊月与张菊妹，又扭头看看青松。

　　嘴快的立夏说，娘，他这是要发言，你怎么连这个也不懂？

　　孩娃们笑得东倒西歪。王腊月和张菊妹也笑起来。

　　可王腊月板起脸，说笑啥呢？笑啥呢？都正经起来。

　　王腊月说，你道俺两个真不懂啊！俺是说青松，有啥话讲，不用举手。

　　青松就把身子一挺，说，立夏讲得不全对，中华不是国家，是我们的民族，中华民族，我问过我娘。

　　王腊月与张菊妹真蒙了，民族又是啥呢？她两个你看我我看你，实在装不下去了。

　　看来师长夫人懂得是多。师长夫人没事时也过来，看她两个编东西，看孩娃们玩。她也教孩娃们识字，唱书。最有意思的，是师长夫人教孩娃们看地图。她拿根棍子，先在地上画，弯弯曲曲的一大块，师长夫人问孩娃们，这是什么呀？

立夏、青松、守柱几个齐声说，这是中国。

师长夫人在中国上面又画了蚯蚓找娘似的两条线，问，这又是什么呀？

孩娃们齐声说道，长江，黄河。

王腊月与张菊妹两个听了却笑弯了腰。这都是啥呀？像孩娃们尿床后留在被子上的尿杠。再说水都往低处流，江与河怎么就会爬坡呢？她两个都把心里的疑惑说出来。

师长夫人就笑。可师长夫人不直接回答她两个，她问几个孩娃，这个问题看谁先答出来？

这好像难不倒几个孩娃，他们说，那不是爬坡，那是往北方流呢。

立夏显得特别聪明的样子，他指着长江旁的一个廊场说，娘，你可看清明，我们桑植大概在这儿。他再指指黄河的上流说，俺爹他们，文常伯伯他们，现今就在这个廊场打日本鬼子呢。

师长夫人竖起大拇指，直夸立夏讲得好。

好笑的事情还没完。因为接下来，师长夫人又画了个大大的圆圈，将中国全围起来，指着大圆圈问孩娃们，这是什么呀？

孩娃们都大声答道，地球！

这在王腊月与张菊妹看来就更稀奇了，又不敢笑，因为不好问师长夫人，王腊月就问立夏，地球是啥呢？俺中国怎么就搞到球上去啦？

立夏又逮着显能的机会了，他蹲下去，在地球的中间、中国的四周画了些块块儿，说，地球上不止一个国家，两百多个呢。又站起身来，伸手地下天上一划，说，所有国家的人都住在地球上。

青松总比立夏慢一拍，可他显得比立夏老成，他也举手天上地下一划，再指指天上的太阳，说，太阳每时每刻都在转，俺们住着的地球，每时每刻也在转，地球就围着太阳转，还有月亮，月亮围着地球转。

这卵谈（桑植土话，笑谈的意思）真是扯大了。这回王腊月与张菊妹两个打死也不信了：人就住在一个球上，还啥时都在转，那人都不都全掉下去摔死了。可两个不敢再问，只在心里闷笑。

　

孩娃们爱聚在王腊月与张菊妹两个身边玩，久了，有时也会玩出事。有一回，王腊月与张菊妹到桑植坪的河边去采芭茅秆，那天憨冷，是夜里下了霜的日子，霜天里采的芭茅秆更柔韧些，她两个用柴刀正在河岸边砍芭茅，孩娃们在一边玩，突然听到蕙兰、大雪喊叫起来：立夏掉河里了！

大雪和蕙兰踢毽子，蕙兰把大雪的毽子踢到水里去了，几个正在玩藏猫猫游戏的男孩子全都冲出芭茅弄，全都手忙脚乱地去捞流走了的毽子，谁也没捞着，眼看就要沉水里去了。最急性的立夏啥也不顾，就一下子跳水里去捞，结果毽子没捞着，衣裤全打湿不算，还被冲到下边水潭里去了。

等王腊月和张菊妹赶到，立夏还在水里扑腾，孩娃们都在喊救命了，王腊月啥也顾不上，全衣全裤地跳进潭里，才将立夏捞上来。

立夏吃了好些水，说不出一句话，脸色煞白，嘴皮子发乌，牙齿冷得直打战，浑身哆嗦着。

张菊妹烧了堆火，让王腊月娘儿两个脱了外衣烤。大雪、蕙兰吓得放声大哭，后来不哭了，却一抽一抽，在不停地打着哭嗝。

等立夏吐完肚里的水，脸色好些时，张菊妹就扇他，一个毽子不要了就是，你怎么连命都不要，硬要跳水里去捡呢？

打着哭嗝的大雪说，娘，立夏哥哥看是俺的毽子，才跳水里去的。

同样打着哭嗝的蕙兰说，菊婶婶，毽子是俺踢下进水里去的。

张菊妹对蕙兰说，婶婶不怪兰兰，俺说立夏不该往水里跳。

这时立夏说，俺看掉下去的是大雪的毽子，俺就啥也顾不上了……

立夏这一说，大雪就上前抱住立夏，又哇一声哭起来：立夏哥哥……

一直在旁冷眼旁观的青松上来，将大雪抱住立夏的两只小手拉开，说，菊婶婶说得对，为了一个毽子，连命都不要了，不值得。大雪你不哭，不哭，啊……

大雪挣开青松，两手直往开甩，她不哭了，却不太理会青松了。

立夏对大雪的好，王腊月一个做娘的，那是看得清清明明。王腊月预感到，大雪长大后，会是她的媳妇儿。

王腊月那时还看出另一对往后的生死冤家，就是她的蕙兰与何文池屋的守柱。守柱对蕙兰的好，同样也是连命也敢丢舍的那种。

那是热夏的一个日子，王腊月与张菊妹在家院里编东西，几个孩娃在河边玩，蕙兰的小腿让"白头箍"（桑植方言中对银环蛇的称呼）咬了一口，小腿肿起来，眼见着一条红线往上走。

眼见蕙兰哭脸色发乌，呼气发紧，可她哼哭着。几个孩娃都吓哭了，不晓得怎么办才好。

守柱却不慌，他撕烂自个的衣服，扯下布条捆住蕙兰的腿，砸破一块卵石，用碎块的锋尖把蛇咬过的牙口破开，两手掐住蕙兰那条腿，从上到下地擀，不断地擀，红不红白不白的脓水，流下一地。他仍不住地擀，直擀得他自个气喘吁吁，冒出满头的汗珠子。

守柱顾不得毒了，把嘴贴住蕙兰的伤口狠吸，吸出血水来吐地上，又接着吸，吸了又吐。

梁三、青松跑着喊去王腊月和张菊妹两个，看到守柱已经吸过，正给蕙兰用水清洗伤口呢。

后来，王腊月就在河边采了点草药，放嘴里嚼烂，敷在伤口上，蕙兰就没事了。

"白头箍"可是很毒的毒蛇，毒性发作快。要是没守柱那套及时抢命的消毒弄法，再要拖延会儿，只好拿斧头把那截腿剁了，才得保住蕙兰的命，要是狠不得心拿斧头剁，再过会儿，那蕙兰就没命了。

多亏了守柱有一身武术，能打仗，又当着桑鹤游击大队长的爹，守柱的胆子就比别的几个孩娃大，之前何文池又给他讲过对付毒蛇的办法。那一次，蕙兰被蛇咬，正好把他爹教他的用上，蕙兰才捡回一条命。

可过后，守柱却毒得昏倒了，又得幸师长夫人能扎针，师长夫人赶过来，一顿针扎，守柱醒过来，他的命也保住了。

平常守柱就不怕蛇。又一回，王腊月家屋坎下的草弄里来过一条蛇，孩娃们看见，忙喊守柱去抓。守柱也没多话，跳下屋坎，哈下腰拖起蛇尾巴，拎起来，几摆几抖，那蛇就没劲了，丢地下，那蛇就不会游动了，只盘旋扭曲，断了筋骨似的难受。

王腊月真看出来了，蕙兰从此对守柱有了那种不管爱着，还是恨着都舍弃不得的心意，就是桑植人讲的男女冤家的那种。守柱是何文池的亲骨肉，是何家几代人的一脉单传，他不是葵梗亲生，却是葵梗能用自个的命来换他的命的宝，可老话讲"三岁看大七岁看老"，守柱小时候那做派，又倔强又霸蛮赛过黄牛的性子，言语举动处处都像何文池。——不是何文池不好，何文池好是好，他是位难得的好人、善人，更是位站着是座山，躺下堵断河的男子汉和大英雄，是位能以性命相托付的性情人。——他要不是这样的人，贺龙带队伍走的时候，敢把要保护红军家属的一个桑鹤游击大队长让他当吗？王腊月心里的疙瘩，正是守柱像他爹，她才不愿蕙兰跟他过一辈子。何文池那样的人，刀山敢闯，火海敢下，注定他的命不长久。再说了，他何家人从何文池的爷爷到他爹，都是没活过半百就过世的短命人。王腊月一个做娘的，自是不愿把如花似玉的闺女嫁给这样的人家。这是王腊月的隐忧，只是孩娃们还小，她不敢说出来罢了。果不其然，何文池后来四十四五就死了，想想他还不如他的几位先人，他的先人都还是病死，何文池却是被砍了头的凶死。守柱后来是活过了六十不假，可他却是个两腿都没了的瘫子……

守柱救了蕙兰一条命，那一年守柱八岁，蕙兰三岁。有一回，王腊月正与张菊妹坐在院坪里编东西，听见蕙兰一旁说，守柱哥哥，俺长大了做你老太，好不好？

守柱说，蕙兰妹妹，那俺两个讲好了，长大了俺就娶你，你也不要看上别人。

小孩子不知耻羞，口无遮拦，王腊月听了却是气得心里冒火，跳过去就给了蕙兰两耳刮子，骂她，一个女孩子家家的，晓得啥老太不老太的？

蕙兰挨了打还不哭，犟嘴道，俺就是要给守柱当老太嘛！俺就是要给守柱当老太嘛！

这憨货！她这是掏她娘的肺管子惹俺生气呢。

王腊月也没再打她，却是跟她讲了一通树要皮人要脸这样的话姑娘家不能随便跟人讲，讲了跟猪鸡狗羊不穿衣遮羞一样是牲口而不是人了的道理。

随后，王腊月对蕙兰说，你说，俺不讲畜生的话了。

蕙兰说，俺往后不讲畜生的话了。

王腊月又把守柱拉到俺跟前说，你也说，俺往后不跟蕙兰妹妹讲畜生的话了。

守柱就跟王腊月保证说，俺往后不跟蕙兰妹妹讲畜生的话了。

铜牙子到桑植坪来了，他坐在村道边唱起渔鼓：

豌豆开花紫莹莹，
手中线儿绣花枕。
一绣哥哥去当兵，
二绣红军走长征，
三绣荷包常挂怀，
四绣腰带缠紧身，
五绣荷花莲蓬开，
六绣石榴笑开颜，
七绣牛郎会织女，
八绣中秋月儿圆，
九绣重阳金菊开，

十绣江山红一片。

绣好花枕扫庭除，

只待哥哥把家还。

十八

公爹抓了不少芭茅鼠，王腊月一家人经常吃，那东西营养人，王腊月吃了，奶水充盈。蕙兰四岁了都没断汁儿。

王腊月的公爹向来嘴巴不管风，舌头乱煽，讲话不过脑，惹人生气。这也合该要出事。

那是晚饭后，天下黑时，鸡要上笼了，都坐在屋门前。

这时，碰巧有只芦花公鸡，不急着上笼，却满院坪追着一只鸡母，要踩背寻欢呢。王腊月因公爹舌头乱煽的事，心头无名火起，顺手抓起一根柴棍丢过去，芦花鸡正忘乎所以，柴棍打了个正着，它嘎咕咕叫着，爹开翅膀扑了几下，不敢再追了，可它却一步一步踱着，寻思自个犯了啥错。

王腊月看着它那样子，又一股怒火冒上来，就拿根长竹条，追打得它满院坪扑腾。王腊月一边追打一边嘴上恨恨地骂道，你个畜生，看你以后还乱叫。

你看王腊月骂的啥呢。芦花鸡那哪是乱叫，它是无意中踩了蛇尾巴，惹下祸事，这明明是主人故意找碴骂它，指桑骂槐呗。王腊月后来想，公爹嘴巴不管风舌头乱煽是公爹的不是，可她追赶着芦花鸡骂，就是她的不对了，爬那话是能随便骂的吗？

　　也不知公爹那会儿是怎么想的，也不知他的心有多疼。反正从那天晚上起，公爹就没进屋与王腊月和两个孩娃同桌吃过饭，没进屋睡过觉。遇到轰隆队后又脱逃的那天晚上，公爹本就受了惊吓，胆小怕事，而从那天以后，他变成了痴痴疯疯的一个人了，而到他醒转过来时，他就要去阴间见腊月婆婆了。

　　在往后的岁月里，王腊月是无数次地悔。

　　那天晚上，公爹在草棚里抱着几只羊呆坐了一夜。王腊月指使两个孩娃轮流叫他进屋睡，他已认不出两个孙子是谁了，对他们说了些听不懂的话。深夜里，听见他在草棚里哭，哭他死去的老太和爹娘，哭这么些年他一直挂念的已在阴间的各位亲戚。

　　往后，他就住草棚了。他自个在草棚里铺了些芭茅草，就睡上面过夜，秋凉时，王腊月去芭茅溪集上花钱请弹匠铺弹了一床新棉盖被，把他原来睡过的垫被搬过去，王腊月又找些柴棒，在羊圈旁搭了个牢实的床铺，将草棚的漏风口封紧，又扎了个柴草门，不让他寒天里冷着。

　　他不愿进屋吃饭，王腊月就指使两个孩娃把饭菜端过去。可不管王腊月怎么细心待他，好心待他，不让他饿着冷着，也还是没收回他的好性情。

　　蕙兰到草棚里去了，他把蕙兰驮在背上，嘴里咩咩地学羊叫，在床铺上、羊圈旁爬来爬去，爬上爬下。立夏到草棚去跟他说话，立夏读过书，说话像个先生，不管立夏说啥，公爹都不搭话，只是老实巴巴地听着，脸笑得羊脸似的。

　　王腊月知晓他这是在疼孙子。他常常坐在那里发呆，眼睛盯着天空，盯着远山，那样子，好像一定要盯出个跟贺龙打仗去了的他的儿子向云林出来。

王腊月也是过后才知晓，公爹每天出去放羊的当儿，学着羊的样子吃草、吃野菜，他的嘴啥时看都流着青草汁儿。他后来还吃马桑果。那马桑果豌豆大小，圆形多肉，夏天长成鲜红色，秋天长成紫黑色，这种东西不能吃，有剧毒，怎么能吃呢？曾经有那不懂事又贪嘴的孩娃吃了，中毒后，要来不及找郎中，或找着郎中了却不知晓吃了啥，那孩娃的小命就没了。

开始，王腊月不知晓公爹吃马桑果，他是吃中毒后，她才知晓的。公爹吃马桑果中毒过三回，就那样他把自己吃死了。

第一回是吃早饭时，王腊月让立夏给爷爷端饭去草棚，立夏回来说，爷爷睡在铺上哼哼着，起不来了。王腊月过去一看，公爹真哼哼着，王腊月问他怎么了，公爹不回她话，只一个劲哼哼。王腊月看他的脸、手臂、腿梗，满是乌煞之气，全身浮肿，手指头一按一个窝。

王腊月让两个孩娃看好爷爷，她自个撒开两腿去搬师长夫人。

师长夫人有宗手艺，扎针。她有个麂皮做的小包，包里又是包，细绸布包，里面裹着三根一拃长的银针。师长夫人治小孩的鹅口疮、天花痘、麻疹等疑难杂症，都是先用三根银针扎，过后才对症下药的。常有那中过风的大人，嘴歪眼斜脸苦着来找师长夫人的，师长夫人也是用那三根银针扎过才给药吃的。不管认得的、不认得的，师长夫人都给治，从不问人要钱，有钱给她治，没钱给她也治。一顿针扎，再给些药吃，不管小孩，还是大人，第二天就好了。

不多会儿，王腊月把师长夫人搬来了。师长夫人在王腊月公爹的头上、脸上、心口上都下了针，忙了差不多一顿饭工夫，随后给些绿绿的药丸子吃。

师长夫人说，你公爹偷偷吃马桑果你晓得不？

王腊月说，你是听哪个讲的。

师长夫人说，幸亏俺听到有人说，他白天放羊时吃的。他怕是有啥想不开。

师长夫人这话不是责怪腊月，她相信腊月的为人，也知晓她一直对公爹好。可她这话却像一把剑刺伤了腊月，腊月的泪水泉一样，一股股往外冒，腊月掩了面，蹴在地上，哭得打起嗝来。

王腊月心里有多难过，公爹是因了她指桑骂槐他爬灰后才变成个疯癫无常的人的，她认为这事说到底自个是罪魁祸首。

师长夫人安慰她说，你公爹人糊涂了才吃那东西的，这事不能怪你。

可王腊月不敢把她骂公爹的那话说给师长夫人听，就哭得更凶了，泪水还是泉一样冒，泪线不断绝。

师长夫人走时，特意交代说，他自个要这么干，就是往死路上奔了。这事有一，不能有二的。你记住，再下回，俺是没法了，你就直接去搬葵梗好了。

想不到，过一阵子，公爹又吃马桑果中毒了，症状和上回一样。王腊月记着师长夫人交代过的，去搬何文池屋老太葵梗。王腊月让两个孩娃看好爷爷，撒开腿直往取和坪跑，差不多一顿饭工夫，葵梗就随她到家了。

葵梗画了一道纸符，贴在门楣上，再把一只鸡放在公爹的胸口上。葵梗说，要是人有救，那鸡不会动，把胸口的毒吸干，要是没救，那鸡就会逃走。

那鸡果然就没动，只是咕咕叫着。

看鸡没动，葵梗才穿了始俫妮作法时穿的灰白色长袍，手执灰白色拂尘，两脚不停地跳着，两手不断地轰赶，把附在公爹身上的毒鬼儿轰赶到院坪里。

她满院坪地追着那毒鬼儿，用拂尘抽打。她一时尖声细气地喊叫，一时粗声恶嗓地大骂，两脚不停歇地跳着。草棚内公爹胸口上的那只鸡卧了半个时辰，只听见它叽咕咕叫了几声，就滚落在地，挣了几下，气绝而亡。

院坪里一直追赶着、跳着的葵梗突然停了下来，嘴里喷出一团火来，这才从作法的始俚妮恢复到平常人。葵梗汗流满面，好似刚从蒸笼里出来，灰白色的道袍也让汗水打湿了，她喘着气对王腊月说，好了，毒鬼儿打死了。

葵梗给王腊月几颗黑色的大药丸子，说这是用蜈蚣、蝎子、蜂窝、马桑果等十几种毒物制成的，此药名叫拔毒，给病人口服，能逼走渗入病人皮肉里的毒气。

王腊月喂公爹吃了那药丸，公爹踏实睡过一夜，第二天早起吃过饭就出门放羊去了，好似啥事没发生一样。

她记着葵梗走时交代她的：再不能让公爹吃马桑果了，要再吃，就是阎王爷拿他的命了，她这个始俚妮，一般的小鬼小妖是能对付的，要从阎王爷那儿赎命，比登天还难。

葵梗那意思她明白，要再遇到这种情况，就不要搬她了，八抬大轿请她，她也不会来了。

师长夫人上次说过的话，这次葵梗又说了差不多同样的话，王腊月心里就像刀子戳着一样难受。王腊月想公爹吃马桑果罪责全在她。傍晚等公爹放羊回来，王腊月到草棚里去，一膝盖跪在公爹面前说，爹，俺求您别再吃马桑果了，你要有个三长两短，往后云林回来，俺怎么跟他交代。

公爹只管忙他的，好像他面前没王腊月这个人似的。王腊月白天在山上采了一把马桑果，见他这样子，她全掏出来，往嘴里塞进去，王腊月一边大口嚼一边说，爹，您今儿要是不答应俺，俺就不活了，您的两个孙子俺也不管了。

公爹这才手忙脚乱地过来，伸手拉王腊月起来。他嘴里咿咿呀呀着，没说成一句话，可他不停地指自己的胸口，又不停地摆手，表示不吃马桑果了，王腊月这才站起来。

公爹怕王腊月真死，嘴里还是咿咿呀呀叫着，又不停地指她的嘴巴，要她把吃进去的马桑果吐出来。王腊月就蹲在地下，呕啊呕地吐。没承想她吃急了，一把马桑果给吃进去多半，只吐出一点渣渣。

王腊月又是下跪又是叫他爹，算是正经向他赔罪了。

自从王腊月那次骂过他后，就没叫过他一声爹。可不知公爹是责备他自个太深，还是还在记恨她，他始终没与她说成一句。

十九

姚萍生下的女娃取名荞麦。小女子就真像棵荞麦似的，见风了长，八个月时能叫爹爹、哥哥、大娘、二娘，一岁时能满院坪走了，两岁时就能跟哥哥守柱到坡上去玩了。

荞麦三岁时，每天都跟着哥哥、二娘去上学了，小女子模样好，眼睛清亮，小嘴弯弯，亲近人，恬静人，脑瓜也聪敏，能认一百多个字了。

这年秋天的一天，家里只剩下葵梗一个人时，卜算子铜牙子来了。

卜算子铜牙子戴着副墨镜，脸微仰又微笑着，从手里伸出的竹棍在脚前两尺远近的廊场不停地笃笃敲打着，引他前行。铜牙子心里长了半个天眼，都说他要是个明眼人，估摸能把天看透。

一天，他走在半道上，心口突然没来由地被啥揪着扯着疼起来。说起来你会不信，他一个瞎子突然就看到了一坨金光四射的流星急速旋转着划过天空，撞向地面，后面拖着长长的尾巴。他站下来，静神平息一小会儿，再伸出拇指在四个指肚上飞快地掐一阵子，然后哀叹一声：

舅舅死了！

就坐在路边嗷嗷地号起来。

新中国成立后，活着回到桑植的贺龙的老兵都证实，那一天的那一时刻，正在指挥打仗的贺龙的指挥部遭到日本飞机的狂轰滥炸，一颗炸弹丢下来，眼看就要四面开花了，警卫员张大胆猛扑上去，用自己的身子盖住了贺龙。这张大胆就是铜牙子的舅舅。

前面说了，铜牙子是洪家关村人。他从小就是个孤儿，是舅舅把他带大，眼睛是三岁时他调皮捣蛋栽进石灰坑被烧坏的。十三岁那年，舅舅送他拜了个盲人师父，学艺归来，他就开始走村串寨，或赶赴各个集场了，到廊场了，就铺块红布，上书"算字人前世今生，测乾坤凶吉祸福"，一卦几文小钱，糊口而已，有时管顿饱饭，他也乐意。

舅舅就在那段日子参加了红军。舅舅给贺龙当警卫。

铜牙子见过贺龙一面，舅舅让他喊姑公，他就喊姑公。

铜牙子有件珍爱如命的物件，一根细铜圈串着八九十颗打了眼孔的子弹壳，拿在手里摇一摇，子弹壳相撞，发出叮叮当当的声响。那些子弹壳在天长日久的摩擦和汗浸下，变得更加铜光闪闪、温润如玉，好似一件宝物。铜牙子路上走动时拿在手上，很多很多的村寨人家每当听到子弹壳撞响的声音，就知道是铜牙子来了，就出门喝住黄狗黑狗，就上前去请他吃茶。铜牙子说，子弹壳就是姑公给他的。怎会给他呢？他说他给姑公送过情报。姑公一高兴，就赏给他三块光洋，外加一捧子弹壳。他想，光洋总会花掉，子弹壳他得永生带在身上，作为对姑公的念想。他进城找到个铜匠，帮他串圈了这件宝物，为这个他花掉了姑公给的一块光洋。

子弹壳串好，他几夜没睡着。他想让姑公看看这件东西。他到处找姑公。可是找了好几个月，部队倒是经常见到，就是见不着姑公。

一天他打听到，红军部队都集结在刘家坪一带，过两天就要远走了。他赶去刘家坪，找到舅舅，舅舅却不让他见姑公，说姑公连吃饭睡觉都忙不过来，哪有时间见你。舅舅说过些日子吧，过些日子让你见他。

铜牙子说，过些日子你们都走到天边了。

舅舅说，走了，还不回来？

一路去时他掐算过，红军这次走了十年也不会回来。可他不愿说破。他哭了。他对舅舅说，不让见就不见吧，可你得给姑公捎句话。

他摇着手里的子弹壳串说，姑公给我的东西我不会丢，生生死死都带在身上。

舅舅说，好的，好的，这话我一定讲给姑公听。

红军走了，那以后他天天盼着舅舅回来，天天祈求白虎神保佑舅舅平安，千万千万莫出事。而眼下，他知晓舅舅死了，他怎么会不哭呢？

铜牙子哭过好一阵,突然神灵附体似的,打了几个冷战,他住了哭,开始想事。他想这几年来,桑植连连生出异象,难怪要死人。红军走时,正是秋冬时节,不是映山红开时却满山遍野地开,第二年春上,到映山红开时却不开,第三年映山红倒是开了,开的却一律都是白花;他常常听到山野地里,那撕心裂肺的哭泣,那哭声一起,他就听见沉在澧水河里的鱼们也开始叽哇叽哇地跟着哭;他常常猛地睁开他那早已没了水儿的眼睛,就能看见一些本该不能看见的东西:比方说空荡荡的天空中,浮着几团白云,云团都有发红发紫的边缘,中间却是黑漆漆的一团,他们那样子像是迷失了,是不晓得该往哪个廊场飘动了;比方说有时那天上本悬着颗大太阳,但他听到的却是一世界的瓢泼大雨在哗哗啦啦地下,这时他看见的却是炮火连天过后死寂的战场……开始,他满心欢喜,他疑惑自己的眼睛就要复明了,可随后他想,不对,一个盲人能像明眼人一样看见许多许多,这不是天生异象吗?想清明这一点,从此,他就留心在他看见的那些死去兵勇中找舅舅了,这天,他真看到了舅舅。

坐在路边的铜牙子,思想就像一匹发了毛的马往前奔,他想舅舅都死了,那乡里村里跟姑公当兵走了的,还有哪些死了呢。于是他开始卜卦,掐指,心算,他要好好算算,乡里村里死了多少人,都有哪些人死了。他卜卦用的是竹筊卦。竹筊卦是把一块桂竹筊一剖两开,就是两片卦子,也叫虎子。占卜时以落地的两片虎子的形状为依凭,竹心朝上为翻,朝下为扑,两片虎子,要是一翻一扑为顺卦,两翻为阳卦,两扑为阴卦。掐指呢,就是右手的大拇指放在余下的四个指头的指肚上,依据阴阳八卦推算。心算呢,是瞎眼卜算子掌握的独门绝技,有点复杂,不必细说。总而言之,言而总之,铜牙子那天使出浑身解数，将他认得不认得的人都算了一遍，最后算出桑植跟贺龙出去当兵的死了很多很多的人，具体死了多少，不好说，就单说洪家关村的十三勇，已经死了多半。

铜牙子径直往取和坪去，他要给桑鹤游击大队长何文池说说这事。

可铜牙子扑了个空，何文池因为游击大队防务的事，到桑、鹤两县边界上查访去了。问他啥时候回来。葵梗说三四天。铜牙子回头就走，说是要去寻何大队长。

葵梗想守住文池的行踪，就拉住铜牙子说，看你是有急难事找大队长，你就住家里，安心等他回来吧。葵梗要他先跟她说说，心里装了啥事，铜牙子哭嘎着说：俺舅舅死了。洪家关十三勇死了七八位。桑植死了很多很多人……

葵梗给他端了一碗热茶，又端来一碗热饭，让他边吃边慢慢说。等葵梗听清明他说的事，葵梗说，铜牙子你可不能乱说。

铜牙子说，那俺跟何大队长说，他干什么去了？没等葵梗回话，他耸了耸肩，将手和脚往身里收了收，自顾自地算起来。

葵梗说，铜牙子，大队长忙的都是要紧事，这会儿你可不能去寻他！

葵梗又说，你知道的事，也不能乱说。你要乱说，芭茅溪就乱了。

铜牙子说，外面当兵的死多少人，又死了谁，俺可以不说，可芭茅溪就要大祸临头了，也就是明后年的事，这事俺得找大队长说。

葵梗说，哪见得芭茅溪就要大祸临头了呢？

铜牙子就把他见到的那些天生异象跟葵梗说了。

葵梗就说，那你就安心等大队长回来。这几天就住这儿，俺给你做好吃的。

葵梗是真心实意地留铜牙子住在家里，她想等文池回家了，事情总归比她好对付。可铜牙子是在外浪荡惯了的人，又也许是他不习惯待在别人家，葵梗刚一转背，他就敲着竹棍溜走了，等葵梗发觉，出门要把他喊回来，却不知他瞎敲到哪个廊场去了。

铜牙子一走，葵梗以为事情就这样过去了。当天，没发生啥事情。第二天，没发生啥事情。第三天，何文池回到家就跟葵梗讲，他与小牛回来路过辽竹湾的时候，看见有从外半县转移过来的人家在喊魂。葵梗想铜牙子到底是把桑植在外打仗死人的事散布出去了。也难怪，他瞎了眼才做卜算子，你不让他说话他怎么吃得到百家饭。葵梗就把铜牙子来家里和他说过的事都一五一十地讲给何文池听，也讲了她的担心。

何文池说，他讲哪儿死人任他讲，别人要喊魂任他喊，事情没你讲的那么严重吧。再说，这事俺想管也管不了啊。

可到第四天，这喊魂的事就到了葵梗眼前。

从洪家关村转移过来的黄长坡屋老太听说她男人死了，就带着五岁的儿子、三岁的闺女和六十多岁的婆婆出门了。吃过晚饭，天要煞黑了，听到她一家大人孩娃恓恓惶惶的喊叫声，葵梗赶去看了。一家老小都戴白孝布，黄长坡屋老太走前面，儿子小坡闺女小芹走中间，婆婆走后面，沿着窄窄细细的田坎和田块间的小路——黄长坡屋老太叫向辣子，平日里老太们都叫她辣子——辣子一边走一边撒米，一边走一边喊着黄长坡的名字，小坡小芹婆婆就跟着喊。

辣子喊长坡你快回来吧！辣子喊长坡你看到俺在喊你吗？长坡你听到俺在喊你吗？听到了你就回来吧，你在月亮里听到了你就从月亮里下来吧……你在云里面听到了你就从云里里下来吧……你在山坡上听到了你就从山坡上回来吧……俺看见月亮了，月亮就在俺头上，那里不是你待的廊场，你快点从月亮里下来吧……云里面俺也看到了，云里面不是你待的廊场，你也从云里面回来吧……

辣子一边走一边喊，一边喊一边撒米。

辣子喊一句，小坡小芹婆婆就都跟着喊一句。只是在喊的时候，小坡小芹把辣子喊的长坡喊成爹，婆婆喊成坡娃。

辣子一边喊一边走，一边走一边撒米。辣子撒米天上一把，地下一把，前面一把，后面一把，左边一把，右边一把。在这连续不断的喊声里，一家人就长出了千里眼，目光越过高山、大河、平原，越过公路、铁路、城市，越过乌黑的云层、晴朗的天空、四处弥漫的硝烟……一家人目光都长成了翅膀，越飞越远，最后飞到尸横遍野的战场，而在这喊声里，万里之外的正在战场四周游荡找不到回家的路的黄长坡的魂魄就跟着这喊声飞回来，飞过四处弥漫的硝烟、晴朗的天空、乌黑的云层，飞过城市、铁路、公路，飞过平原、大河、高山，最后飞到桑植地界，飞到芭茅溪，落到一家人的面前。

葵梗也看见了，黄长坡的魂魄从空中飞回来的时候，是比月光还要柔和还要明亮的，有着蚕丝一样质地的光线，而现在，那光线已变成光团，也是比月光还要柔和还要明亮也有着蚕丝一样质地的光团。现在，一家人开始往家走，一边走一边喊。只是这时不再撒米，因为口袋里的米撒完了。葵梗看见一家人像围羊围猪那样，赶着那团白光往家里去。

到这时，葵梗才得给辣子说上话，黄长坡屋老太哎，你和婆婆要节哀咦！人死不能复生，往后要带好两个孩娃，待婆婆好一些哦！一家人好好过哦！家里吃的用的穿的，有啥过不去的坎道，你跟何文池爷们不好讲，你就跟俺讲哟！

辣子一边走一边回葵梗的话，好的，好的，葵梗姐，你讲的话俺都记住了！多谢你哟！葵梗姐，你好心人，你往后要活百岁的哟。不过，俺也跟你正经讲个事嘞，你可别怪铜牙子哟！为俺家长坡卜算，是俺与婆婆两个苦苦求了他的，不敢怪他多事。你都看见了，要不是铜牙子告知俺家长坡死了，俺也就不会为长坡喊魂了，长坡可就要做孤魂野鬼啦。现在长坡的魂魄喊回来了，俺一家人阳间阴间一起守着过，多好啊！葵梗姐哎，你和文池哥都是好心人，会长命百岁的，你千万可别怪罪铜牙子，他也是积德行善之人嘞……

一家人像围羊围猪那样，围赶着慢慢回家去。

随后，这喊魂的事像瘟疫一样蔓延开来，很多人家都喊魂，连芭茅溪当地人也喊。

何文池说对了，这事想管还真是管不上。

从此喊魂不断，那恓恓惶惶、长长短短的喊魂声差不多和下雨一样，十天半月，就有远远近近的人家，要喊上一回。

二十

师长夫人每天半夜醒来，都会点起油灯，开始用芭茅秆编东西。夏秋时节，她坐在床头编，春冬时节，她穿着棉袄坐在被窝里编，编累了便靠在床头眯上一会儿，醒来又编。

青松瞌睡大，睡在床的另一头。在师长夫人用芭茅秆编东西的那些年月，青松一直就睡得香甜。

前面说过，师长夫人是桑植县第一个用芭茅秆编东西的。

开先，师长夫人是用芭茅秆编草帽。那还是在洪家关，有一天晚上，屋外月光照得跟白昼似的，师长夫人看见好几年没见到的春生突然走进屋来，就坐在她的面前，他看起来很是哀伤和疲累，师长夫人就安慰他说，俺正在给你编草帽呢。师长夫人接着说，你等一下，俺很快就编完了。他说他已经死了。师长夫人说俺知道。他就坐那儿看她编。后来他走时，师长夫人出门送他，只顾着问他啥时再来，结果忘了让他把编好的草帽带走，这才想起他那边也许是用不着戴草帽的。后来师长夫人就不再编草帽。她编春生需要的枪套、皮带、八角帽、鞋子等。

王腊月、张菊妹住到桑植坪后，师长夫人就把编草帽的手艺传给了她两个。编草帽是能赚些钱的。

对师长夫人来说，没有比打发漫漫长夜更烦难的了。似乎因为黑夜的漫长——黑夜排着队，一个又一个候着她，躲也没法躲，于是她便在她的余生里用编东西来与它们相抗，与它们相伴。又因为与黑夜相抗、相伴，苦中作乐，她便慢慢体味出黑夜的趣味来。没有比在黑夜编东西更烦难的事了，也没有比在黑夜编东西更有趣味的事了。于是她觉得黑夜本来就是光明的，那是因为这世上有了太阳，又有了月亮，这世上才有了黑夜。月亮的背面是太阳，就像黑夜的背面是白天。正是因了黑夜，她才发现她这双灵巧神奇的手，这双把岁月、光阴编进各种各样的东西的手。她不停地编，不停地编，不停地编，于是黑夜不再是无穷无尽的了。

师长夫人觉得，这个黑夜与那个黑夜，以至这一年与那一年，是没多少分别的。她似乎总是生活在黑夜中。她在黑夜里编东西，编着编着，就把过去编进去了，也把将来编进去了。因为，她在编东西的时候，总是唱着春生改编的那首歌。

马桑树儿搭灯台，
写封书信与姐带，
郎去当兵姐在家，
……

二十一

铜牙子又唱了：

正月望郎是新年，
情哥一去大半年，
没得哪一天，
在妹眼面前。
二月望郎百花开，
情哥一去久不来，
想起你的语，
独自泪满腮。
三月望郎是清明，
情哥一去没回程，
倘若病在床，
谁把你照应。
四月望郎四月八，
城隍庙里把香插，

烧起金纸钱，
卜个文王卦。
五月望郎是端阳，
粗布鞋子做一双，
愁云满胸怀，
越想越悲伤。
六月望郎三伏热，
怕哥半夜来不得，
梦里拿布伞，
半路把郎接。
七月望郎七月七，
天宇茫茫银河系，
星星对星星，
牛郎望织女。
八月望郎是中秋，
银盘团团天上走，
照见小情妹，
独自坐绣楼。
九月望郎菊花开，
当门搭个望郎台，
脚踏彩云间，
望郎哪方来。
十月望郎小阳春，
情郎哥哥转回程，
挽手进家门，
烧香谢神灵。

二十二

王腊月觉出了自个身体里的秘密，她吃马桑果不中毒。她劝公爹不要吃马桑果的那天，她却是落落实实吃了一把马桑果，夜里上床睡觉时，就担心着毒鬼儿来折磨她，或取她的命，可一夜过去，啥事也没有。反而呢，她那一夜睡得格外沉，格外香。

这之前的每个夜晚，漫长得跟一坨线团拉开了线头一样，没完没了。她睡不着，就想她男人啥时回家，想她的两个孩娃啥时才会成长大成人，想着怎么把苦日子熬出头，公爹痴癫后，她也想着公爹啥时才能好起来……

那一夜过去，王腊月也偷吃马桑果了。

她偷吃马桑果只是为把觉睡好。后来，她时不时地发觉口袋里揣有一把马桑果，就情不自禁地背着人吃，心里怀着那种因为别人不能干唯独自个能干的超人感觉。久而久之，她似乎吃上了瘾，每到没人时，她就从衣兜里拣出一颗颗马桑果往嘴里塞，像春天里吃刺莓一样吃得香甜。

她一边吃，一边与张菊妹织芭茅秆草帽，时不时地和张菊妹一起说起跟贺龙打仗出去的她两个老太的男人，那一颗颗马桑果，使她能直接地、真实地感受到遥远的她男人的存在。她男人挎枪骑马，威风凛凛地纵横在炮火连天的战场杀敌立功，她在马桑果又酸又涩的味道中，感受到从世界的另一方传过来的她男人的奔流的热血，她吃马桑果吃得心安理得。

可马桑果到底是毒果，王腊月吃了并不是没有坏处，不久她就觉出她身体的又一大秘密：她还只三十多岁，竟然就没了好事儿，她的月事儿从此绝了。她这才明白，这事指定是吃马桑果给毒害的。她很是后悔，可已经晚了。

二十三

铜牙子说芭茅溪要大祸临头那话应验了。

国民党桑植县政府一直在密谋扑灭桑鹤游击大队。一九四〇年上半年，县长岳德威以"何文池系团匪割据，拥枪作乱"为罪名，上报省政府，请来国民党某陆战队的一个营进驻桑植，又调遣芭茅溪周边几家反共起家的民团，围剿芭茅溪。游击大队早有防备，敌人来了，就与他们兜圈子，打游击，敌人来了两次，两次都奈何不了。桑植县政府就联络驻扎在湖北鹤峰方面的军队，共计两千多人，兵分三路，从南、北、东三个方向长途奔袭芭茅溪。天还蒙蒙亮，芭茅溪还在睡梦中，一阵牛角号突然吹响，从几面山上冲下来成百上千的枪兵，扑向小镇，游击大队遭了灭顶之灾。

何文池家被包围了。

敌人借河堤的掩护，几个枪兵冲进了何文池家大门，打死一名卫兵。姚萍早跟文池学会了打枪，她手握双枪，何文池也是双枪，两个人一连打死七八个敌人。

敌人的掩护部队躲在河堤后面疯狂打枪。

姚萍让葵梗带着两个孩娃往桑植坪方向跑。文池要葵梗先跑到桑植坪躲过这阵子，天黑前抄小路上云朝山，他两个与葵梗三个在云朝山会合。姚萍拖着一箱子弹绕到屋后，与何文池两个，一个装弹，一个打枪，掩护葵梗三个撤退。

葵梗背着荞麦，带着守柱泼了命跑。前方李长桐一手提枪，一手拉着陈学文，他两个从学校跑过来，正不知往哪个廊场去。葵梗说，往桑植坪跑，往桑植坪跑。

一队敌人，有十多个吧，在他们后面紧追，子弹嗖嗖地追着他们咬，可也是怪，它就偏咬不着。李长桐腿跛，跑不快，葵梗背着荞麦，也跑得不快，陈学文与守柱倒是腿快，可就不愿放腿跑，他两个往前跑一段，等一等，跑一段，等一等。就这样相互拖连，也还是跑到桑植坪与取和坪的那道垭口了。

十几个敌人快撵上他们了。这时就听见敌人的头头喊，抓活的，抓活的。

喊话间，他们都跑进了垭口。

一直传说，桑植坪是容不得舞刀弄枪，不愿见血腥的廊场，只要跑到那垭口就会有神灵护佑的。这也是事先何文池让葵梗带孩娃往那儿跑的道理。

敌人与他们也就是脚尖贴脚跟的样子，那追兵眼看就要抓着他们了，奇迹真就在这会儿出现了。先是敌人有三个人跌倒，重重地摔在地上，喊爹叫娘的，接着是后面有胆大又不信邪的追兵，还在往前冲，结果还是摔倒了，摔得半天爬不起来。

把追兵跌倒的，自然是山垭口那些矮趴趴的马桑树。听到敌人摔倒的喊叫声，他们站下来，看见那一蔸蔸、一丛丛的马桑树，都突然长了脚似地游走，它们展枝蓬叶游动着，像是听了谁的号令似的，眨眼间，山垭口就布下一道道马桑树兵阵。

敌人摔倒的人中，有人也曾听说过那个传说，他们爬起来，相互咬一阵耳朵，又说给他们的头头，就都站在垭口，对着转身又往里面跑的几个人干瞪了会儿眼，快快回转了。

葵梗、李长桐他们在桑植坪躲过了一时的急难，却是不能在那儿长久待下去，因为那儿早住下十几二十户的红军家属，他们要再待下去，敌人会封锁桑植坪，他们会连累更多的人。所以，何文池这才要他们逃进桑植坪后，又从西北角的一条小路逃出去，赶到云朝山与他会合。

那天下午，葵梗与李长桐两个大人三个孩娃赶到云朝山，何文池与姚萍也赶到了。随后，一些逃出来的游击队员们陆续赶来会合。何文池一清点人数，游击大队三百多人，打死的打死，打散的打散，现在只剩下三十多人了。

何文池开了个会，估计敌人很快会来围剿云朝山，他让大伙化整为零，进入深山老林。所以这天之后，有的游击队员进入深山老林，有的游击队员远走他乡，游击队再难聚合，恢复元气。

云朝山与湖北鹤峰县交通，山高路陡，地势险要。云朝山是个出了名的红军村。新中国成立后被写进县志，当年村里三十六户人家一百多人，其中三十多人先后参加红军，十多人为革命捐躯。还是一九三一年的时候，云朝山最多驻扎过四百多红军，有两百多人曾在这里遭敌人围剿牺牲。何文池当先安置转移过来的红军家属时就想到了，云朝山目标大，国民党一旦进剿，云朝山肯定在劫难逃，所以他把红军家属们都放别的村安家。可眼下游击大队在遭受灭顶之灾时，云朝山又成了最后的退守之地。

第二天，敌人就上云朝山了。

这次上云朝山的有一个国民党的一个连队和百多人的清乡

团。清乡团最坏了，他们由地方团防组成，打着"清共"的旗号，专以抢劫财物、抓人勒索为目的，他们在"诛灭九族，鸡犬不留"的口号下，烧、杀、抢、掳，无恶不作。

云朝山人逃进了山林子。一些没逃走的人不是被射杀，就是遭火刑、石滚、刀割等刑害。清乡团见东西就抢，见屋就烧。各村寨的大火几乎同时燃烧起来，火光映红了半边天，恶黑的烟雾，云团一样贴着山林四处弥漫，熏得躲在山林子里的云朝山人泪水长流。

李长桐带着葵梗、姚萍、何文池、张小牛、李参谋五个大人和学文、守柱、荞麦三个小孩一行人逃到云朝山比较偏僻的柳叶子的娘家。柳叶子的两个弟弟打定主意收留他们，将他们藏进附近的一个岩洞里后，又回家去了。他两个要顾着娘，他们的娘不舍得离开家。

只过两个时辰，何文池就待不住了，他实在放心不下柳叶子一家人。他带张小牛出去了，嘱咐大伙待在洞里，千万千万别出去。

柳叶子娘家单家独户，在云朝山住得最偏僻，娘是不相信敌人一定会到他们家来，即便敌人来了，也不一定会烧屋、会杀人的。所以柳叶子和早芹也就留在家里陪娘。过后想起这事，柳叶子就后悔偏信了娘。

可二十几个枪兵就偏偏找到他们家来了。见敌人来了，柳叶子的两个弟弟要姐姐赶紧带着早芹躲进屋后林子里。他两个要背娘上山，娘却紧抱住门槛不放，死活不愿走。两个弟弟没法子了，只好嘱咐娘两句，也躲进屋后山林子。

清乡团一来就要放火。躲在林子里的姐弟几个，看见娘从院坪柴堆里爬出来，紧抱住领头那人的一条腿，好说歹说，求他们别烧屋。可那人一脚将他们的娘踹翻，口里骂道，要我不烧你家房子，除非太阳打西边出来。说着挥了挥手，让手下人点火。

眼见好好的一栋房子转眼就要完了，他们的娘把心一横，说我老妈子不想活了。扑上去抱住那头领，照准小腿就是一口。那头领没防备，小腿肚被咬得血肉模糊。他拿短枪抵住他们的娘的头扣动了枪机。

柳叶子的两个弟弟见娘惨遭横祸了，再也躲不下去了，立马从林子里冲出去。大弟手持柴刀冲在前面。小弟也手持柴刀冲在后面，这时来了两个游击队员，他两个拦住了小弟，把他紧紧按在地上。

房屋烧着的炸裂声，那个头领的恶骂声和枪兵们看见房屋燃起大火就兴奋异常的笑闹声交织成一片。他们谁也没注意到有一把柴刀狂风一样朝他们飘过来。两个对着大火傻笑的枪兵，眨眼间就倒在了那把刀的砍伐下。

旁边没有傻笑的枪兵朝大弟的头部开了一枪。大弟顿时倒地毙命。

接着，小弟已经挣脱按拿他的两个游击队员，像只豹子样从屋后冲下去。只可惜这时枪兵已有防备，发现他，他没有冲过去，他被几颗枪子击中，倒在冲锋的半途。

柳叶子待不住了，她要冲下去与杀害两个弟弟与娘的人拼命，就将早芹递给一个游击队员，他紧抱住早芹，捂住她的嘴，不让她哭出声。

这时，何文池与张小牛过来了，他们两个拉住柳叶子说，你不能下去，你还有早芹。柳叶子伤心得浑身发抖，嘴唇发乌，脸色煞白，脑子晕眩得天旋地转，像一堵墙重重倒下了，昏死过去。

柳叶子醒过来，看见张小牛在背着自个跑，另一个游击队员抱着早芹在跑。柳叶子说，文池哥呢，文池哥呢。

张小牛气喘吁吁地说，嫂子，你别喊出声，大队长他自会追上俺们的。

张小牛和那位游击队员是往西边飘水洞的方向跑。柳叶子看见清乡团的人一边喊叫着，一边往北边谢家界的方向追赶着何文池和另一个游击队员。枪子儿嗖嗖地撵着他们，打得路边树叶儿乱飞。

柳叶子让张小牛放她下地，她要看看文池大哥，她实在放心不下他。张小牛和她的心思一样，他就和那游击队员停了奔跑，他们几个找到一处能看见何文池奔跑的柴藏好。

何文池提着两支短枪，那游击队员拖着支长枪，他们一边奔跑，一边转过身去，朝敌人放枪。他们放倒了五六个敌人。他们两个一前一后地跑。跑了一阵，他们的枪里都好像没子弹了，那个游击队员的腿中了一枪，倒在地上，何文池回转身，要背他跑。

他将何文池一推，大声说，快跑，快跑，去找咱游击队，救我。

何文池到底是舍下他去了。他仍向前爬着，口里虚张声势地大声说，大队长，前面有我们的人，你快跑，叫他们来救我。

这时他们就看见，那位游击队员一边拖着条受伤的腿慢慢爬着，一边嘴里大声唱道：

> 要吃辣椒不怕辣，
> 要当红军不怕杀。
> 刀子架在脖子上，
> 脑壳砍了碗大个疤。

敌人赶上去了，几支长枪一起射击，那游击队员倒伏在地，不动了，歌声也一下子断了。

敌人又朝前追。何文池没受伤，可他不跑远，总是将敌人吊在后面。过一会儿，何文池跑远不见了，清乡团的人也跑得不见。早芹看娘流泪了，问，娘啊，那叔叔是不是被坏人打死了？

柳叶子说，娃呀，你要记着，那叔叔是为了让俺们好好活下去，才死的。

早芹说，娘，俺记住了。

柳叶子问张小牛，文池大哥会被他们抓住吗？

张小牛说，大队长啥人？他们抓不住他，嫂子放心。

可谁也没想到，何文池这一次，走的却是条死路。

二十四

张小牛将柳叶子娘女两个送到飘水洞后，留下那名叫杨三初的游击队员照看大伙，他却走了，说是找大队长去。这边五个大人、四个孩娃在飘水洞躲过一夜，第二天凌晨，仍不见何文池和张小牛来。姚萍说，外面没动静了，敌人怕是撤退了。她想了想又说，文池怕是正找俺们，你们都别动，俺下去看看。姚萍说着话突然走出洞去，学文也跟她出去，李长桐和杨三初想拦没拦住。

姚萍让学文回山洞。学文不肯。就在这时，姚萍才发觉清乡团的人正在这一带搜山。姚萍赶忙拉着学文躲起来，但敌人发现了他两个，有人喊，那儿有人，抓住他们。

要是姚萍和学文这时退回山洞，她两个跑不脱不算，还得搭上洞里的人。姚萍拿定主意引开敌人。她拉着学文爬上山冈，再拉着学文往前跑去。前方有片陡崖。山洞中看得见两人奔跑，葵梗脑子重槌响锣似的被敲了一声，她担心姚萍真从那儿跳下去。

敌人正往山冈攀爬。还有人喊，是个女的，不准打枪，抓活的。眼见敌人要爬上来，姚萍故意大声喊叫着：李参谋，你受伤了，游击队将你交给我，你怕连累我，一声不响地跳了崖，我怎么好向游击队交代啊。

她这么喊，一方面是提醒洞中的李长桐，要稳住大伙，千万不要因她和学文出洞去，一方面是麻痹敌人，让敌人以为在她前面已经有人跳崖了。听到姚萍的哭喊声，李长桐嘱咐所有人都不要动，也不要喊叫，他紧搂住了荞麦，又让杨三初搂紧守柱。葵梗感到要出大事了。

那一边，姚萍一边这样哭嚷，一边顺手捡起一根粗柴棍，朝学文后脑勺猛一击，学文昏倒在地。姚萍剥下学文的上衣，把他抱到近旁一个草弄里，用柴草隐藏好。接下来，搂几把柴火，将学文的衣服蒙在上面，扯根葛藤缠紧。这一过程，姚萍做得很麻利，敌人自然不会看见。随后姚萍出现在敌人的眼界中，只见她一步一步，走到悬崖边上，她将衣服包着的"学文"转了半圈，向崖下抛去，大声哭喊着：儿啊，要死，俺娘儿两个跟游击队叔叔死在一块儿。随后跳下崖去。

那悬崖几十丈高，下面是深谷。敌人费了番工夫爬上山冈，来到悬崖边上往下看，却什么也没看见。敌人见姚萍跳了崖，连"儿子"也搭进去了，就下山撤走了。

两天后，清乡团全体撤出云朝山，人们陆续回家来。猎人在一番追捕后，耐不住疲劳和烦躁，想歇息一阵子了，而猎物们也可以在这个时候回到自己的家园。

四个大人带着四个孩娃走出飘水洞，来到柳叶子娘家。又过来些云朝山人，一起收葬了柳叶子的娘和她的两个弟弟。葵梗和李长桐又带着云朝山人，来到姚萍跳崖的廊场。两个善攀崖的后生腰系绳索，坠下去，找到摔坏了的姚萍。然后由葵梗做主，将姚萍埋在飘水洞近旁一个淋不到雨的廊场。没有棺材，就去林子中剥了些杉木皮，将姚萍尸骸紧裹，用葛藤缠了埋掉。守柱和荞麦哭得死去活来。葵梗对他两个说，等红军回来的那一天，只要大娘还活着，一定要把你们的亲娘迁埋洪家关去。

那两天，一家住一个临时搭建的草棚。夜里，葵梗守着守柱和荞麦入睡，两个娃一会儿梦中抽泣，要他们的亲娘，一会儿打着哭嗝，要他们的爹，总是没个消停。

葵梗却是一直干坐，连稍眯会儿眼的工夫，脑壳里都会不断闪回着连日来的出生入死，不是文池与敌人的拼杀，就是姚萍的跳崖。葵梗在等文池，文池不回转，她是睡不着了。天快亮的时候，葵梗的耳边突然响起文池像平常那样喊她娘的声音，她就知晓是文池出事了。

天明，葵梗把守柱和荞麦交给李长桐、柳叶子照管，也不说到哪去，就下山了。

下到山脚，碰见正要上山找她去的小牛。小牛一见她就说，葵婶，大队长被抓了，明天要杀头了。

小牛那天从飘水洞出去后的两天里，一直不见何文池，却打听到何文池被敌人抓到五道水去了。他赶到五道水镇街上，那里已驻扎下国民党的一个连和一多百人的清乡团。他听到清乡团的人在传说何文池怎么被抓，说何文池是飞毛腿，飞崖走壁的，往常都只见着一溜烟儿，可这回一定是为掩护啥人逃命故意不逃走，逗引人去抓他；说是在云朝山的山道上，已有一个人被打死，何文池还在前面奔逃，后面的人紧追，一排子枪，打折了一条腿，还蹿出半里多地。后面枪声不断，枪子嗖嗖追咬着他，直到另一条腿被打着，才被活捉。

小牛还看见两个汉子，敲着锣，拎着小桶、笤帚，一边走一边往墙上贴布告。那布告上，写着捉拿了何文池，过两天要就地正法。夜里，小牛遇上两个被打散了的游击队员，拉着他两个去营救大队长。三个人看了看关押大队长的岗楼和周围死死看守的枪兵，摇摇头心里打了退堂鼓。这是昨晚上的事，一直到今晚上，小牛实在想不出啥营救办法，眼看大队长就要被杀了，觉得还是先上毛垭，给葵姆传个音信要紧。

葵梗说，小牛，救不出你们大队长，没人怪你们。你们没人没枪，往岗楼那儿一冲，敌人一开枪，人救不着不说，你们也全完蛋。看来，俺两个现在要做的，只一条路了，去给大队长收尸。

葵梗与小牛往五道水赶去。半道上遇上那两个打算和小牛营救大队长的游击队员。他两个刚探听到消息，敌人原本打算枪杀大队长，可现在改砍头了，还打算悬头示众三天。

第二天正午时候，一辆平板大车从五道水街上穿过。许多持枪拿刀的人簇拥着。街两旁，聚了些乡民看。锣声跟着平板大车响着。

小牛和两个游击队员跟着走，就看见车上囚着五花大绑的何文池。

混在人群里的葵梗，看见何文池人变了副模样，蓬头垢脸、头发乱草般参着、满脸恶黑的络腮胡，好似苍老了十岁，他的手腕子上、脚脖子上套上了哗哗作响的铁链子，他的两条腿都被打折，只好坐靠在囚车的竖杠上。

　　他一点也不惧怕，一路上狂叫乱骂着。街上看热闹的人不断往后躲，脸上满是害怕。何文池看见张小牛了，就在他跟在囚车后面靠得紧的当儿，何文池吐出一口痰打在他的脸上，朝他恶狠狠地骂：跟着看什么看？老子要再活一次，非把你们这些白狗子们斩尽杀绝！他这意思小牛听明白了，是嘱咐自个今天万不能为他而丢命，要好好活着，替他报仇。

　　囚车开到镇街边的河滩上，就有一个黑汉子当官的训话，说是以何文池为首的"红匪"怎样地烧杀抢劫，犯下许多案子，扰乱桑植、鹤峰两县边界治安，又是怎样地被擒拿，今日就执法示众，他声嘶力竭地喊道，开斩。

　　葵梗站人群里听着那黑汉子训话，听到有人说，那人叫朱凡甫，正是五道水的人，周熠臣被人杀死后，是他接任了桑植铲共大队长。

　　何文池被人架到河滩上，可他又是大骂又是大笑。架他的人去堵他的嘴，险些被咬了手。那笑骂声放浪如四射的炸弹，惊得周边的鸟都飞往远处的山林子。

　　何文池被摁住跪在河滩上，他的两腿都被打断，他想站却站不起来，可他挣脱出来，坐着。

　　一个赤膊大汉刽子手走过去，在他眼前晃动着大刀片子。

　　何文池将胸挺了挺，把头昂得更高，日头在刀片上一下映射出白白的光，一下又泛出绿红的光来。

　　何文池喊道，你们这群王八蛋！自会有人替俺报仇！

　　何文池在最后时刻还在叮嘱小牛，这会儿不要因他而犯傻拼命，一定要留住性命给他报仇。

何文池没看见葵梗。葵梗这时从人们身后挤出来，悄悄靠近了他。葵梗打定主意，要为他兜头。

啥叫兜头？这里得把话岔开，说件贺龙他们贺家祖上的一桩事。

说是清代咸丰年时候，被官府盘剥得走投无路的洪家关农民贺廷璧，受由广东到湖南来的太平军的影响，在洪家关揭竿起事，统领几千农民打下了县城。可后来他们被官府镇压，贺廷璧父子等十三位头领被砍了头。刑场上，当刽子手手起刀落的那一刻，只见一位高长如鹤的大胆女人从人群中冲出，一膝跪在贺廷璧父子跟前，她用衣襟一一接住两颗人头，起身直奔洪家关而去。

这位女人大概和葵梗一样，和桑植很多老太一样，人们叫不出她的名字，只晓得她是贺廷璧之妻刘氏，可她撞击了无数人的灵魂。后来，人们把她编进桑植地方戏阳戏，那出戏就叫"刘氏兜头"，每当戏演到至关紧要处，台下就一片唏嘘，谁都为刘氏的血性豪壮落一把泪。

这贺廷璧呢，就是贺龙的堂曾祖父。

刘氏兜头的故事在桑植流传了一百多年，一直流传到人们的骨血里，今天轮到葵梗要给自家男人兜头了。

只见那刽子手将大刀片子往文池颈脖上一按，接着闪电般一道白光，何文池的头嗖地就跟着飞出去……

那一时刻，人们的心都不由一紧，眼也都跟着一闭。人群齐齐发出声惊叫，那头顶上的日头也便血血地一晕……

说时迟，那时快，葵梗大步冲过去，跪倒在文池跟前，兜起衣衫接住了文池的头，接连一跃而起，朝着河滩上人群奔去。人群自动分开一条甬道，葵梗穿过甬道，从没及膝盖的河水里奔过去。

张小牛手持双枪，接连放倒了几个想射杀葵梗的枪兵，另外两个游击队员在河中间做接应。

事情顷刻间发生，待人们搞清是怎么回事时，葵梗已到了对岸河滩上。

这时，人们都看见，在稍远的树林子边上，正有一个穿灰白道袍的始俫妮作法，她手执拂尘，转着圈指天戳地，又踩天跺地，嘴里喊着一个人的名字，大声吆喝着。敌人的子弹一颗也打不着她。而她吆喝一声，就听见有人惨叫一声，叫得人头发根子倒竖，那惨叫的人正是那个桑植铲共大队长朱凡甫。

这个始俫妮是葵梗的师父。葵梗师父曾对她说，一旦有啥大难要搬她来化解，可以在路边烧三根香，面对北方叫一声"阿妮"，她听到了，百里千里之外都能赶来。道行深的始俫妮了不得，祈请还愿、降魔捉妖、消灾解难啥都会，人们恭维她们是啥——"搬天救地师父，腾云驾雾师父，扯风呼雨师父，抛木阳教师父，阴传阴教师父，睡床梦叫师父……"葵梗师父曾劝葵梗随她入道，葵梗没听她的，师父就说，你尘缘太深，将来怕是要被拖累而死。

昨天晚上，葵梗搬来了师父，讲明她要兜头，万不能让她男人的人头落地，更不能让人头落入敌人手里悬众，请师父帮她。师父答应了，说开斩时，她会在河对岸作法，替她扫除敌人的枪弹，挡住追兵，葵梗依计而行，这才有了这场兜头的好戏。

等葵梗都跑得没影了，师父还在那儿转着圈吆喝。人们一传十，十传百，百传千，远远近近的人都赶来看她布道施法。朱凡甫先是在河边一声声惨叫，后来撤到岗楼里还在惨叫，却没一个枪兵再来追赶。时不时地，岗楼里冷冷地打出几枪，吓唬吓唬，可那枪弹见了师父的拂尘都不知飞哪儿去了，而岗楼里枪响一声，那惨叫就更瘆一声。

人们远远地站着看，踩倒了一片片庄稼。

葵梗奔到树林子里，听到有人叫了一声娘。葵梗站下来，揭开衣衫，看见文池还活着，他对她笑了一笑，又叫一声娘，这才断气，可他的眼却睁着，不愿闭上。葵梗说，文池，告你一声，姚萍为了救俺们一洞子的人跳崖死了，到那边了，你两个有伴了。你请把心放下，这边的事有俺呢，俺会好好活着，把守柱和荞麦养大成人。

听葵梗这一说，文池闭了眼。

小牛和两个游击队员赶上葵梗，几个人朝毛垭方向赶去。

葵梗本想把文池的头带到毛垭，与姚坪埋到一起，可那晚上邪性，他们几个人走到云朝山脚下的一片林子时，老是在那儿打转，就是走不出那片林子。葵梗问小牛是怎么回事。

小牛想了会儿说，大队长召集活着撤退到这儿的游击队员们，最后一次开会就在这儿。

小牛这一说，葵梗就猜出了文池的心思，葵梗揭开衣衫问文池，你是要在这儿等，让那些死去的游击队员都赶来这儿集合？

文池早不能说话，可他把眼睁开，眨了眨，又闭上。葵梗几个找了个安静廊场，将文池的头埋在那片林子。

藏了文池，三个人又返回五道水去找何文池的尸身。赶到五道水，已是半夜过后，三个人去那片河滩，去周边的山坡地、树林子找，却是找不到。

就在三个人坐那儿唉声叹气时，葵梗看见天上一道流星拖着尾巴，整个像把扫帚似的，划过天空，落到不远的一片坡地上。葵梗问小牛，看没看见那道流星。小牛说他看见了。葵梗说，你们大队长的尸身一定在那边，俺几个去找找看。

一顿饭工夫，到了那片坡地上，果然找到一个新鲜坟包，三个人用手扒，用树枝撬，扒到最下面，果真是文池的尸骨。

小牛说，葵婶，你是怎么知晓大队长的尸身就埋在这儿的？

葵梗说，那道流星不是正好落在这儿么？这是老天给俺的谕示。历来的老辈人不都说：天上一颗星，地上一个人。天象其实都是人的对应。

小牛说，那，大队长的尸身怎么就自个跑到这里来了呢？

葵梗说，这没啥奇怪的，那是好心人把他的尸骨搬到这儿来了。

又赶回云朝山脚那片林子，三个人坐了会儿。随后葵梗就动手扒文池人头。

那晚月光明汪，照得大地如同白昼，林子里就花花搭搭散落些月光。因了月光的照耀，连树叶上的纹路都看得清明。

把文池的人头扒出来，葵梗看见一缕轻烟似的光线，从坟包中升上去，停在林子上空看着葵梗。葵梗说，文池，俺看见你的魂了，你就呆那儿，莫动！

现在文池的尸身和人头聚合了，葵梗就从里衣里拿出针线包来，选用一根大鞋子底针，穿上麻绳，葵梗要小牛搭把手，把文池的头和颈脖按接住，葵梗就一针一线慢慢缝上，把文池还原成一具完整的尸体。

看葵梗身上居然带着针线，两个人都吃惊葵梗心细，小牛满是感激又佩服的神情，说，葵婶呀，以前大队长就说过，你是天下最贤惠的老太。俺今儿算是明白了大队长怎么会这样说。

葵梗说，自从那年撤离洪家关到芭茅溪来，俺身上啥时候都带着针线包，这没啥奇怪的。

葵梗手上一针一针缝着，抬头透过林子往天上看。天上的月光，本都是一根一根，一杆一杆的，发出针样线样的银光，等落到这片林子上空时，却变了形，像梨花又像雪花，满是银白的光华，要多轻柔有多轻柔，要多明亮有多明亮，它们一朵一朵，一团一团，像被施了魔法，突然失去了速度，滞留在那儿，饱满，圆润，祥和。

文池的魂也就一直停在林子上空，看葵梗一针一线地缝。

葵梗让小牛他们三个去林子中捡了些干了浆的杉树皮回来，将文池的骨架严严实实裹了，随后一起动手，把文池放土坑里摆放好，再把扒开的土填上。忙完这些，东边山岭上一层薄金淡银的晨光透过来，天一下子就亮了。

二十五

恐怕清乡团再来烧杀抢劫，葵梗、李长桐、柳叶子三家，还有小牛和两个游击队员随云朝山人去趴壕。

趴壕是云朝山人的话，就是趴在深山密林的壕沟里，不露身影，过着野人一般的生活。

这么些年，土匪、清乡团来了，房被烧了，亲人被杀了，粮、牲口被抢了，大伙就进山林子趴壕，土匪、清乡团走了，他们又走出林子，把房子再建起来，重新过日子。

云朝山人活得像山上的草木，命贱着呢。命贱，就易活。

从云雾盘绕的山巅，看到一望无际的林海，一直延伸到世界的尽头。

林海中藏着许多火耕地。

桑植老辈人，把那种曾经砍倒荒草一把烧掉种过苞谷和番薯的地叫作火耕地。

而云朝山人开的火耕地，因为都是趴壕年月为对付饥荒求得生路留下，所以地块不大，小的簸箕大一块，大的也就半个屋场大小。还都是撒豆子似的散布，这边山包上一块，那边几个山头外的山湾里一块，北边林子里藏着一块，隔着沟谷的对面崖壁上悬了一块。

他们三家都是第一次来，要不是云朝山人带着他们找，怎会想到有这么多火耕地。

云朝山人聪明，即便土匪、清乡团们追到这儿，毁了这一块地，毁不了别个廊场的地，他们逃到哪儿，也都有吃的。

云朝山人在火耕地上种苞谷、番薯的时候，也种些辣椒。

云朝山人俗话：辣椒是盐，苞谷壳叶是棉，推碗合渣是过年。

合渣是豆子磨成粉加菜叶做成的菜。

不过呢，老林子荒无人烟，土匪、白狗子一般不会追来。

趴壕来的每家人都搭了个草棚，那一段日子老林子也就有了人烟。

大伙白天种地时，抽空挖些葛根、蕨根来，拿木槌捣成丝渣，再用清水沉淀成粉，那粉可煎、可泡了吃。在没稻米、苞谷、番薯等主粮吃时，葛粉、蕨粉就是最好的饭食了。

那段日子，李长桐办了个识字班，教孩娃们识字、唱书。云朝山人的孩娃也都来了。他们在山冈上的沙地上，在溪沟边的岩板上写，写了读，读了抹掉，然后又写又读。

也就是那段日子，荞麦和早芹两个女娃子都害了场冷热病，打摆子。那时缺医少药，葵梗和李长桐都各自都扯了草药熬汤给两个女娃喝。

早芹还算好，活过来了，可她的眼睛烧坏了，两眼迷糊，走路常栽倒，一到晚上就只能待草棚里，不敢出门。

荞麦却死掉了。

荞麦是躺在葵梗的怀里咽气的。葵梗搂着她冰凉的身子，痴坐哑坐一夜，守柱哭干了眼，第二天葵梗埋她时，守柱三番五次拦着葵梗，不让埋。

后来，他常在妹妹的坟包边痴坐，一坐坐半天。

葵梗远远地看着，心一阵刺痛。葵梗不敢离开，明知道守柱不会有事，却怕他有个三长两短。也是从那时起，守柱成了比葵梗的命还要紧的宝，他一个人出门，葵梗老是偷偷地跟他一段路，怕他出事。葵梗有时想，世界要毁灭了，大伙都活不成，要拿俺的命换守柱多活一天，俺也愿意。

从老林子回到云朝山界上，云朝山人都过来，七手八脚，帮柳叶子娘女在她娘家老屋基上再建了栋新草房，现在就是她娘女的家了。又挨着她家，帮葵梗、李长桐两家各建了新草房。

新草房建好后，小牛和两个游击队员走了。走时，只对守柱说，俺几个下山去。以为他们等几天会回来，可再没回来。后来，几个大人想明白，云朝山缺吃的，他们三个走了，就少了三张嘴。

往后一些年，葵梗、李长桐、柳叶子三家人就相帮相扶，像一家人那么过活，直到一九四九年桑植解放。

其间，也有过几次小规模的清乡，草房也烧过两三次，但凡一有风吹草动，云朝山人就趴壕了，伤人丢命的事，倒是少有。越到后来，清乡团越不到云朝山来。云朝山人已被他们追杀搜刮得像鸡爪子一样干，捞不到一点油水了。

那些年，这三家其实也就是云朝山人了。

二十六

师长夫人心里，老是哼唱着那首歌：

> 马桑树儿搭灯台，
> 写封书信与姐带，
> ……

二十七

好久没有听到铜牙子唱渔鼓了。

葵梗交代过王腊月，她公爹吃马桑果有二不能有三，有三就谁也救不了他了。王腊月好几年后才弄明白，葵梗是能先觉的人，就像铜牙子卜算一样。

可葵梗却是没能先觉出她自家的事。因为到王腊月的公爹第三次吃马桑果的时候，她自个的男人已被人砍了脑壳，姚萍也跳崖死了，那时为了跑反她带着两个孩娃上山趴了壕。就是蕙兰八岁的那年，公爹吃马桑果吃死了。

他这次吃马桑果，不是王腊月遭害的，事由全赖铜牙子那张烂嘴。

不是说铜牙子常不常地就给人卜算，那些跟贺龙出去打仗的人，哪些人死了，哪些人还活着吗！王腊月那一直疯癫无常的公爹路上遇见铜牙子时，就曾听他乱说了一通。这就在夜里，王腊月听见睡在草棚里的公爹哭他的儿子，哭他的儿子红炮子穿心，死了。王腊月连忙起来，到草棚里去，追问他，谁说云林死了。公爹还是那样，对王腊月咿咿呀呀地，就是说不出一句话。第二天早起，王腊月又问他，是谁跟他说云林红炮子穿了心，他还是咿咿呀呀说不出个屁来。

王腊月就告诉公爹，云林还活着，夜里动不动别乱哭。你这么哭云林，红炮子穿心的，红炮子穿心的，不等于就是咒他吗？你这样哭，他在外面没事，都让你哭出事了。

王腊月为啥说向云林还活着呢？因为她一直偷吃马桑果，她吃马桑果没中过毒，夜里还睡得香，她就相信男人还活着。她三番两次地要公爹夜里不要哭，可公爹一直在跟她咿咿呀呀。王腊月没觉出他又在吃马桑果了。

到第四天早上公爹躺在草棚里起不来时，王腊月才看出他是吃了马桑果。他躺在床铺上，头、脸、身上都浮肿了，他大口大口地呼气，他老是呼气，少有吸气，看他那难受的样子，她就知晓他胸口里的气是越来越少，越来越不够用了。

她想，他这次指定是没救了。可这会儿，她却不敢问他为啥又偷吃马桑果了。

让她想不到的是，公爹竟跟她说话了，这是这么多年他第一次跟她说话。他开口就说：俺要死了，腊月。

王腊月说俺知道。

王腊月心下明镜似的，公爹这么跟她一搭话，是到他回光返照的光景了。

王腊月说，爹，是俺待您不好，俺对不住您。您有啥话跟俺交代好，俺一定办好。您要有话留给云林，该说出来的也都说出来，俺不会包瞒一个字。

公爹说，腊月，你知道吗？云林还活着，可那个砍脑壳的，红炮子穿心的，他当官了，娶了二老太，俺这才咒他死。可那个砍脑壳的不死呀，他活得好好的，那个红炮子穿心的。

王腊月恍然呵了一声，好像蒙在眼睛上的一层什么被撕开了，突然间就明白了，公爹这几个夜晚为啥要哭，为啥要咒骂云林。

王腊月说，爹，这话可不敢乱煽。您是听哪个说的？

公爹说，是俺找铜牙子卜算的。

王腊月说，爹，铜牙子乱煽，您可千万别信啦。

公爹说，这是真的，铜牙子说的是真的。

王腊月看公爹快死了，心里难过，就说，云林就是娶了二老太，俺也不怪他，只要他活着就行。他活着，就还是俺两个孩娃的爹。爹呀，您别再咒他死了，好不好？

公爹看儿媳妇这么说，他笑了一笑。这么些年，儿媳妇还是第一次看见他笑。公爹笑着对儿媳妇讲，腊月啊，你是个好媳妇，俺从没怪过你，你一直对俺好，到那边了，俺跟你婆婆会保佑你和两个孩娃的。

公爹又说，腊月呀，是俺不好，俺对不住你。

公爹这么一说，王腊月眼里的泪，就像春天里漫出溪河的洪水，一股股地冒出来，堵也堵不住。公爹这句话让她更难受。她悔呀，悔不该当初指桑骂槐骂他爬。她总觉得，公爹这些年的疯癫和眼下的死，都是她弄下的罪孽。

　　王腊月就不由自主地跪下来，把头落落实实地捣在地上，一连捣了三下，每一下都能听到头碰地咚的一声响。她说，爹，腊月不该骂您，腊月跟你赔罪啦！

　　王腊月看见公爹又笑了，他的脸红润了一下，脸上的气色比之前好了些。王腊月见他把身子往上挣，就扶他坐起来，再让他靠着她坐稳当。她说，爹，您还有啥话交代？

　　公爹说，腊月，你得把立夏、蕙兰两个娃养大成人！

　　王腊月说，这个，你不说，俺也做得到！

　　公爹说，爹求你就守在向家，千万不要出门（桑植方言，改嫁的意思）！

　　王腊月说，放心吧，爹，这个俺也做得到！

　　公爹最后说，腊月，往后太平了，你得把俺迁埋到洪家关去！

　　王腊月说，爹，俺一定让您落叶归根，与婆婆团圆！

　　公爹脸上有两行眼泪流下来。公爹笑了笑，闭了眼睛，最后把头靠在媳妇儿的肩头，掉气了。

　　王腊月把这么些年卖芭茅秆草帽攒下的钱全拿出来，置了副棺房来葬公爹。她与两个孩娃，她身上的孝最重，她披着一身白麻布，头上戴着孝帽子，看上去跟白鬼儿似的。

　　这儿不是洪家关，只是她一家的寄住之地，却也有人来吊丧。师长夫人娘家兄弟五六家都来人了，桑植坪、取和坪她平日里认得的不认得的也都来了。

　　头上扎着白孝布帮她迎送客人的张菊妹不断跟来人说：他听铜牙子说，向云林当官娶了二老太，就又吃马桑果，想不开。夜里还咒向云林红炮子穿心，砍脑壳，结果，他自个先死哒……哎，这都怪铜牙子！

　　铜牙子早就来了。他像王腊月公爹的儿子一样，一直守在灵前，不断地给灵位磕头，磕得额头都肿了。

铜牙子脸上青一块紫一块，腿还一瘸一瘸的。这么些年，他不断给那些跟着贺龙队伍出去的人卜算，说这个死了，那个又死了——别人请他卜算时，都是求着缠着他的，偏偏他又总是照实讲，死了就死了，从没半句假话。找他卜算的人，又总是相信他说的全是真。可过后，心里难过，想不开，就赖人是他卜算死的，等逮着铜牙子再从家门前路过，或在别处看见他，就朝他扔土坷垃，扔石子，还有人闷声不透气地上前，朝他的腿脚横扫一木棍。所以这些年来，路上啥时看见他，他都是一个鼻青脸肿腿瘸着的样子。

而这一回，他卜算的却是反着的，卜算的人没死不算，反而当了官，取了个二老太，求他卜算的人自己却怄不过，吃马桑果死了。这不，王腊月就听见来吊丧的有几个当着她与铜牙子，故意亮起嗓子说，这个铜牙子，讨打的样子。

他打得还不够呵，看他往后还乱煽不乱煽！

俺看，该把舌头给割了！

……

这些话，王腊月都听见了。铜牙子自个也听见了。王腊月知晓，铜牙子就是那副改不掉的脾性，他不断遭打是不断遭打，可等到再有人求他卜算时，他还会卜算，实话该怎么讲他还会怎么讲。王腊月也知晓，那些个煽他寡话的人，眼下就等着看自个怎么收拾他，出他的丑。王腊月就趁着人最多的时候，走到不断磕头的铜牙子身边说，俺爹死时跟俺说过，这事怪不得你，别那么过意不去啦！

一时鸦雀无声。她这话谁都听见了。

王腊月又转过身，对着大伙说，俺男人娶了二老太俺认命。再怎么说，俺男人活着，又当了官，总不是坏事吧。只是，只是，俺爹没想通这一层，自个先走了……哎呀，爹呀，您不该这样，自个跟自个过不去啊，爹呀……

就再没人煽铜牙子的寡话了。倒是他们几个自个哭了起来。哭的是铜牙子卜算过的他们死去的男人。

给公爹抬棺的人，那是不用请，桑植坪的青壮劳力都抬杠，送公爹上山。公爹就埋在师长夫人兄弟的坡地上。将棺房下在早挖好的土坑里，掩上土，土上面又用些灰白的大石块砌好，坟前再砌个长宽一尺的石门。因为王腊月往后还要把公爹迁葬回洪家关，就按桑植寄葬的习俗，在石门上掩上一层土。石门就是气门，这层土就不能夯实，只能松松地蓬着。

二十八

学文这孩娃闷兜（桑植方言，孤独、木讷，寡言少语），不爱与人说话。可他会吹箫。他只要一吹箫，就感觉啥话都在箫声里了。早芹爱与学文一块儿玩，却不爱听他吹箫。

春天了，正是山花烂漫时节，山山岭岭开满了白色的映山红。自打红军走后，映山红就没再红过。映山红花可吃，可孩娃们饿了，最爱吃的却是茶包。茶包是那种油茶树上长出的包果，有杏大的，也有桃大的，外面软软的一层皮，中空，淡绿，摘了就可吃，甜甜的。这时节，山野还有刺梅可吃。

学文能爬树，早芹就老是要学文带着她摘茶包。学文摘了茶包，总是让早芹一个人吃，学文就坐下来，开始吹箫。早芹不乐意了，说，学文哥，别吹了，难听死了。早芹说，来，一块儿吃，一块儿吃。

都去趴壕的那会儿，早芹和荞麦患冷热病，打摆子，荞麦死了，早芹活过来了，就是那时，早芹的眼睛毛病了，一阵子看不见，一阵子又看得见了。也是那时候，柳叶子以泪洗面，她的眼睛也毛病了，慢慢模糊。

过了段日子，都回到云朝山的家里，娘女两个的眼睛这才好转些。可到早芹十岁那年，有一阵子，娘女两个的眼睛突然都看不见了。柳叶子急得快疯了，整天哭。要是早芹一个人看不见，她会拿好话宽慰她，敲点她要好好活下去，怎么说她是个孩娃。可现在她做娘的也瞎了，莫说不能种地，连出门洗衣、捞柴都要摔跟头，她还有啥好话说给闺女听。

李参谋、葵梗姐都懂得用点药，都忙着为她娘女两个熬些汤药喝，喝了这个的药，又喝那个的药，可就是不见一点好转。

柳叶子的心死了，娘女两个就夜里不点灯，白天也不出门，硬挺挺地躺床上等着饿死。不管李参谋和葵梗怎样苦苦哀求，娘女两个都不打算再活下去了。

学文最是想劝慰早芹的，可他不会说，一句话也说不出口。那段日子天天都是细雨蒙蒙，他就戴了斗笠，披了蓑衣，整夜整夜地绕着她家草棚屋转圈。

孩娃们那时都跟李参谋识得些字，读了些诗，他在一张中药铺用来包药的草纸上写了首诗，托守柱送到早芹手上，守柱念给早芹听：彼采葛兮，一日不见，如三月兮！你说学文这孩娃憨不憨。

你弄这一套，不就是给盲人点灯，给聋人唱歌吗？你写得再好，早芹能理你？

有天晚上，学文又吹起箫来。这一次，早芹被惊醒了。一根只有神仙才配有的箫管，一支凡世想象不出的男情女意的箫音流水样漫过她家草棚屋，直漫到早芹的心上去。那晚上，那黑黑屋里亮起了一盏灯，早芹突然从床上爬起来，随后柳叶子也从床上爬起来。娘女两个突然觉得饿得前胸贴后背，就摸索着自个给自个做了顿苞谷米面饭吃。那是云朝山那些年最好吃的饭了。

从那天起，学文就天天为早芹吹箫。这个不爱说话、说不出一句好听的话的孩娃，找到了最好的说话方式。

从那天起，学文就天天跟着早芹。早芹想到哪儿去，他就是她的腿和她的眼。开始，他总是背着她，牵着她，跟她跑前忙后的，怕她摔坏，或伤着哪了。后来，没他在身边，早芹也可以屋前屋后和前山后山的小路上转悠了。

有一次，学文坐在门槛上吹箫，早芹听出有一只长脚蚊叮在他的耳根后吸血。早芹走拢去，伸出指头往那一摁，学文的耳根一片血肉模糊。早芹又走到屋外，扯来一片树叶，将学文的耳根揩干净。早芹摸着那被长脚蚊叮咬过的地方，说咬得狠了，这儿要长肉疙瘩了。

过了几天，果然就长出了个肉疙瘩。早芹伸出舌头，在那上面涂些唾沫。

谁都听得出来，学文的箫是吹给早芹一个人的。他有时坐在她家屋门槛上吹得长久了，那箫声老是围绕着他的头脸和门槛织一层细细的蛛丝网，他走的时候，不得不用手抹去。

时光风吹树叶一般悄悄流逝。孩娃们都长成大姑娘、大小伙了。早芹看不见，可也有别的姑娘难比的，她长得乖致。高挑挑的个儿，红扑扑的脸蛋，她一个人走在山道上的时候，路边的花呀，草呀，都会黯淡失色。花草一律摇动着身子，纷纷为她让路。

站在远处的云朝山人见了会说，仙女来了！早芹仙女来了！但接着会摇头叹息，可惜了她一双眼。

其实这事一想就透，老天怜惜她看不见，就用了仙女一样的容貌找补给她。

后来，学文想他得吹给别的某个人听，他这箫声才找得到更好的落脚地。有一天半夜，他偷偷爬起来，借着淡淡的月色，走出寨子，走过两个山包和两个山湾，走到静无一人的姚萍的坟上，将箫横在嘴上，开始吹。

淡淡的月辉下，远远近近都笼罩着一层若有若无的雾气。学文很喜欢那种有月光又有雾气的感觉。好像是他娘轻轻抱着他。他埋在月光和雾气的怀抱里，长一声短一声地吹。

学文在吹箫的时候，在心里将姚萍唤作娘。他想，亲生的娘也就她这么好。他想，亲爹还没她这么好，爹走了，爹当红军，长征走了，可他没管顾到我，他连一个音信也没给我。学文用箫声告诉坟里的姚萍，你也是我的娘，你为了我，为了守柱和荞麦，为了大伙能活下去，就敢去跳崖。你像我的亲娘一样好。可你死了。你这么好的人怎么会死呢？

学文吹得泪水长流了。

学文吹着吹着，月光慢慢淡去，雾气也慢慢散了，东方山岭上，现出了鱼肚白颜色，小鸟也早让他给吹醒了，在周边的树上一跳一跳。学文停止了吹箫，突然就大哭起来。

学文在号啕大哭中回家来。他一声声的号哭像山上的饿狼尖长的嗥叫。

后来，学文把箫声吹给李参谋听。吹给他的那个两岁前见过的，他一直在打听着的爹听。

吹给更多的人听。

二十九

一个一伸手就能抓到金粉似的阳光的日子——那是久雨初晴的春天，坡坎下的河里涨桃花水了，唱着歌欢流，河岸、山坡、远山都是一派新绿，屋前房后的树木叶都长满，花期快过了。

王腊月与张菊妹坐在院坪里编东西，立夏与青松相伴上山砍柴去了。等王腊月把眼目从远处撤回，落到院坪里静静心，恍惚间，突然惊奇怎么就来了两个天仙似的女子，她们居然也在编东西呢。

那是蕙兰与大雪。那一年，大雪十四岁，蕙兰也十三岁了。她们把裹了一冬的棉衣脱去，换上刚在正月里用印有豌豆花的蓝印花布做的一样的单衣，又披散着刚洗过的柔顺的长发，也许是春天好光景的映照，也许是鲜亮衣服的出衬，她两个在两个做娘的心里就在那一刻一下子长大了。

王腊月和张菊妹两个都想不到，大雪出脱得那么乖致，白里透红的脸色配上一双井水样清澈的大眼睛，一双似是才刚翻花散朵过的手是那样灵巧，又韧又长的芭茅秆篾片在她的巧手间弹跳着，有那么一片两片时不时地划过她的脸庞。蕙兰也是一个乖致，只是长得没大雪圆熟，她的脸除了稍瘦些，也是同样的养眼，白里透红中也嵌着两眼井水，清静人，安恬人。

两个做娘的都看得痴了。

不过也只有蕙兰的娘王腊月才看得出她那两眼井水下的不安静，她将眼目撒出去，时不时地，看看从家门前延伸出去的土路，她打了个激灵。她的心里泛出种说不出的忧心。

突然——将近午时，太阳光直晃晃地照在院坪里，空气中弥散些山野的花香，已编了一大堆的草帽和斗笠的娘女两对，都觉得头昏眼花只想着偏在坐椅上好好瞌睡一觉了——太阳光被什么挡住了，一个野人似乎从天而降，不知晓他从哪个廊场来。

是王腊月最先看见，那野人的一双踩得院坪都在微微震动的铁扇似的大赤脚，接着她看清，他蓬头垢面，那张油光黑亮的脸盘，与山林子里的黑熊可有一比；他袒露出日晒雨淋的上身，泛着黑铜色的光色，他的胯裆说不清是缠着布片呢还是葛藤，单能辨清的是他只遮到膝盖的布片——实在是说不上他是穿了裤子，因为从他腰胯边一块块或是一条条垂落下来的，是遮不住屁股蛋的看不出本色的黑布片，也就是说，他裤子就跟狗撕烂了似的，一条一条地荡着。

他来了，对着几个女人嘿嘿傻笑，一句话没有，就直奔屋内的厨房，抄起葫芦瓜壳水瓢，舀起满瓢水，脖子一仰，咕咕噜噜，没歇气地全灌下去。看见灶边的条凳上放有煮熟的番薯，他又抓起来往嘴里塞……王腊月她们几个都看呆傻了。

王腊月、张菊妹、大雪三个人，惊吓得突然间跳起来。王腊月抄了一张椅子，张菊妹薅起一把砍刀，大雪也不自觉地捡起一根木棍，扑进屋内去。

你是谁？

三个人都同一声这么问，可他的嗓眼里灌满了番薯，说不出话来，只好伸出一只手摇摆着，是求她们别打他的意思。

王腊月说，你是谁？不说就打死你。偷东西吃也不看看有没有人。

眼见着王腊月就要扑上去，却是蕙兰"别，别动手"地尖叫一声，挤到娘的前面，张开两臂拦着。蕙兰说，娘，是守柱哥哥！是守柱哥哥！

王腊月、张菊妹、大雪三个，张大嘴巴盯着他的两眼，都丢下手中的家伙，一连声地哎呀呀叫着，险些就把他当野人打杀了。

蕙兰呢，却是一纵身跳过去，搂住守柱的脖子，就像山林子里撒野的小母狐那样叫着、哭着。

王腊月看着替她脸麻。王腊月想，这没耻没羞没成色的货！

几年不见，守柱已长成个虎背熊腰的汉子。她们从守柱的口里得知，葵梗、李长桐、陈学文几个都还活着，他的妹妹荞麦早死了，柳叶子娘女两个眼睛毛病了。

蕙兰、大雪烧了一锅水，逼着他洗了个澡。

待他洗过，却发现穿来的那实在称不上裤子的裤子已烂成条条块块，不能穿了。找来立夏的衣让他穿，可他长得太横实，一件上衣没穿上去，两只袖子却给挤破了。去师长夫人家去找青松的衣服让他穿，结果也一样。

最后还是师长夫人从家里翻找出两段布，王腊月和张菊妹一起动手，粗针粗线地给他连缀起一套衣服，这才替他遮了羞。

随后，蕙兰和大雪两个女子又一起动手，用剪刀和菜刀给他修剪了毛发，他这才脱出原先那副野人模样。

那天晚上，王腊月给守柱做了顿好饭菜。那一顿，他吃光了半锅的稀饭，和一大土钵平时够她娘儿三个吃一顿的煮熟了的番薯，吃光了一碗烤泉鱼，吃光了一只鸡。

全部吃完后，他坐那儿打几个像小黄牛的叫声的饱嗝后，倒头就睡。那一夜，王腊月娘儿三个的觉，全让他呼噜呼噜的鼾声给搅了，没一刻睡着。

守柱下山来，是为了证实云朝山的人隐约听到的一个消息：红军快要回来了，桑植又要打土豪分田地了。

王腊月、师长夫人、张菊妹几个把她们听到的这方面的消息说给守柱听：坪里也是这么传说，可没谁见过回来的红军。听说呀，红军已打过长江了，想那样的日子也快到了。

第二天天没亮，守柱突然翻身爬起，说是要走了。她大娘，还有李长桐、陈学文、柳叶子、早芹，都等着他回去呢。他显得很急的样子，出了门就开跑。

王腊月想跟他再说句啥，喊他停一下，喊都喊不住，倒是蕙兰又追又喊，他才停住脚步。

蕙兰奔过去，抱住他说，守柱哥哥，俺要随你去。

王腊月跟在蕙兰后面，她对蕙兰说，大姑娘家，没羞没臊的，你跟着干什么去？

守柱说，蕙兰你放手，俺不能耽搁，他们正等着俺呢。

蕙兰放手了，守柱打起飞脚又跑。

蕙兰喊，守柱哥哥，你还记得俺两个拉钩上吊说过的话吗？

远远地传来守柱的回话，蕙兰，你等着俺吧！

却不见了踪影。

铜牙子到桑植坪来了，他坐在路边上，拍打起渔鼓，嘴里唱起来：

> 奴在房中闷沉沉，
> 手拿风筝出门庭。
> 俺娘骂俺小妖精，
> 鞋花不做放风筝。

俺说老娘你看清，

隔壁有个王老庚，

她与奴家在一起，

你有哪门不放心。

奴的心中愁闷长，

站在门前望俺郎。

一心只想你的郎。

俺怎么就不能想俺的郎？

老人也有过十七八，

你就没想过你的郎？

……

三十

一九四九年农历九月初的一天，云朝山人又一窝蜂地往老林子逃去。因为，有十几个穿草黄色军装的背枪人爬上山来了。

一个腰上别把手枪的人站在一个山头上，两手合成喇叭喊，说他是张小牛，他们是中国人民解放军，是为了帮助和解救大伙而来的。

最先往回走的，是葵梗、李长桐和柳叶子三家。

那人果然是张小牛，他大老远就张开双臂，一上走来就紧搂住葵梗，说，葵婶，我来迟了。

葵梗问他这么些年到哪去了。

张小牛说，那年他和两个游击队员从云朝山走后，就装扮成生意人，满世界去找自己的队伍，结果在湖北的长江边上找着了新四军。日本鬼子投降不久，新四军和八路军因为要打国民党，就都变成解放军，现在，解放军打了回来，解放了桑植。他呢，现在是解放军的一名连长，上级把他分在洪家关乡搞土改。洪家关乡有几十户红属都躲在芭茅溪乡，于是他带了队伍进山来，把大伙都喊回去，老家要分田分地了。

等与大伙见了面，张小牛站在一个高处，讲了一些话，大伙这才彻底明白，原来解放军就是当年的红军。

要回老家，葵梗第一要做的，就是带着守柱，为何文池和姚萍迁坟。

迁坟先得为死人置副棺房。葵梗和守柱就地取材，用柴刀剥些干浆的杉树皮，把姚萍的尸骨从坟包里起出后，就用杉树皮将尸骨包裹紧，不露一丝缝隙。随后用麻绳绑紧，横着背在背上。葵梗再和守柱下山，将何文池的尸骨起出，也用干浆杉树皮把他的尸骨包裹紧，用麻绳横绑在守柱的背上。这就算置下了棺房。

葵梗和守柱，着一身白色衣裤，把杉树壳包裹紧的何文池和姚萍的尸骨横背着上路了。娘儿两个一路走，一路还对着天空和四野不停地呼喊着何文池和姚萍的名字。

娘儿两个走了三天，才到洪家关。

葵梗和守柱背着何文池和姚萍还在路上的时候，洪家关村人就听说了。村人们请来一个姓王的人打了两具四五六的柏木棺房，待他们回到家，将何文池和姚萍的尸骨小心放进去。四五六的棺房，就是把棺材得做成四寸的底、五寸的帮、六寸的盖。全村子的男女老少都来唱丧，也叫跳丧。

桑植人都看重一个人的丧事。特别是长者或德高望重的人殁了，全村人都会来参加唱丧。这是一种吊唁和送别亡人的葬俗，都在夜里进行。灵堂里置张桌子，桌子上放茶烟糖果酒水，若干老歌师围桌坐定，唱丧歌伴亡。寨里人或站或坐，既是听众，又作伴唱。丧歌分歌头、歌身、歌尾三部分，内容有叙事长诗、神话故事、民间传说、历史演义等。歌师们搜肠刮肚地追忆死者生前的德行，歌颂土家创世英雄的不朽功勋，歌唱农家生活的苦难艰辛等。

何文池和姚萍被人们看作英雄，前来唱丧的，就有二十多个歌师，连附近几个寨子的歌师也都来了。

出殡时，各有三十二个人为何文池和姚萍抬棺。全村人都来送他们两个上山，连别的村上都有人赶过来送。县里、乡里来人了。芭茅溪乡的人听说了，湖北鹤峰县那边几个乡的人听说了，也都来了人。

张小牛带着随他到过云朝山的那一个班的解放军战士来了。下葬时，张小牛喊一声敬礼，就全都抬起右手斜放在额头，身子挺得跟箭杆似的，场面上肃静得都没人敢咳一声。所有人一律低垂着头，站那儿都不动一下。

那是葵梗在生一世看到的最势壮的送葬场面。

一九五〇年上半年，张小牛来动员守柱、立夏、学文都去当干部，说是跟着共产党建设新中国。他们三个开始都在乡公所上班。守柱和学文两个，其实最想当兵，下半年，他两个都去了朝鲜打仗，守柱是偷偷跑去的。

三十一

就在村村寨寨都忙着剿匪和土改的日子，葵花和柳叶子两家，还有住在芭茅溪别的村寨的红属们都搬回老家去。

李参谋和学文，随早芹和柳叶子娘女两个，从云朝山回到洪家关乡的枫坪村。

柳叶子和早芹回家了，村人们有钱的出钱，有力的出力，在老刘家已是荒草萋萋的老屋基上，按原先的老样子把房子建起来。

正赶上分田分地，村人们给李参谋与学文各分了一份。这事由村人们商量决定，再由新选出的农会主席老谷叔请示土改工作组的同志拍板定下的。

老谷叔这么给土改工作组反映民意：那个李参谋，不是早芹的爹，却胜过爹，早芹娘女两个看不见，都得李参谋父子两个照管，才得活下来。那个陈学文，他爹是红军陈营长，长征走了，说不定啥时候会回来找他，正儿八经的革命的后。再说了，早芹现在是缺不了他，他与早芹，明里一个哥一个妹，可明眼人一看，这两孩子扯不开，谁缺了谁都不行，等过阵子，他两个就得结百年秦晋之好。这两家四个人，之前过成一家，今后怕还是一家。俺枫坪人，敬天敬地敬鬼神，但现在更敬革命，他们几个人，都是革命的人，再说，俺枫坪也是从烈火铁血的革命中过来的，所以呀，俺枫坪人不能做出硬生生离散革命亲人的事，你们说是不是！还有句伤心窝子的话，俺枫坪，被反动派杀得多，死的人，先后将近百人，俺村里也需要人呢！

理由一大堆，其中任意一条，似乎都没法反驳。土改工作组的人当然得顺遂村人们的愿。

这没有血缘关系的两家人就住进新建起的房院。柳叶子与早芹是主，就住了东头，李参谋和学文住西头。在桑植这块，很多人家都是这样，一院两户或一院三户、一院四户地住着。

才刚住进新家，就发生了件稀奇事。

那天半夜，早芹一觉醒来，她的眼睛触到了窗格上弥散着的一层淡淡的月光，屋子里、床上也有朦胧的亮色。早芹吓了一跳。她有些惊慌。

多少年里，白天和黑夜，屋里和屋外，在她的意识里，都是模糊的一团黑色。这是怎么回事呢？早芹闭着眼适应了一会儿黑暗。再睁开眼。但眼睛看到的屋外的月光和屋里的亮色依然挥之不去。

早芹从床上爬起，习惯性地伸出手摸索着走出屋子，走到院子里。在这一过程中，早芹突然想到这样伸出手摸着走路已是多余。早芹就站在院子里，开始抬头看天。早芹看到了天上的月亮银盘似的，像极了一个女人的脸。

早芹的眼睛突然明亮，将她的意识接通到她眼没瞎时的一切记忆。那时，天是蓝色的，树是绿色的，房屋和村庄是灰黑色的……早芹泪流满面，脑子突然就从一片混沌变得明朗了。

早芹想起了过往的许多事情。

早芹想，我这不是做梦吧？

早芹用手狠狠掐一下自己的胳膊，她感觉到了疼痛。

早芹站在院子里，听得见屋里的几个人的鼾声，心里涌出的热流弥漫了整个院落。

早芹就那么一直站在院子里。她怕一走出院子就走失掉自己再也找不回来。她又担心一走进屋里她的眼睛将回到一片黑暗中去。她决定就站在院子里等天明。天明了,她要好好看看蓝色的天,绿色的树,灰黑色的房屋和村庄……

天终于亮了,早芹看到所有她想看的,都与她记忆中的没啥两样。

学文从屋里走出来,惬意地打了个哈欠又伸了个懒腰。他睡眼惺忪,竟没注意到已在院子里站了半夜的早芹。

早芹一步一步走到学文的跟前去。她看见了他长得有些粗硬又有些俊气的脸。看见他的嘴上、下巴上长出的毛茸茸的胡须。看见他的两鬓至两腮长出了浅浅的茸毛。早芹想,等这些茸毛长长长粗了,他就是个漂亮的络腮胡了。早芹心里很满意这张年轻男人的脸。早芹嘴上却说,学文哥呀,你怎么长得这么丑!

早芹这话唐突得像砖块,可学文还是没感到其中的味道。他看着她又明又亮的眸子,叹道,早芹,你是看不见,其实我长得不赖。

早芹转到学文身后,微仰了脸,第一次看清他耳根后的那个肉疙瘩。早芹说,学文哥,你这个肉疙瘩是个黑的颜色,丑死了!

早芹是想提醒学文,她的眼睛看得见了。可学文对她两次说他丑却浑然不觉。

早芹在学文面前跳跃着转了两圈,大声喊叫——

学文哥呀,你怎么还看不出来,我看得见了,我看得见了。

早芹眼里的泪水,也像洪水般奔涌而出,哗啦啦地流……

早就站在新屋门槛边的李参谋,静静地看着这一切。李参谋的心里也突然变得宽敞，宽敞得能装下整个天空……

李参谋回了趟他老家。

那是桑植最偏远的白石乡，在桑植的正北方，与湖北鹤峰交邻。李参谋回到家，才知道他的老父老母早过世了。他家三兄弟，他是老大。两个弟弟都已成家，也有了儿女。李参谋对两个弟弟说，得幸爹娘生下你们两个，俺李家有人传继香火。大哥对父母没敬到孝，对不住俺老李家，对不住弟弟两个。大哥当过红军，是革命之人，如今革命胜利了，但大哥要做的事还没完，弟弟两个莫怪，大哥还不能回家来……

李参谋就又回到枫坪。

李参谋对他的两个弟弟说的他还没做完的事，是指陈营长和刘大兴还没回桑植，他要等他两个都回来了，把陈学文交到陈营长手上了，把柳叶子和早芹交刘大兴手上了，他的事才算完。

李参谋打定主意，就住枫坪了，他要一心一意地等陈营长和刘大兴回桑植。

三十二

新中国成立后第二年的清明那天，王腊月兴用大殡迁葬公爹。

桑植这块兴的大殡，一得四五六的棺房，二得三十六杠，就是三十六人抬棺。

在桑植坪，把公爹的从坟包里起出后，骨殖装进新棺，原先的薄板就地烧了。再请人把新棺抬运到澧水河边，用船运过河到芭茅溪官道。接着，请一架大驴车，由桑植坪和洪家关两边帮忙的乡亲护着，往澧水下游走。要过河，就换船送到对岸，过山路，就抬着走。百十里的路，折腾了两天才到洪家关。

送公爹上山时，就由三十六扛抬了。一些吹鼓手，哀乐喧天。纸钱漫天飞扬，纷落在坡坎边、山路旁、蒿草上。

那天，一天的纷纷小雨，落个不停。

王腊月带着两个孩娃，披麻戴孝，从家屋到坟地，一步一磕头。

桑植坪、洪家关两边的乡亲，都赶来送行。王腊月听见很多人说，这向云林的老爹都死了十年，竟还这么风光一盘，真难得他有这么好的儿媳妇。

王腊月就想，人呀，都这么一辈一辈地熬，死了到另一个廊场去，给活人看的，要的就是有儿孙，有人气。

又想，俺这么厚葬公爹，他的儿俺的男人向云林却不在，是死是活不晓得。

她就哭得特别伤心。

当先跟红军队伍走的，村村寨寨都有人，后来，县里的笔杆儿们计算，全县可有五六千人。可到新中国成立后的第二年，陆陆续续回桑植的却只十几二十多个伤残人。这些伤残人，不是一只腿的，就是没胳膊的，不是单罩（桑植方言，只有一只眼的人），就是脑瓜巴耳朵削去了一块，叫巴耳朵……

王腊月一个村寨一个村寨地去找这些伤残人，一个一个地打问，就是没人说得清向云林的死活。

洪家关村的彭兴汉是那年最后一个回家的，却是个两眼珠子都让炮火烧死了的全瞎。就这么个人，张菊妹与大雪娘女两个也是欢天喜地迎庆，摆了酒席，三亲六戚都请了。

王腊月不敢去。彭兴汉当先是和向云林一块儿走的，他该是知晓向云林的下落，她怕去了，他说的是她不愿听到的。

他家吃酒席的人刚动碗筷，张菊妹看王腊月没拢场，就赶忙找过来。菊妹说，姐姐，俺两个这么多年共患难过日子，俺家请人吃饭，你不去，俺心里没着落。

王腊月说，去了俺伤心。

张菊妹说，向云林活着呢，你过去，俺让兴汉亲口说给你听。

王腊月说，活着怎么不回家呢？

王腊月跟张菊妹过去后，彭兴汉对王腊月说，洪家关村十三勇就俺和云林两个活下来，他比俺可活得好，听说当了官，还在部队上，忙着呢。

王腊月说，怎么就见不回家呢？

彭兴汉说，俺有好些年不见他了，他的情况俺不是太清楚。只是回桑植前，俺在省里荣军医院住过一阵子，专找人打问过他，说当了官了，忙呢，还说要转地方工作呢。这不，俺就放心回家了。

王腊月说，再忙，也该写个信回家啵！

彭兴汉说，到底是咋回事，他回家了会有交代的。

三十三

　　刚一解放，师长夫人带着二十岁的青松走了三天，去到官地坪师长贺锦斋的坟上，烧了一夜的纸，唱了一夜的《马桑树儿搭灯台》，师长夫人告慰九泉之下的贺师长她的春生，红军又打回来了，国家要改朝换代了，她和青松要过上好日子了。

　　叔弟贺锦章是桑植县首屈一指的知识分子，被选为桑植县新政权的第一任县长。回到洪家关后，师长夫人为给贺师长迁坟的事，去找锦章商量。锦章说，大嫂请放心，这事一应由俺承头来办，你不用操心，到时你和青松只需到场，为大哥披麻戴孝迎迁就是。

　　锦章公事私事摆得分明，他没用上他县长的权力，只动用族中的人力，就把贺师长的坟迁回了家。贺师长新迁的坟，就在屋门前朝西去的那条坡路上，只百十米远。

　　师长夫人的心从此安定下来，她的余生可以和春生守着过了。

　　没过几个月，大西南也解放了，这时贺龙当上了西南军区的司令员，先是进驻到重庆，后来又驻进成都。重庆离桑植没多远，可贺龙忙，没得闲回家。即便这样，贺氏家族的人，都扬眉吐气了。过去许多受过国民党反动派追杀和迫害的人，成群结队地走往重庆，去看望贺龙。

　　贺龙在接见三五批族亲和乡亲时，一直没见到他牵挂了二十年的师长夫人，就一再捎信说，要师长夫人带青松到他那儿去。

师长夫人却没去。

也是从那时，师长夫人一天都没离开过洪家关，离开过她的春生。

后来，桑植县有个"十八子弟上成都"的讲说，说得有板有眼。说的就是那段日子的事。说是贺龙向西南最高行政首长邓小平打上一个报告，言称洪家关贺氏家族遭国民党和地方反动势力追杀、迫害的人达几百人之多，贺龙要求安排一批族亲子弟到成都、重庆两地上学或工作。邓小平大笔一挥，贺家就有十八子弟就过去了。

过后，师长夫人勾起指头计算过，却不知这十八子弟到底是哪十八子弟，不知谁在数谁不在数，反正呢，最后去重庆、成都的人远不只十八个人啊。

就说锦章啊，他竟连县长都不干了，他是拖家带口地去了。锦章满腹学问，却只是个乡间才子，他想借助文常哥这步台阶去做更大的事。再说，父母早已过世，他也可以脱率地走了。

锦章计划师长夫人和青松都随他去。师长夫人谢绝了他一番好意，却促成青松去。师长夫人说，俺哪儿也不去。俺走了，春生一个人在这边，孤单着呢！

见师长夫人这么说，一家人长吁短叹，哭哭啼啼，离开她去了。

三十四

铜牙子也回家来了。他是个闲不住的人，整天各村各寨游走，见到人就坐下来唱渔鼓：

> 春季望郎马桑花开，
> 哥哥一去不回来，
> 想得奴家血奔怀。
> 夏季望郎马桑果青，
> 三伏天你不爱穿鞋，
> 打双赤脚痛在奴的心。
> 秋季望郎马桑果红，
> 哥哥去了该回来，
> 想你衣单天寒奴心痛。
> 冬季望郎好伤怀，
> 马桑树儿好比望郎台，
> 站树上望你打哪儿来？

三十五

早芹说，我听到许多人在唱歌，可我听不出他们唱些什么。

学文开始睡不着觉。半夜，学文偷偷爬起来，掂着他那根箫，出了院子，走到屋门前一个山包上，开始吹箫。学文的箫声悠长而哀伤，流水似的，从村子这头流到村子那头，浸泡着那些凄风苦雨的岁月。

一村子的人都被学文吹得睡不着。很多人从自家屋子里走出来，走到院子里，望着遥远的天空发呆。

早芹也被学文的箫声勾引出屋，拉着学文的衣袖喊他回去睡觉。学文说我不回去，我睡不着。

早芹说，你是想谁了？你是想你娘吗？

学文说，我没想我娘，我想我爹。

早芹坐下来，将头靠在学文的肩头，认真听他吹箫。

天快亮的时候，早芹说，学文哥，你莫吹了，你让我听听，那首歌又唱起来了。

学文就停止了吹箫，伸出一只手搂住早芹的肩膀，与早芹一起听那首歌。这时学文也听见了那首歌。那首歌若有若无，慢慢地，越来越清晰：

> 雄赳赳，气昂昂，
> 跨过鸭绿江。

保和平，卫祖国，
就是保家乡……

有人在离枫坪很远的山头上，装了一只高音喇叭，那首歌正是从那儿传出来的。

很多人都听见了那首歌。那天晚上被学文的箫声驱赶出屋的，大都是些十八九二十岁的后生仔。

枫坪村有十多个，整个洪家关乡有一百多年轻人报名参军，要去朝鲜打美国鬼子了。

在离开家将要奔赴朝鲜的头两天晚上，早芹与学文又去那个山包上，他两个并排坐在一起，肩挨着肩，头碰着头，又各伸出紧挨着的那只手，相互揽住对方挨不着的那只肩头，讲了一夜的话。雾露上来了，打湿了他们的头发和衣服，他们却浑然不觉。

早芹说，学文哥，你放心去，我等着你。

学文说，战场上子弹不长眼，我要是牺牲了……

早芹忙伸手捂住他的嘴：别乱说，你不会死的……

后来，学文低下头，长长地叹气。那叹气声，像深不见底的井，深深悠悠不见来处，却又不知在地下多少年了。听了早芹这话，他真不想去朝鲜了。然而，他又不能不去。

学文的心思谁都懂，他去朝鲜，是想去找他爹。他相信他爹还活着。他想他爹这会儿一定去朝鲜了。当他把这个想法说出来，连李参谋都没反对，李参谋说，可惜我不年轻了，要退回去十年，我也会去朝鲜，当个搬运夫也不错。

早芹摸着学文的箫管说，到朝鲜了，你要经常吹箫。

早芹又说，你一吹箫，俺就听到了，就晓得你还活着。

后来朝鲜战场上，学文在阵地上冲锋陷阵，在与敌人厮杀时，那根箫被他裹护得像条命似的。每当敌人退下去，战地迎来短暂的宁静时刻，他就开始吹箫。这时，他希望战地上走来一位首长，那首长说，你是陈学文吗？我是你的爹。他爹为啥能循着箫声找到他，因为那根箫就是他爹托李参谋带给儿子的。

可是陈学文到底还是没能找到他爹。那根箫仍被他裹护得像条命似的。有那么两三次，他们被敌人包围，真到了断无生还的绝地，那根箫依然是支撑他战胜敌人一定要活下去的信念……

从枫坪到朝鲜，隔着千山万水，早芹耳朵里却常有箫声回响。

三十六

新中国成立后第二年年底，很多后生尕都当兵去朝鲜战场了，王腊月看大雪和立夏铁了心是要成一家的，就想用大雪留住立夏。王腊月去跟菊妹、大雪娘女两个说，回头又跟立夏说。菊妹、大雪跟立夏说，又跟彭兴汉说，彭兴汉听她娘女两个的。就都给立夏说。彭兴汉把王腊月和立夏地喊到他家去，拍着大腿说，先把婚结了，再安排工作。

这一年，立夏二十一，大雪十八了，就把婚结了。

过一阵子，立夏他岳老子动用自个老红军的关系——不，那不是走关系，而是当年上面有政策，凡老红军的子女，组织上都给安排工作。为了他女婿，彭兴汉去县里找人说，把向云林还没回的王腊月家说成老红军家属，随后把立夏安排到乡粮站当职工。大雪是到县供销百货社站柜台。那时候，这小两口都是让人眼热的好工作。

又过一年，王腊月添就了孙娃。

王腊月添了孙娃，彭兴汉添了外孙，两家人高兴得，只差上街打锣了。为给孙娃取个好名，两家人聚在彭家。都想好久，孙娃他嘎公（桑植方言，外公）取了个云飞。说云呢，是要沾点他爷爷的光。他爷爷当官嘛。云飞呢，就是展翅高飞、鹏程万里的意思。王腊月听了，心里直犯嘀咕：这名字可不好。

孙娃他嘎公问王腊月好不好。

嘎公是真心实意要她拿主意，她就直说了：云本是天上的水，没个根基，你还让他飞！飞哪去？老辈人讲，飞得越高，摔得越惨。讲的怕就是云样的人事。云就是这样，你想呀，到后来，不就是摔得七零八落，落到地上还没个着落，到处流，往低处流。

孙娃嘎公说，亲家母讲的是个理。可您得取个更好的，能让俺心服的，就依你的啦。

王腊月想了想说，也不是说云飞不好，俺是觉得有比云飞更好的。

孙娃嘎公说，亲家母您照直讲，别顾忌俺。俺共产党人凡事都讲民主，要广泛听取群众意见，毛主席都说了：你说的对人民有好处，我们就照你说的去办。

王腊月就说，俺想了个大林，嘎公您看怎样？

孙娃他嘎公说，这，怎么讲？

王腊月就说，首先这大字是沾了他娘的光。沾他娘的光，还不就是沾他嘎公的光。再说有娘的娃，活得不孤恓，长得风顺，心里有归落，做人有底气。

王腊月这一说，媳妇儿大雪跟着叫好，婆媳两个站到一个立场上。

孙娃嘎公笑说，俺看了，不只在一个大吧，主要意思还在林吧！是不是。意思都在林呀。

王腊月接口道，是的，林字是沾他爷爷不假，可这沾不沾的不要紧，要紧的是，这林字好得不得了。

孙娃嘎公说，好在哪呢？俺要听个详细的。

王腊月说，林就是木，双木。说是双木，也不只是两菟树。老辈人讲，独木难成林。其实呢，两菟树也不成林。你们想想，都是林了，怎么只两棵树？是一大片树，是一山的树，一山一岭的树。掰开这层，你们再想，树从哪来？林从哪儿来？明理人一说就明白，一定得有山有水，才有林。还有一层，林能养山，能聚水……娃他嘎公呀，您是肉眼瞎，可您老心里事事看得清明，不止俺这点见识，俺王腊月才是个睁眼瞎，大字不识一箩筐，您硬要俺说哪个字好，俺就直言无忌了，说错了您老千万别责怪。俺的意思是：这林字啊，就是天下第一大好字。

王腊月把话说完，孙娃嘎公不住地点头说：亲家母呀，你说的样样在理，样样通情，俺彭瞎子可服了你了。听你一番话，俺就觉得，你哪能是大字不识呀，你可是能给孩娃们做先生的，你讲的这些，把封建的传统的革命的，还有科学的，都包含了，而且都是让男人成大器的道理。

王腊月心下明白，跟孙娃他嘎公讲说，万可不能造次。她就放低了语气说，嘎公呀，俺这是乱说。俺说得对不对，还要嘎公来评判的。才刚嘎公说的，不知是掰弄俺呢，还是真夸俺，俺这心里惴惴的。俺孙娃你外甥这名字的事，可依不得俺的，最后还得您老来定夺拍板。

孙娃他嘎公说，好，好，就叫大林啦！向大林！

彭兴汉是桑植回乡老红军中官儿最大的一个，团长一级的，跟县太爷一般大。人家是有功之臣，伤残军人，县里可给足了他待遇，在县城边上，给他划块地，让修宅子。彭兴汉拿出他积攒了多年的钱，县里又帮了些钱，他建了个大宅子，有平常人家的三个大。

在桑植这块，平头百姓，特别是他的街坊邻里，老少都叫他彭瞎子，他自个听了也欢喜，说彭瞎子这绰号通人情，听起来亲和、贴心。人就都叫他彭瞎子。

后来，桑植县城里的人，还因了他的那瞎劲，造了句歇后语，叫作：彭瞎子看戏——不是能不能看的问题，而是有不有待遇的问题。

说起来，他一个还真看戏。不过呢，他不是看，而是听。听过后，他就唱顺口溜，说是作诗。比如讲，他看一出演贺龙刀砍芭茅溪岩局的戏后，就唱了这么一段：

洪家关上一盘龙，
智勇双全大英雄。
两把柴刀砍盐局，
芭茅盐局夺武器。
南昌起义他为首，
武装革命作先锋。
斩尽杀绝帝官封，
解放中华第一功。

回头说那句歇后语。桑植解放的第二年，县里就成立了阳戏剧团。阳戏是桑植这块的地方戏种。县里有了剧团，就经常唱戏，阳戏、汉戏、傩愿戏都唱。每有戏唱，剧团就到处发票，领导、先进、劳动标兵、老红军都发。开先的几次发票，剧团的人就觉得人家是个瞎子，你要给他去送票，等于是掰弄他，是转着弯子骂他，那样是要讨骂的，就没给他发票。

谁想到这个瞎子可不是一般的瞎子，他就是个戏瘾。听回乡的老红军讲，在部队多年，他眼瞎后，闲来没事就养成个看戏的瘾，部队上哪天有戏，哪场合有戏，都不缺他。彭瞎子听老红军们讲，大伙都有人发戏票，就他没有，就发了一通火，后来张菊妹跟王腊月说，把她刚泡好的一杯茶摔了，杯子摔得八十八渣。

他拄着拐杖，由张菊妹牵着，去找人家剧团领导了。不过呢，到了剧团，没再那样发火，却是直咄咄地问人家，人家都有戏票，为啥就没俺的。剧团团长支吾了半天，也没把话讲明白。也不是讲不明白，是不敢讲明白。

最后彭瞎子撂下句话转身就走了，说：哼，发戏票这事呀，俺看就是个事，哼，不是俺能不能看的问题，而是有不有待遇的问题。

后来剧团一演戏，上门要送票的第一人，就是他。票是两张，他一张，那另一张，是给张菊妹的陪票。

这句歇后语在桑植传了几十年，传了半个多世纪，如今人们仍常说这句话。

彭瞎子回乡那年，张菊妹还只四十四五岁，说起来你也许不信，她还能生娃，她一口气生了五个娃，直到她不能生为止。这两个老活宝！

他两个的那五个娃，比王腊月的孙娃大林都要小，向大林见了他们，都得喊舅舅。外甥比五个舅舅都大，比最小的舅舅要大上十四五，这样的稀奇事，现如今有吗？

稀奇的事还有，那另外一些跛脚的缺手的单罩的巴耳朵的老红军，都赛着生娃——他们的老太有的是原配，有的打仗出去时是单身，解放时回来还是单身，组织上就给配，找那些愿意照顾他们后半生的年轻女子当他们老太。

在桑植，有这么个现象，说出来你可能不信，一般老红军家庭都有七八上十个，少的也有四五个，他们的娃，多半还是解放后生的。

三十七

贺锦章一家人去成都的时候，朝鲜打仗了，很多年轻人响应毛主席的号召，都参军去了朝鲜。师长夫人一再嘱咐锦章两口子，到那边了，一定要让青松上大学。锦章两口子懂她的心思，是不想让青松参军去朝鲜，说，大嫂，放心吧，青松一定要上大学。

那批去重庆、成都的贺氏子弟中，有十几个年轻人都安排上了大学，后来他们一律成为高级知识分子，有的当上了大学教授，有的当了科学家，有的从政当官。

可是，师长夫人担心啥，便是啥反着来。到成都了，青松又没上大学，又没安排工作，却偏偏是参军去了朝鲜。也不知锦章两口子是怎么照管的，怎么就不让他上大学而让他当了兵。你看这事，要不是青松是他两个亲生，师长夫人都要说他两个长歪了心呢。

师长夫人还是整天唱那首歌。过去在桑植坪，她是想着春生生前的音容唱，现今她总在坐在春生的坟前唱。她要是嘴上没唱，那她的心里，也一定哼着：

> 马桑树儿搭灯台，
> 写封书信与姐带，
> 郎我当兵姐在家，
> ……

三十八

葵梗猜得到守柱想去当兵。她偷偷去求王腊月开恩，把蕙兰许给守柱，让蕙兰去拴守柱的心。葵梗没想到，王腊月压根就不愿蕙兰嫁守柱，她说蕙兰太小，还只十五岁，怎么能许人呢。

葵梗也就不好再说啥了。葵梗这一计失算，谁想守柱那个犟种却偷偷跑去当兵了。

守柱其实比谁都明白，从葵梗给他取这个名字开始，葵梗会死死拖他在家里，为何家传继香火，像去朝鲜打仗这样要死人的事是万万不许他干的。他便装作顺遂葵梗的样子，陈学文邀他去报名参军，他说他不去；等到县里乡里报名完了，他一个不急不躁的样子；等到参军的都戴上大红花，排成长队开拔了，他还是啥声色不动。就这样他蒙过了葵梗。他是在参军的队伍开拔的当天夜里出逃的。

他这一出逃，开始葵梗还没明白守柱早就在算计她，待她想明白时，已是第三天、第四天了，已没法追他回来了。从此，葵梗只好每天在家神龛前烧香，求拜何家列祖列宗保佑守柱平安归来。

过了些日子，葵梗觉得守柱走了日子也没盼头了，便想着去陪文池。于是葵梗从河边来到河堤上，沿着堤岸再往下游的黑龙潭走去。

黑龙潭是水很深，漩水一刻不断的潭，有人觉得这个世界已不值得活下去，就到黑龙潭去，黑龙潭自会迎接他并完整地把他送往另一个世界。

葵梗朝黑龙潭走去，一路上看不见一个人。半夜过了，河两岸已看不到一户人家的灯火。葵梗走了半个时辰，来到黑龙潭，不料早有一个人站在潭边了。葵梗想，有人搭伴也好。葵梗走过去，打算招呼他一声，再一起往下跳。

可那天晚上，葵梗到底是没死成。葵梗碰到了另一个想跳潭的人。两个都想跳潭的人搞到一起，结果都没死成。

葵梗朝那人走过去，正要招呼他，仔细一看，那人竟然是洪家关乡书记张小牛，那个跟文池学武长大的张小牛，那个把葵梗当娘待只差喊一声娘的张小牛，那个新中国成立前与葵梗一起抢过文池尸首，新中国成立后这几年经常把一包一包米面和一壶一壶菜油往她屋里送的张小牛。

看到张小牛，葵梗的脑壳像是一面铜锣堂被啥敲了下，顿时嗡地就大了。葵梗问，小牛，你到这儿搞啥来的？

小牛咬着牙齿狠狠地说，我不想活了！

葵梗急忙拉住小牛的胳膊说，小牛，这话可不敢随便说啊。

一听她这话，小牛哭了，小牛说，去年就搞三反，我先是带头反别人，不想到现今别人反到我头上了……他们把我关起来，要我交代，写检查，还要撤我的职……我是没脸再活下去了。

一九五一年到一九五二年搞的三反运动，就是反贪污、反浪费、反官僚主义。

葵梗听小牛这样说，就紧紧拉住他的手，生怕他一句话没说好就跳潭里去。葵梗说，你先别跳啊，你跟婶说明白啊。俺问你，你怎么会犯三反，你是老革命，是乡书记呢！你不会犯三反的。你回去跟他们讲明白，事情就过去了。

因为要跟葵梗说话，小牛不再哭了。他本来是站着的，这时他蹲下来，哭丧着脸说，问题是，俺确实犯了错，俺有罪！

葵梗说，那你跟婶说说，你犯的是哪一条？

小牛说，俺犯了贪污啊！

葵梗说，笑话，你犯啥贪污！一定是他们乱说，回去，跟婶回去，跟他们说清楚，就没事了。

小牛说，真的婶，俺是贪污了，事情铁板钉钉！

葵梗听他这一说，头都大了。葵梗说，那你把钱和东西退出来，不就得了。就是犯了错误，往后也可改正的，不至于硬要到黑龙潭来。你看你看，黑龙潭多深又多漩水，你一跳下去，啥都没了。你革命一世，抛头颅洒热血，劳苦功高，到头来竟是一抹到底，精条赤胯，还是畏罪自杀。你说划算不划算？不说对不住生你到这个世上的爹娘，就连把你领上革命道路的何大队长也是对不起啊！你跳下去，到那边了你怎么好意思见他们？

那天晚上，葵梗把小牛说回转了，他答应葵梗不死了。随后葵梗把他送回去。

在葵梗把张小牛从死路上拉回来时，葵梗竟然不知不觉地把自个想寻死的事给忘了。事后再想去死，已狠不下心了。因为葵梗想到，守柱打仗去了，家里总得有个人等他啊。俺要是死了，见了文池，文池问到守柱，俺怎么跟他说呢？

张小牛一直没看出，那天晚上葵梗也是要去寻死。他只是问葵梗俺，婶，你是怎么知晓俺去了黑龙潭？葵梗说，你婶是个始倮妮，你不明白啊，你婶也会卜算。

张小牛犯贪污竟连扯到葵梗。他不是经常把一包一包米面和一壶一壶菜油往葵梗屋里送吗？本来，那些米面和菜油大都是他用自个的工资买了送去的，可是有两次，他却是拿了公家的当作慰问烈家属送她的，只是送去时没登记，也没邀人同来。

张小牛年老时回想起这事，觉得这算不上啥贪污。可在那个年代，就是那样，事情一板一眼，非得搞清楚不可。

当问明白张小牛贪污的竟是送了自个的那些东西，第二天，葵梗在背上绑了一捆荆条，同时将小牛送她的同等量的米面和菜油用一副箩筐挑到乡里。

三反工作队的人看到葵梗向他们负荆请罪，问清她男人是曾经的桑鹤游击大队长何文池，而她现在唯一的亲人何守柱正在朝鲜打仗，他们手忙脚乱地把她从地上拉起来，羞愧地给她道歉，说是对不起她，对不起张小牛书记，他们没深入调查研究，险些冤枉了好人。

张小牛的事情就这样查清了，他还是洪家关乡书记，不过工作队的人还是让他写了个检查。往后，小牛再没犯这样的错误，他好好工作，当官当到后来的省粮食厅厅长一级。

三十九

铜牙子唱道：

> 自从你走后，
> 我的心也丢，
> 洗了脸来忘了梳。
> 自从你走后，
> 木了我舌头，
> 吃起饭来没味道，
> 睡又睡不着，
> 夜深长不过，
> 人也恍惚梦也多。

四十

柳叶子的眼睛瞎了，可她操持家务，烧火、做饭、洗衣……
柳叶子摸索着挑过一次水，李参谋见了，他再不让她挑了。

他每天早起的第一件事，便是去挑水，先挑满柳叶子家的水缸，再挑自家的。他总是把水桶放在他住的屋西头。

　　从那往后，柳叶子再没挑过水，她家的水缸也从没空过。

　　陈学文当兵后，李参谋一家就只一个人了。柳叶子让他过来搭锅一块儿吃饭，他死活不愿。早上，晚上，他都是一个人做，一个人吃，中午吃些剩饭。

　　兴互助组生产了，白天，早芹、李参谋一块儿出工去，柳叶子就坐在院坪里，朝着屋门前那条通向坪外的土路张望。柳叶子在看有没有一个男人走来。

　　是的，她瞎了眼，看不见，但她相信，她苦盼的男人要是能回来，她一定看得见。

　　在她的想象里，现在的刘大兴可不是当年当红军时的毛头小伙子。他穿着一身黄绿的军装，戴着扣着红五星的黄绿色军帽，他上了年纪，他的帽檐处粗硬的头发染了霜色，他是立过功的，他的胸前，扣着不少枚军功章，他也不再是警卫员，他该是有了官职，所以他的腰间别着一把手枪……他步子沉稳，步幅大，因为离家越来越近，就走得有些急，越来越急。他急匆匆地朝她走来，他急匆匆的脚步都震落了她让苦盼磨出的心茧……

　　就这样，她一边苦盼，手上一边拉着一只鞋底，或上着一只鞋帮。

　　她手上的鞋活，有时是做给早芹的，有时是做给李参谋的，有时是做给学文的，有时是做给大兴的。

　　学文去朝鲜的十个月后，早芹生下一个活蹦乱跳的男娃。就像现今的一些年轻人一样，他们是未婚而生。这在柳叶子和早芹也好，李参谋也好，一点都没感到难为情。

　　李参谋备了些酒肉，请来村里一些老人及村干部，为孩娃的出生做了次小小的宴典。大家高高兴兴吃肉喝酒，没人说一句让人脸麻心虚的话。

　　那样一个刚从旧社会过来的年代，桑植这块，因为人被杀得多，青壮年又总是出外当兵，人们就特别看重生儿育女。陈学文与早芹虽然没办过结婚宴席，又没去乡里打结婚证明，只因为他们现在有了孩子，所以在乡亲们看来，他们是有了家室的人。

　　学文到朝鲜战场后，给家里来过一封信，李参谋照来信的部队连队番号给学文去了信，告诉他，早芹为他生了个孩娃，取名叫陈援朝。李参谋在信中替早芹和柳叶子都捎上一句话：柳叶子是希望他英勇杀敌，多立战功，希望他时刻惦念儿子，保证要全须全尾地归来；早芹说，学文你有了儿子，你的亲爹实在找不着也不要紧，你一定活着回家，儿子不能没了爹。

　　信发出去后，却一直没收到学文的回信。

　　陈援朝说话早，不到一岁就会叫李参谋爷爷，叫柳叶子嘎婆了。白天，李参谋、早芹去上工，柳叶子就带援朝。每个早上或黄昏，李参谋都会站在院坪里，将援朝举过头顶，院子里洒满了爷孙的笑声，援朝将尿撒在他的脸上他也不管。

　　朝鲜战争结束那年，枫坪去朝鲜打仗的十多个子弟兵只三四个回家。没回来的自然接到了烈士通知书。

　　学文却是个例外，既没有烈士通知书，也不见他人回来。

　　村人们就来安慰早芹、柳叶子和李参谋。柳叶子和李参谋都以泪洗面，吃不了东西睡不着觉。早芹却说，没事，学文没事，学文一定会回家的。

　　她对柳叶子和李参谋说，俺的耳边总有箫声回响。

　　她说，娘啊，他爷爷啊，你两个尽管放心，俺听得见箫声，学文就没死。

柳叶子和李参谋半信半疑，真的就不那么伤心了。

早芹常常牵着或抱着援朝站在村口，向通向坪外的那条路上张望。

有时候，那路上会有出外的村人归来，每回援朝都要问，看见我爹了吗？我爹叫陈学文，他到朝鲜打仗去了。

村人会笑眉笑眼地说，快了，你爹快回来了。

这让早芹想起她自个刚学会讲话还待在她娘俺的背上的时候，也曾这样问别人，看见我爹吗？他叫刘大兴，给陈营长当警卫员的那人。

等人走过去，早芹就会流下泪来。

早芹耳边，总是回响着一串遥远的熟悉的箫声。

四十一

当有一天，王腊月第一次见到县长和县长陪着的那个比县长官还要大的人来找她的时候，她一下子回想起当年怄得她公爹吃马桑果而死的铜牙子的那次卜算。铜牙子真是个铜牙子！他为向云林卜算的话全应验了。

那是秋收后的一天，王腊月在自家仅有的一亩稻田里平垄，打算栽下一季冬油菜。

这天家里只王腊月一个人。立夏、大雪结婚后，他们把小家安在立夏的粮站。不是农忙的时候，蕙兰就过去给他们带孩娃。

公路上来了辆蒙草黄色油篷布的车（吉普车），在离王腊月半里地的河边停了。下来几个人，朝这边慢慢走过来。王腊月挥动着锄头打土坷垃，不朝他们看。有人喊了句王腊月同志。她用劲打土坷垃，装作没听见。她的心怦怦地跳起来。

好像是三个人。

三个人好像朝她走过来了。

她听出是乡书记张小牛喊她。平日里他都喊腊月嫂子。今儿就奇了怪了，他喊她王腊月同志。她不应他。她打土坷垃。

那边三个人朝她一步一步走来。

那三个人越走越近了。

越走越近了。

终于到了她跟前。

她听见乡书记张小牛说，王腊月同志，停停，停停。

她停下了，直起腰。

三个人中，有一个不认识。张小牛对她说，那是县长。那另一个人，他就是老死，再烧成灰她也认识。

他就是二十多年前跟贺龙打仗出去的她男人向云林。

他这一去，到今天才回！

他老了，头上有白发了，脸上有沧桑了。

她看得见二十多年来他在外经见的风雨年月和战火硝烟都在他脸上呢。他就站那儿，朝她笑着。可他笑得假不假真不真的。

她一看见他就像让太阳的强光猛刺了一下，泪花花都出来了。他笑是笑着，怎么说呢，可他那笑，她觉得是隔着层啥，笑得有些远，有些虚飘。

是的，他是二十多年前的那个云林，那个时候的云林也动不动就张开嘴露出白齿对着她笑。那时她觉得他是一堆火，火塘里的火，让她暖心、安稳，有他在，她心里就有个主，啥事都有个归靠。可这会儿呢？

这会儿，他站那儿那样子，他对她的笑，还是那样热力十足，可她觉得他是太阳的那种热力，虽然大得能把人晒死，却不是从前那种暖心的热了，也不是热她一个人的热了。这不，她一看见他，她的泪花花都给刺了出来。

他对她笑着，说，腊月，你和孩娃都还好吗？

王腊月就站那儿，两只手就拄在锄把上，嘴里说，那好，那好，那就到家去。她嘴上客气着，人却没动。她这会儿都变傻了。

这会儿王腊月都想到了啥？她想到了公爹。想到了公爹的死。想当初，公爹就是因了铜牙子卜算出向云林当了官，又娶了二老太，才吃马桑果死的。

王腊月正想着，乡书记张小牛说，腊月同志，向云林同志这次回乡是有正经事跟你商量。

县长这时搭上话也说，腊月同志，你看呢，是不是把村主任呀，村里的老人呀，都喊拢来……

王腊月梦醒了似的，突然丢下锄头，跳过去，拉起向云林就往屋后山坡上跑。

乡书记张小牛在后面喊，王腊月同志，你要搞啥子去？

王腊月不应他，只一个劲地拉着向云林跑。

乡书记张小牛和县长慌里慌张地跟在他两个后面，好不容易爬上来的时候，看见他两个是站在一片坟包前。

王腊月拉着向云林站到公爹的坟上。王腊月一膝盖就跪下去，喊一声，爹，你儿子云林回来了。

王腊月又喊，爹呀，您听到了吗？你听到了就吱一声。

向云林有些痴傻，他磨磨蹭蹭的，却是没跪下给他爹磕个头，只是弯下他那金贵的腰，鞠起躬来。王腊月想他是这么些年经历太多，早已兴些新规矩，是不会轻易磕头的。可王腊月又想，你还不都是打娘肚子里屙出来的！你向云林再怎么样，也还是爹娘的儿一个，你再怎么样也不能忘了本。一股火气从心头冒上来，她一下没忍住，上前一脚就踹在向云林的腿弯上，说，跪下！跪下！给死了的爹说话要跪着的！

向云林就跪在了他爹的面前。

向云林说，爹呀，你的不孝儿云林回来了……向云林嘴里吁吁吁，到底是没说出个子丑寅卯来。

就在王腊月踹向云林那一脚时，刚好被赶上坡来的乡书记张小牛和县长看见。他两个明白王腊月拉向云林干啥来了，就没啥话说。等向云林跟他爹说完话，他两个走上前说，向云林同志……

向云林对他两个说，我好容易回老家了，得留一天两天的。村里的一些老人、亲戚，也都要见见的。你两个忙，就先回去吧。

乡书记张小牛和县长大概是觉得向云林回家来与他大老太掰扯家事，有他们在多有不便，再说，清官难断家务事呢，没进她屋就打道回府了。

王腊月早猜出向云林要与她掰扯啥事了。她本想让他当着他爹他自个说出来，他只是磕了几个头。可他一站起来，就打了几个冷战，上下牙磕得呱呱响，打摆子一般。还在回家的路上，他就忍不住喊冷。到家就倒在床上，让她给他盖被子。盖了被子还喊冷。

她一连给盖了三床被子，说，你怎么一见俺就喊冷？

向云林打着牙齿说，俺也不知怎么了。俺一直好好的，身体也没啥毛病。

他这么一说，王腊月就心里跟明镜似的，这一定是他那个心眼子逼仄的爹在作祟，他向着媳妇儿，是要给他儿子些苦头吃。可王腊月不把话说透。她这么跟他说，你在城里富贵惯了，回到老家怎会不受点委屈的！你睡一觉。睡一觉就好了。

王腊月话没完，向云林就迷糊过去了。她喊他几声，却是不应，人事不知的样子。摸他的身子，冷得跟冰块一样。

她是心疼他，赶忙烧了一锅水，给他洗了个热水澡。

给他洗澡时，他还是迷糊着，嘴上一个劲地喊冷。澡洗完，眼见着天煞黑了，他也睡过去了，嘴里还在喊冷。她摸他时，仍冷得跟冰块似的，没一点活气。她想他怎么会这么冷呢？像陷到冰窖里一样，怕是骨头都冷碎了。

后来他迷迷糊糊喊爹。他哭着喊，爹，爹呀，爹，俺冷呀，你别打俺啦！俺冷呀，你别打俺了！

直喊到半夜，还在喊。

她看他可怜，就脱光了衣服，身贴身和他躺在一个被窝里。

她没啥别的想法，只想把他身上的寒气吸一些到自个身上来，替他承受一些寒苦。

鸡叫过三遍，向云林果真不喊冷了，人也慢慢醒转。王腊月抱着他说，你杀过不少人，身上有邪气，到底是让俺给你焐活泛了。

向云林说，俺从没杀过人，俺只医人！

王腊月说，啊，俺倒是忘了，彭兴汉说的，你是医官，给文常哥医过，给任首长医，也给王大胡子医过……

向云林说，那是一点不假的。可俺除了给首长们医，更多是给战士们医，想过雪山草地那会儿，队伍上的人都染上了痢疾，一个个拉得射水筒似的，屁眼子没收管。还不是俺，采了许多草药，熬了几锅汤让大伙喝，大伙这才有力气往前走。要不是俺，很多很多的人就倒在路上了，根本走不到陕北去……

向云林说着说着，觉察到有些不对劲，看看，又看看，才明白他两个是光身子躺在一个被窝里。他一个蹦蹬儿跳起，说，你怎么就与俺睡一块儿了？

他说话的声音都变了。

王腊月又好笑又好气的，板着脸子说，俺两个睡一块儿怎么了？俺不是你老太吗？

他把衣穿好，跟她说，俺这次回来，就是要跟你谈这事。

王腊月也把衣穿上，故意说，有啥谈的？谈啥呀？俺是你老太，你是俺男人，要谈啥呀？

向云林坐在一把靠背椅子上，把眼目躲开她说，俺在陕北结过婚了，是一九四〇年，现今孩娃都十八了。

王腊月说，怎么的？你跟俺算啥？你走的时候，立夏都三岁了，肚子里又怀上一个，生下地是个女娃，现今都二十一岁了……你回来就不问问孩娃们的事……你都是有孙娃的人了……这些你都不问问，你就跟俺说你又结婚了。结婚是啥呀？俺不懂得结婚不结婚的，俺只晓得你是俺男人，俺是你老太，打断骨头连着筋，你掰拆不开俺和娃孙们的……

向云林勾下头去，说，是那年月嘞，俺跟医院的一个护士好上了，后来文常哥说，这边白狗子和仇家追杀，家里人怕是都不在了，好上了就结吧！俺听文常哥的，就结了……

啊，你自个屙的屎，把屁股往文常哥身上蹭。可俺不怪文常哥，你也可别怪文常哥。俺说，现如今已是这样了，你那边也有娃了，俺也不跟你计较过去的事了。可再怎么讲，俺还是你的大老太，俺把两个娃拉扯大，又给立夏娶妻生子；爹死时，两个娃小，你不在家，一家人又寄住的桑植坪那廊场是俺一手操办，把爹葬下。新中国成立那年，又是俺操办，带着两个娃，请了两边乡亲们帮忙，兴大葬把爹迁回洪家关的……这桩桩件件，有哪样不是替你在做，有哪样不是给向家，给向家的先祖挣面子……俺说这些的意思是，俺没功劳也有苦劳，俺是向家的人，向家的家谱上将来该有俺的名字，向家的祖坟地上该有俺的一个巴场……

向云林眼睛躲闪着她说，这些年，都苦了你啦！你说的这些俺心里都明白。俺这次回来，只是找你办个手续。办了手续，俺就回去了，这边家里的所有，娃孙呀，都是你的。俺呢，手续办了，组织上才好交代。

王腊月当然早知晓共产党兴的是一个男人只能娶一个老太，可她故意跟他拧着说，有啥手续要办的？俺这边是你大老太，那边是你二老太，往后你就住那边，俺不上门跟你闹就是。

向云林说，那哪行！现今兴的是一夫一妻，俺怎么能有两个老太呢？你要不跟俺办这个手续，总归是欠组织的一个账，俺就过不了关。

王腊月装作突然才想起似的说，俺早听说你当官了，是个啥官呢？可比县长大？

向云林像做了啥亏心事，再把头勾下去，那是，那是。

王腊月又装作想了会儿才明白似的，说，俺明白了，俺要不跟你办这个手续，你那个啥官就保不了了，是不是？

他说，那是，那是。

王腊月就说，那好，那就不要那个官了呗！你不当官了，你还是俺男人，俺可不会嫌你平头百姓一个。

向云林哭丧了脸，想说啥，却不知说啥。他两手捧脸，再把头深深勾下去。

王腊月不忍再作弄他，说，好了，好了，别难受了，啥都依你的。

王腊月说，为了保你的官儿，也为了光宗耀祖，俺啥都答应你。你说，要俺怎么办？

向云林把头抬起来，撒开两手，说，腊月，俺说啥好听的话，都还是欠你的。要有下辈子，俺给你做牛做马。

王腊月一再催他，他才从衣袋里掏出一张早已写好的字纸，又抽出笔杆说，你往这上面签上你的名字，俺两个再到乡政府一趟，做个公证，登个记，就行了。

王腊月说，你忘了，斗大的字俺认不得一斗，俺写不来自个的名字。

他怎会忘了她不认字！其实他早预备好了，他从衣兜里掏出一盘红印泥，这个王腊月懂，就伸出手指，抹了印泥往那字纸上摁了。

到乡政府去的路上，王腊月怕他心有愧疚，脑子懵懂，把回家该办的事忘丢，就帮他一一提出来。王腊月说，你第一要办的事，把孩娃们喊回来，俺替你做一顿好饭菜，一家人团聚团聚。这人生在世，第一要紧的事，就是要有后，你走时，立夏只三岁，惠兰是你走后生的，她是没见过你，俺家媳妇儿大雪也是你走后生的，还有，你有孙娃了，叫大林，你都得认认。哎哎，你带钱没，要给孙娃一个大红包。你要没带，俺替你封，你自个给就是。

向云林说，钱，我倒是带了一笔，原是想给你的补偿。

王腊月问他的一笔钱是多少。他说了个数。王腊月心里算算，不少哇，在当年，是可以买四五头牛的。她说，俺不要，可你得给孙子给个大红包，把你那笔钱包上一半，不，要不了那么多，你那边也要过日子呢。包上一半的一半就够了。孙子嘛，红包要大点，也不能太多，主要是让他一辈子记住你这个做爷爷的。你说是不是？

向云林说，那就按你说的办。那第二呢？

王腊月说，第二，是要去彭兴汉家里相望，你们是当年一起走的，如今他又是俺们的亲家公。

向云林说，这一条，也照你说的办。

王腊月说，俺听说洪家关当年的十三勇只剩你两个了？

向云林说，是的，就只俺两个了。

王腊月说，晓得俺为啥不跟你为难了，你说你要离婚办手续，俺就依你的了？

向云林说，你好人呗！你往后要活一百岁的。

王腊月笑了笑说，不是俺人好，而是俺觉得，十三勇就活下来两个人，而这两个人都与俺牵连，一头是俺孩娃的爹，一头是俺媳妇儿的亲老子，要是说，老天爷他专眷顾你们两个，倒不如说，老天爷他是眷顾俺王腊月呢。你是没听那些寡妇老太们说，好事都让俺王腊月占全了。

向云林说，可，可俺两个现今离婚了。

王腊月说，离了婚，你也是俺男人。

向云林说，这话怎么讲起。

王腊月说，往后你就看吧。

向云林说，怎么看呀。你怕是乱说。

她想了想，就说，那俺问你，往后向氏家族要续家谱的时候，会不会把俺王腊月的名字续上？

向云林说会的。

王腊月说，你向氏祖坟地上，往后会不会有俺的巴场？

向云林说，那还用说。

王腊月就说，那还怎么的，有这两条，俺不就是你的正宫娘娘么？

王腊月接着前头的话说，洪家关的十三勇中活下来两个人，你又是两个人中最好的，没像俺亲家公彭瞎子那样搞成个重伤残回家，你当了官，还娶了二老太，对向氏家族来说，对孩娃们来说，还不都是好事。现在是新社会，讲的是男女平等，一夫一妻，也才有今儿俺两个去办离婚。而要在旧社会，哪个官老爷不是三妻四妾的，要按那说，俺就是你的大老太。这么说来，今儿俺两个把手续办是办了，可在向氏家族看来，俺王腊月是谁也赖不脱踹不走的向云林的大老太。除非呀，俺自个愿意出门（桑植俗语，出嫁的意思）走路。

四十二

洪家关乡当初去朝鲜打仗的共有五十多名后生尕，后来回家的没一半人。守柱回来了，却是战争结束半年后由部队派人送回家。后来县里的学校、洪家关的中学和小学，都请他去做报告，他一遍又一遍地讲他在战场上冲锋陷阵、拼死杀敌的故事，两年多里他一共杀死了三十多个美国鬼子。最后一次，那时他已是部队有名的战斗英雄了，他当了尖刀排排长。他们去敌人占领的某高地侦察敌情，在返回途中，一个战士踩住了敌人埋下的地雷，是守柱，引爆了那颗地雷，用他的双腿保全了那位战士的生命。守柱的两条腿都是从膝盖那儿炸断的，两条大腿都在。

部队送守柱回桑植的那天，县里组织了很多学生娃，手拿鲜花,站成长长的两排,欢迎英雄归来。守柱坐在轮椅上,让人推着,他戴着墨镜,显得有些深沉,却看不出他脸上是悲是喜。

娃娃们都跑上前去献花。那些花一样的娃娃们非常敬佩他们心中的大英雄,他们把鲜花一束又一束献给他。装满了他的轮椅,后来轮椅装不下了,那些鲜花就堆成堆把他的轮椅围成一个圈。场面喜气洋洋。

而与这场面不相搭的是守柱的娘葵梗。葵梗顾不得工作人员的劝阻,硬是把守柱从花堆里推出来。葵梗一个劲地嚷嚷道,俺娃是战斗英雄,可俺娃还活着,你们用花把他圈住是啥意思?

听葵梗这么一说,就没人阻拦了。

就是从那一刻起,葵梗接管了守柱的轮椅,再不让别人推他。后来守柱到各个学校去做报告,葵梗都要跟着去,因为葵梗要推他。葵梗再也不让人用花来圈住他。

也就是那一刻,葵梗感觉到身后有一双盈满泪水的女娃子的明亮的眼睛盯着轮椅上的守柱。葵梗还感觉得到,那女娃子多么想上前来代替自个来推他。可是她不敢上前来。可是她又多么想上前来,从葵梗手上接过轮椅。她为啥不敢上前来,因为她的身边有一个心计很深的女人,一个把孩娃管得服服帖帖的寡妇老太。要不,别人家的孩子都去当兵,她的孩子偏就参加了工作,又与彭兴汉的闺女大雪结了婚呢?

王腊月带着蕙兰上门到过葵梗家里一回。她给守柱送来一张坐垫,是她用芭茅秆编的,就是守柱的屁股下的坐垫。葵梗觉得她是花言巧语,干蛤蟆说得出尿来,死人能煽得站起来。她说守柱小时候救过蕙兰的命,她一家都记着守柱的恩德,她把守柱当儿子看,蕙兰把守柱当亲哥哥看,往后守柱的事就是她家的事；她说她正盘算着给守柱张罗，找个愿嫁守柱的姑娘。她的每句话说得都很得体，让人找不出半句不是，却真正让葵梗和守柱心寒。

她这样说的时候蕙兰红着脸，盈着泪，看看葵梗，看看守柱，急得心里猫抓似的，却又不敢插半句嘴。葵梗当时是没摸透蕙兰的心思。葵梗要是摸透了蕙兰的心思，要是揣得准守柱铁定了心非蕙兰不娶，葵梗会跟她吵起来，动手打起来。

那天以后，王腊月专干两件事，一是给守柱说合姑娘，二是给蕙兰找人家，把她嫁出去。只可惜这个她费尽心思，前后跑了大半年，却是没一次说成。

她给守柱张罗，开始两次，葵梗与守柱还耐着性子见见面，第三次，葵梗和守柱干脆推拒了她。她拉着蕙兰去看人家，一次都没成，因为蕙兰总是半路上逃走了。后来，当四乡八村的人听说了蕙兰和守柱的事，王腊月到哪去说媒，别人都不理她了。

蕙兰就是那时，索性不跟她住家里，帮她哥嫂家带孩子去了。

有一天晚上，蕙兰从她哥嫂家里偷偷回村，又偷偷来到葵梗家。

蕙兰进门就抱住轮椅上的守柱哭。她揭起守柱的裤管，察看守柱的两截半条腿。葵梗帮她端来一盆水，她给守柱轻轻地洗，用手轻轻地揉。

蕙兰不说一句话。守柱也不说一句话，任蕙兰给他洗、揉。

守柱以为蕙兰是找着人家了，要出嫁了，这是最后一次来看他。守柱心里紧张。葵梗也紧张。

可是葵梗与守柱都想岔了，蕙兰不是这个意思，她偷偷到这来，就是告诉守柱，她不会听她娘的，她要守柱不要娶别的姑娘，就娶她好了，她也不嫁别人，就嫁守柱好了。

她说，你要看姑娘，你就看俺。俺今晚上来了，就让你看个够。

守柱与蕙兰抱头号哭。两个人扯闪打雷，下了一场哭雨。

从天那天后，蕙兰时不时地从她哥嫂家偷偷回村又偷偷到葵梗家，与守柱相会。

蕙兰来了，葵梗就走开，把守柱的房门掩好。葵梗待在屋门口，耳听八方，眼观六路，提防有人到俺家来搅扰他两个。

葵梗逮听蕙兰给守柱洗两个半截腿，然后轻轻地揉，又逮听他两个小声说话，逮听他两个一起说笑。葵梗心里的那份熨帖和欢喜哟，觉得得找个人说说，她这心里才松快。

四十三

王腊月与向云林在去乡政府的路上，很多人都远远地观望。两个人有说有笑的样子，一点也不像是去办离婚。

王腊月听有人说，俺认得的，那人是王腊月的男人，他哪像是娶二老太的样子，他卸甲归田了吧，是要与王腊月正经过日子了吧。

接着，王腊月听见有人大骂铜牙子：烂舌头烂嘴巴的铜牙子，到处打妄语，说俺男人战死了，俺今儿就不信了。等着看吧，俺男人讲不定啥时也就回乡了。

从乡政府打转回家，王腊月说，师长夫人这么多年一直对俺关照，在桑植坪的那些年，等于是她和她娘家人收留了俺与菊妹两家人，吃住拉撒种，有哪样不是在他们的地盘，有哪样不得要人家担待，她可是对俺和张菊妹两家有恩典的人，你可得去看看她望望（桑植俗语，看望）她。

向云林说好。

王腊月把葵梗家这些年的情况跟他说了，守柱与蕙兰前前后后的事也一五一十讲给他听了。

向云林说，你的意思，也去望望她？

王腊月说，俺与葵梗好几年都没讲过话了，都是为两个孩娃的事闹的，可事情一码归一码，你还是去望望的好。

向云林望过葵梗，回头就说，王腊月，蕙兰与守柱两个娃都那么死心，葵梗人又那么好，你做得过分了。这事你听我的，把闺女嫁过去，也算是对何文池那人的一番报答。王腊月答应了。

王腊月说，这事就依你的，不过，得慢慢来，等你回去后，再由俺回旋。

向云林依王腊月说的，把要望的人都望了，等王腊月把儿呀媳呀孙呀闺女呀都喊回家，向云林也与他们一一相认了。

向云林走时，去他爹的坟上，抓了一把土，又扯下几根头发，拌在一起，掩到他爹的坟包，这才上路。

王腊月站在院子里，看着向云林迈开大步走了。那一时刻，王腊月觉得心空落落的，忍不住就蹾下来哭了。她没放开哭，说不上呼天抢地，可她心里的苦楚，也算是撕心裂肺了。这只有她自个知晓。

四十四

　　向云林到葵梗家望她的第二天，葵梗遭打了，王腊月也连带遭打了。

　　葵梗下河里洗衣，却呼啦啦赶来六七个寡妇老太，为首的是黄长坡屋老太。她上前揪住葵梗的头发，像扯棕树蔸似的将她扯翻，接着一伙子就拥上来，拳打脚踢。葵梗双手抱头，任她们怎么打都不还手。这激起了她们更大的怒火，她们把她的头摁进河水里闷，抓破了她的衣服，把沙子放进她的脖胸里、裤裆里，还踩扁了她的洗衣背篓……

　　那时王腊月在田里平垅，听说葵梗遭打了，急火火地赶过来。

　　她们见王腊月来了，嚷叫道，哼，要不是当初你给俺们的那把马桑树火灰，俺男人兴许还活着呢？你个黑心烂肺的！你个旧社会害人的巫婆！

　　她们打葵梗，只是因为当初她们男人出征时，她们都从葵梗那儿求了一把保佑她们男人能平安归来的马桑树火灰。现在她们的男人都死在外面没回家，那罪过当然就是葵梗了。这好像是，葵梗当初给她们的那把马桑树火灰指定是要陷害她们男人的。

　　而要是当初她们来求葵梗，葵梗不给她们那把马桑树火灰呢，眼下恐怕葵梗更要遭打。

她们也不想想，她们的男人都是打仗死的，在枪子炮火面前，一把马桑树火灰能保佑得了吗？也或许呢，马桑树火灰是能保佑出外的男人的平安，可遇到了枪子炮火，就啥也保不了。

现在她们的男人都死了没回家，她们找不到真正的元凶，就来找葵梗这个当初真心帮她们却没帮成的人来撒气了。

葵梗懂她们，不就是到俺身上撒口气吗！那就任你们怎么打，俺都不还手。比起你们的男人死了，俺遭打一顿又算得了啥？而要是打俺能平复你们心里的怨气，那俺葵梗就让由你们打好了。

这不是葵梗第一次遭打，一九五〇年的时候，彭兴汉回家的那年，她们就打过葵梗，到葵梗身上出过一次气。

她们见王腊月来了，气就更大了，说，王腊月，你又要来扶帮怎么的？连你也一块儿打。

王腊月说，没呢，俺只是路过这。

那年彭兴汉回乡，葵梗遭打时，也是腊月过来扯劝，最后她们听了。而这次，她们本是看到向云林活着回家来才打葵梗的。她们在葵梗身上气还没撒够呢。好，你王腊月来了，那就连同你一块儿打了。就丢下葵梗，一起大步拥过去，揪头发的揪头发，抓衣的抓衣，捏手的捏手，将王腊月放翻在地，也是连打带踢。她们也把沙子撒进腊月的头发、脖胸、裤裆里，王腊月晓得今儿就是说破了嘴，这顿打也是少不了的了，就两手抱头，蜷在地上，任由她们撒气……

等她们一个个走远了，王腊月才忍着痛慢慢爬起来。而这时，被打得鼻青脸肿的葵梗，早坐那儿洗衣了。

王腊月说，葵梗咦……

葵梗不应答，洗她的衣。

王腊月说，葵梗姐，她们把俺也打了……

葵梗还是不搭理她。王腊月赶过来本想扯劝的，想不到她自个也遭打了，她现在主动喊葵梗，葵梗还不理她，她自讨没趣，怄了一肚子气，回去了。

四十五

那些天里，王腊月常站院子里，朝远处张望。那些个动手打了人的寡妇老太们，就老远大声喊话：俺们呢，是死了男人的寡妇。她呀，是男人还没死的寡妇。想想她是连俺们也不如呀。哎呀，真是可怜！

看她们那样子，是惹是生非要干仗的架势。王腊月不怕她们，也大着声说，是谁乱嚼舌根？俺怎么是寡妇啦？俺男人回家与俺和孩娃们团聚，谁没见着呀？

她们接王腊月的话茬道，怎么又走了呢？

王腊月就说，他要忙革命工作，等过段时间，又要回的。

她们说，就别打肿脸充胖子了，你两个去乡政府打离婚，哪个不晓得呀！

王腊月说，说个事儿你们也不会信，还是昨儿呀，云林还捎口信回家，让俺去他那儿一趟看看。

晚上，王腊月躺在床上，看见饱满的月光从门的缝隙里一根根探进屋，它们都斜着身子，通身雪白，就像二胡弦子一样，仿佛只要伸出手去，就会拉出好听的声音。她不由自主地流下了泪，心里难受得不行。她盼星星盼月亮，盼男人活着回家，最后人是盼来了，却娶了二老太，还与她打了离婚。想起自个和葵梗一样遭了那些寡妇老太们的打，想起她们煽她的擦擦话，她是一时半刻也睡不着。她就那样睁着眼睛，看着屋外的月光慢慢隐去，又慢慢换上太阳光。

这天王腊月起床后，真就离开家，她背着个蓝布包，包里装着一大一小两双她亲手做的布鞋，先是坐汽车，后坐火车，到省城找向云林去了。

王腊月到省城去，就是想看看，向云林的二老太到底是个啥样的人。这话也可以这么讲，她是想看看他的二老太，看看他两口子能有啥短处被她抓着。一路上她想，他这个二老太，肯定比俺年青，长得比俺乖致，比俺各方面都好，可俺就不信，她就没啥不如俺的。她要是有，回家俺就给人说，遇到块石头也给说，让人笑话她。俺要向大伙证明，他向家的功臣是俺而不是他的二老太。

王腊月这么想着就真到了省城，她找到向云林的单位。向云林把她领他家去了。

王腊月真见到了向云林的二老太。在王腊月眼里，向云林那个二老太，真是要让人笑喷了牙。首先不讲别的，就她那个腰身，那哪叫腰身！她那腰是腰，屁股是屁股，好像是两个不相干的东西拼接上去的，走起路来，一闪一闪的。王腊月没法说清她的腰，就暗里将她的腰与自个的腰两相比较。王腊月觉得自个是树筒腰——她说的是树筒腰，不是水桶腰。因为水桶腰是现今都市人讲人长得肥胖长得难看不是——那树筒腰是怎么的？比如讲她这屁股是树蔸，她这腰是树干了，是一体的，不好分开的。向云林二老太那腰，注定是手不能提，肩不能挑的，那屁股也是不怎么能生儿的，她要能生，生的指定是闺女。王腊月那腰和屁股，那才叫腰和屁股呢！现在她都是有孙娃的人了，一百二三十斤的担子，放在肩上，她那屁股一抬一收，腰跟着一挺，噌，就起了。她就挑了那么重的粪肥，上她家后山坡上肥，她一气上去，扁担两头上下翘颤着，两只粪筐晃悠，扁担与粪筐的竹系摩擦，发出轻轻的叽嘎声，那是三千多步脚程的土坡呢。她不停歇，中途只转两肩，就到廊场了，这时她已是满头满脸的麻麻汗，可她的气息却是匀的，也不觉得累。再说了，她这屁股是能生的，要生儿就能生儿，要生女也能生女。再打个比方吧，像前面说过的，王腊月与师长夫人两家遭遇轰隆队的那回，那是生死一线的情况吧，要不是王腊月生就了这样的树筒腰，跑起来像山羊像麂子一样，飞快飞快的，她还能活下来吗？她要是死了，他向云林的两个孩娃怎么活？他二老太又不生儿，哪个为他向云林传继香火？所以呀，不是她王腊月掰弄他二老太，她那腰那屁股，走起路来，风摆柳似的，一闪一摇的。她生的还真是个闺女。

她闺女叫毛毛。

毛毛的事，稍后再说。

向云林的二老太叫方佳南。王腊月是后来知晓的，她是一九三八年的老八路，比向云林小十多岁，与向云林一九五四年一块儿退伍转业，她那时是省城一家医院的院长。向云林呢，是卫生厅的副厅长。王腊月那时弄不清明他是多大的官儿，后来她听人说，他比桑植县的县长要大。

王腊月在她家打一见到她，就觉得她那腰和屁股不如自个的，再是，她那说话的腔调也是不行。她下班回家，人还没进门，就高声大嗓地叫嚷，向云林啦，家里来啥贵客了？

王腊月就想，你看她叫自家男人是怎么叫的？用得着那么大的嗓门吗？向云林还没跟文常哥出去时，俺不管是在家，还是当着外人，都是娃他爹娃他爹轻声叫的，从不扯着嗓门叫。在一个家里，父父子子，夫夫妻妻，老老小小，竹子得有个长节下节。男人是一家之主，你做老太的，得把男人当当家人看，说啥话办啥事，你都得依男人的，都得顾及男人的脸面。而她呢，啥都与俺说的这些反着来。

你看，向云林做饭，忙家务，她回家了，就坐那儿喊累，不停地捶腰。王腊月看她自个捶，就忍不住过去帮她捶。你看她还来劲了，说向云林呀，这位亲戚是你小姑呀，还是小姨呀，还真会体贴人的。连王腊月是向云林的啥人都看不出来。王腊月要是向云林的姑呀姨的，就该给你捶背吗？王腊月觉得她整个就是个二五眼，马大傻。

王腊月说，俺是云林的大老太，俺叫王腊月。

王腊月这么说，本想是想吓她一下，然后等着她发火，与她好好干一仗。可王腊月想不到，她不按自个想的来。她只是稍稍感到一些意外，就像事先听说了是她大姑来她家而结果来的是她的姑父一样。她并不感到慌张，又不生气，只是说话很直接，是个直筒子人。她说，向云林不是和你才办离婚吗？

紧接着又说，可不能反悔。离了可不能再变！

王腊月说，俺没反悔。俺只是过来看看。

她说，看啥呢？看我？

王腊月说，是想看看你。还有，看看孩娃。

她说，那有啥好看的！你们都没关系了。

王腊月大了声说，你说没关系就没关系了？俺还是向云林他两个孩娃的娘呢。

……

她两个这么说话，其实一点也不像别人讲的，剑拔弩张，或吃了枪药似的紧张。就像啥呢？就像说别人的家事那样轻松。

王腊月到这时也才明白，为啥向云林从她下火车找到他的单位，敢把她往他家里带，而等方佳南回家了。他只在厨房忙活，也不忙着向方佳南讲清明她是谁，原来呀，她这个人傻不愣吞的！

那天夜里，方佳南还与王腊月睡一张床呢。这是怎么回事，她两个还睡一块儿了？要说方佳南马大傻，其实王腊月也是个二百五？这不，两个最不该搞到一块儿的人就搞到一张床上去了。

她两个还说了很多话。王腊月把她一家人那么多年躲清乡团躲土匪怎么活下来的都讲给她听了，也把孩娃们现今的事、孙子的事都讲给她听了。她人是有些傻，可从另一方面讲，她又是个好人，是个心肠子宽阔的人。她听得流泪了，说，大姐，你真不容易。

她挺关心王腊月，劝说她出门，按她的话说，就是要王腊月改嫁。

王腊月说，俺才不会出门呢。再说，按俺老家老辈人兴的，俺才是向云林的大老太，算是正宫娘娘了。

王腊月俺把话说到这个点上，她也不生气。她说，那是旧社会，是封建社会那一套，现在是新中国，兴的是一夫一妻，你讲的那些，都得废除，作为我们妇女，要自己解放自己。

王腊月说，道理俺懂，可那样俺做不到的。俺现在是儿女齐全，孙子都有了，俺还出啥门？再说，俺这心里，除了向云林，又放得下哪个……

听得方佳南只为她叹气。

王腊月摸着她比自个要年轻、溜光滑润的身体，问她有没有再替向云林生娃的想法。她说，自她生下毛毛后，就再不生了。想生也生不了。又因为她和向云林一直都转战南北，等转业到地方工作后，也是个忙，这方面的想法，也就淡了。

王腊月说，你还是个医生呢，院长呢，这点事不就等于芝麻小事嘛，再说也是自己的事，怎就办不了呢？

轮到王腊月替她叹气了。王腊月说，俺们向家好容易才出向云林这么个人物，你就不该给他生个儿？

像王腊月这样，对一个不能生儿的老太说话，在桑植老家，等于是戳痛人家的心肝肺管了，可在方佳南却是一点也不生气。直笑骂王腊月是个封建篓子！

她两个聊着，叹息着，都睡不着。到半夜，方佳南爬起来，从箱子里找出一笔不少的钱，让她带回家。王腊月生气地说，你给俺钱，在俺看来，等于是门缝里看人，把俺看扁了，你这是作践俺呢，俺不会要的。

王腊月又说，俺要是把钱看得重，向云林回老家与俺打离婚时，他给俺的一大笔，俺就照单全收了，可为啥只要他一半的一半？还不是要他给孙子的红包？俺是替他考虑，让孙子和他之间千万莫断了血脉上不该断的牵念。

见她这样说，方佳南把钱收起，接着问家里有啥解决不了的困难。

王腊月说，家里啥困难没有，儿呀、媳呀、女呀，都活得比别人好，再说俺亲家公彭兴汉也是个老革命，在县里有名望，讲话各方面都有人买账，俺家要有啥困难，不用俺吭声，亲家公他自会替俺家办。

王腊月看出她的心思来了，就说，妹妹，俺这趟到你家来，俺也说不清为啥要来？眼下想来，向云林与俺打了离婚，俺这心里有些不好受，俺是有些不甘心，对向云林呢，又那么不死心。可俺已经来了，现在说不该来也迟了。俺今儿就这么给你说吧，俺这趟来其实也没白来，因为在俺看来，妹妹你人好，你们一家人都活得好，这不，俺就死心了。往后，就断了对向云林的念想，回家一心一意过俺自己的日子，俺再不来你府上打搅啦！

王腊月这一番话，说得方佳南不好意思起来，直责怪她看错了她，说她其实没这么想。

方佳南见她生死不要她的钱，又从箱子里翻出一件青蓝色的女军装送给她。这之前，那种衣装王腊月见都没见过，大开领，双排扣，两襟下暗斜口袋，腰中间扎根布条。

方佳南说这是列宁装，还只洗过三水。硬是逼着她穿，她就穿了。

她这一穿上，还真不赖，比她平常穿的那些衣服庄重多了，又洋气又大方。那衣服往她身上一套，就感觉她王腊月不再是王腊月了。她穿着这样的衣服要走在她桑植县城，走在她洪家关的乡村道上，别人指定把她看作县里的女干部，看作知识文化人了。

方佳南好说歹说，要她带回去，说是给她的念想。

王腊月看她说得实诚，她人又那么好，值得自个念想她，真就带回家了。

接着说毛毛。

当毛毛听说王腊月是谁时，毛毛说，哎呀，我的大娘呀！上来就与王腊月亲热。她叫她大娘。

她说，大娘，我就喜欢你。

而等她娘一转背，就小声对王腊月说，我那个二娘呀，我就不喜欢她。

王腊月心想，这哪是大闺女讲的话，没大没小的。要是俺的蕙兰这么说话呀，俺早一个耳刮子过去，打她个摸门不着。

王腊月看她这样子，就涮她说，你要喜欢大娘，你明儿就跟俺回老家去，老家你还有个哥哥、有个姐姐，你看看去。

那一年，毛毛十八岁，那段时间，还没安排工作，在家待着呢。她爹她娘干革命，一直忙工作，没功夫管她，就有些任性，啥事都与爹娘反着来。王腊月跟她说话那会儿，心里还没化解对她爹那娘的那层恨意，王腊月哄她去桑植老家，其实是想糟害她。王腊月想，就怕你不敢去！你要真去，等你到了俺家，把你煮呀、蒸呀、烹呀、剁呀，还不得由俺来。王腊月这么想着，牙根就凿得叽叽咕咕响。王腊月接着想，你跟俺到河里洗衣，俺就给你几洗棒，打你个脑残；等你跟俺到了屋后的番薯洞，俺让你先进洞去，再把洞盖一封，闷你个半死；你要跟俺到坡上去扯猪草，俺就把你往坎下一掀，过后就说是你自个不小心摔下去的……

王腊月是没想到，毛毛说要跟她去桑植老家，是真要去。她是心里怎么想嘴上就怎么说。王腊月呢，也就是嘴上说说，以为她不会去，王腊月那是涮她。

谁想第二天王腊月回家，毛毛爹娘让她送她，她还在嚷着要跟她去，就真让她去了。看来，她这样的马大傻二百五一家，事事都出人意料，与她这些乡下人嘴上说的、心里想的都反着来。王腊月家的孩娃也是少调教，缺心眼子。

毛毛长得丰满水灵，和她娘一样，也留着个白菜帮子头，毛乎乎的大眼睛，脸上两个酒窝，一笑，更深。她在长相上是托了她爹的壮实和她娘的秀气。她啥都长得好，就是脸上有败病，撒豆似的长些痘子，红红白白，有几颗还淌出水来。

可这并不影响她的好看，王腊月那时没在意她的那些痘子。

四十六

蕙兰像地下党一样，到葵梗屋来与守柱相会，却是没让王腊月发觉一次。就在王腊月到省城向云林家的那些天，葵梗出主意，让两个孩娃暗度陈仓了一件事。

事后葵梗得意地想，只可惜，王腊月精明一世，糊涂一时，人算不如天算，她就没算到过这事。守柱与蕙兰，那是一对打断骨头还连着筋的生死冤家，那真是天意。

那天晚上，蕙兰来了。葵梗对蕙兰说，兰啊，你爹跟俺说过，他是支持你跟守柱的。

蕙兰说，可恨俺娘死脑筋！她要是晓得俺晚上偷偷来见守柱，会要打死俺的。

葵梗说，不会的！有你爹一句话，她会回心转意的。你别怕啊！

葵梗又说，她要打你，你大娘俺会跟她对打，俺是始俫妮，她打不过俺。

蕙兰笑说，你两个都打起来了，俺跟守柱的事指定黄了。

葵梗笑了，你说得也是。

葵梗说，俺不跟她打，俺去告她，到县政府，到县民政局告她，告她破坏军婚。

葵梗说，你和守柱是军婚，你两个又你情我愿的，别人是不能反对的。她要打你，俺去告她。还有，你爹跟俺说过，他是站到你的立场上的，你还怕啥呢？

蕙兰说，大娘这么说，俺不怕了。

四十七

毛毛随王腊月走在洪家关的村道上，田间地头的人，全都停下手中的活，看王腊月，也看毛毛。

他们说，王腊月那穿的啥呀？莫不是向云林的二老太给的吧？

他们还说，看她后面跟着个大姑娘，莫不是向云林跟二老太生的闺女吧。

他们说，看，王腊月那模样，还挺够抖的喽！

……

他们全说着了。

以黄长坡屋老太为首的那帮打过王腊月的寡妇老太们搭腔了：哎呀，俺们还道是县里来的哪位女干部，穿成这模样！那是谁呀，莫不是向云林与二老太的闺女吧？

王腊月是上了花椒树，也不怕脸麻了，就干脆把毛毛推出来说，你们说对了，她就是俺家云林的小闺女，她叫毛毛。

王腊月拉过毛毛的手说，毛毛，大娘叫你喊人。

毛毛一点也不慌张，就按她大娘教的，姊呀，姨呀，嫂呀，大大方方地，全都喊到了。

接下来的事，是王腊月事先没想到的。她们全围过来，问毛毛十几了，爹好不好呀，娘好不好呀，娘叫啥名呀，到老家来了，打算住多久呀……全都亲热得不行，个个夸毛毛长得英气。王腊月看出来了，这回她们没半点虚情假意。对自个也亲近了，好像那天她们合伙打葵梗连她也一同打了的事根本就没发生过。

她们为啥突然都变得这么好？王腊月过后想，那是毛毛太惹人爱了。她们说毛毛长得英气，那是真心话。毛毛留着个白菜帮子头，穿一身草绿色军装，随她娘讲北方话，有些接近普通话，她嘴甜声音也甜，那天王腊月叫她喊谁她就喊谁。毛毛随她爹娘从小在部队长大，读过书，结交的人又不同，她那种英气与乡下姑娘的英气不同。乡下姑娘的英气是能说出来的英气，而她的英气是没法子说出来。比如讲吧，你待在一个廊场，天是阴沉沉，要下雨了，好，毛毛突然来了，往那儿一站，那天就晴了，那人的心情也跟着好起来。

毛毛这一来，就给王腊月长脸，王腊月早把在她家想过的要糟害她的事给忘了。

在后来的一些天里，一帮寡妇老太们争着接毛毛与王腊月去吃饭。开始五天，王腊月与毛毛没一顿在家吃。为招待毛毛，黄长坡屋老太辣子宰了一头架子猪，把能喊到的寡妇老太们都喊去了。都争着与毛毛拉话，缠着她讲她爹她娘的事，讲她从小在部队上见过的叔叔阿姨们的事，讲她读书上学的事……就好像，毛毛身上有一束光亮，照见了她们曾想象过的却没想象出来的部队上的生活。

与毛毛拉过话后，谷成和屋老太说，俺看到毛毛，就好像看到了向云林这二十多年过的日子。随后就叹呀叹的，听彭瞎子讲，俺娃他爹是一九四八年战死的，可惜呀可惜，俺无数次地想，他要是再挨过一年半载的，到全国解放了，还不是功臣一个，现今俺与娃也还不是能扬眉吐气地活。说着说着就哭起来，哭老天不长眼，哭她和娃的命苦。

寡妇老太们也都叹哭起来，有的说她娃的爹是一九三六年死在四川雪山上的，连埋在哪个廊场都没人说得清，因为她听彭瞎子说过，说得清的人也都死了；有的说她男人是一九三八年在山西被日本人的毒气弹给熏死的，可惜呀她就没给他生下个一儿半女；有的说她的命最苦，新中国成立了这么些年，她都没有打听到娃的爹到底死在哪个时候哪个廊场，她和娃原本全心指望他还活着，可等了这么些年，他还是音信全无……

到最后，没有人不哭的，场面上下起了一场哭雨。

毛毛每晚都与王腊月睡一张床上。王腊月本以为，毛毛的痘子只是血气方刚阴阳不调才长的。因为在乡下，也有些大姑娘大小伙子长这样的痘子，可等过一段时期，或是等成家后圆过房，自然就会好的。毛毛到王腊月家的第二天晚上，两个人床上讲话，才听毛毛讲到她脸上的痘子是怎么回事。原来她那是一种病，连她军医出身的爹娘都没法治。

毛毛告诉王腊月，她长这么大，还从没来过月事。过了一年，又过了一年，到去年十七岁时，她还没来好事，脸上又早长满了这些难看的痘子，她有些慌了，就去问她娘。她娘呢，也就是这时才知晓自家的闺女有这毛病。

毛毛跟王腊月讲她这病的意思，是想说她很不喜欢她娘。从小到大，娘就没怎么关心过她，没送过她上学，没陪她玩过，没给她讲过故事，也很少给她洗过衣……她与爹倒是相处亲近，因为娘为她该做而没做的，全由爹做了。八九十岁的那几年，她懂些事了又不全懂，她问爹，方佳南是我亲娘吗？她一直以为方佳南是她的后娘，她的亲娘不该是方佳南那模样，她的亲娘待在一个她不知晓的廊场。好多回了，她随爹娘每转到一个新廊场，她都会偷偷地跑出部队营区，到附近的村子，或到大街上寻找她的亲娘。在无数个夜晚，她想象她亲娘的模样，想得泪流满面。她照着她想到过的亲娘的模样去找，可一次也没找到。

说到这儿，王腊月全明白了，为啥毛毛一见到自个就喊大娘就与自个亲热，背着她娘喊她二娘，还讲她的坏话，过后又愿意随自个到桑植老家来，原来是这么回事！王腊月就问她，那你想的你的亲娘是啥个模样呢？

毛毛说，就是大娘你这样的。

王腊月说，俺不信，你这是讨俺欢喜的话。

毛毛说，我讲的是真话。

毛毛又说，我能跟大娘你到桑植老家来，你不是一直觉得奇怪吗？那是因为我觉得你亲，我好喜欢与你在一起的。

王腊月听得流泪了。

那一时刻，王腊月的心尖尖也跟着疼起来，王腊月一下没管住自个的嘴，说，你怎么喜欢俺？俺还想过要糟害你呢！

毛毛抱紧了王腊月，说，大娘你别骗我，你不是那样的人！

王腊月哭着扑哧一笑，是呀，大娘不会糟害你。

王腊月又说，你对俺这么亲，大娘连命都舍得给你。

毛毛抱着她大娘哭了。

就是这时，王腊月想，毛毛的病她爹她娘没法子治，不一定俺桑植就不能治。老辈人讲，山外有山。说不定俺桑植就有能治毛毛这种病的能人高手。听说在刘家坪，就有那么个患风湿卧床十多年的瘫子，城里的郎中看了个遍，吃过的中药渣子能堆座小山，突然有一天，访到山里一个打猎人，吃过打猎人照家传秘方开的三服中药，那人就能上山砍柴，下地干活了。

王腊月又想到，师长夫人给小娃们治的不都是一些邪病吗？像鹅口疮呀、水痘呀、天花呀、猴儿包呀，不都是些痘呀疮的病，师长夫人都能治。

王腊月第二天去找师长夫人。师长夫人说，毛毛这病她不会治。可她听说过这病，主要是女孩子气血不畅造成。可说不上啥道理，一般会治女人气血病的郎中都不接治毛毛这样的病人。

王腊月真把这事当件大事了。就是黄长坡屋老太请吃的那天，她背着毛毛问起了寡妇老太们，听没听说过毛毛的这种病，听没听说有人能治这样的病。哪想这帮寡妇们都是嘴巴不管风，大伙七嘴八舌起来，到底是没瞒住毛毛。不过大伙都为毛毛想办法，显得又急迫又热心，倒是没让毛毛觉得怎么难堪。她们说：

毛毛，你跟你大娘多住些天，俺们都去访，不定俺桑植有人能治呢；

毛毛，按你爹这方面讲，你就是俺洪家关的姑娘，你的事就是俺们的事，打比讲吧，若是要天上的星子才能治你的病，俺们今晚上就敢搭天梯上天去；

毛毛你信不信，谁要能治好你，俺就把俺的闺女嫁给他，他就是七老八十也嫁；

毛毛，你得信俺这些寡妇老太，俺们尽全力为你访医求药，说不定呀，等你回到家的那一天，你爹你娘看不到你脸上的痘子，又不晓得怎么回事，就说，咦，洪家关好风水，俺闺女更乖致了。

说得大伙都笑起来。

就在这样的说笑中，谷成和屋老太想到樵子湾她娘家的一个侄姑娘，十七八了经常流鼻血，不定啥时就流，说流就流，根本没法防备，流得那个凶啊，一流一大摊。她侄姑娘懂得对付流鼻血的法子就只一样，不断扯脚后跟，一流就扯，一扯一扯就不流了。可这扯脚后跟是没法子的法子，不定哪天扯不住呢，血流不止，那人不就得死？说有一天，她嫂子替侄姑娘访到五十里外的陈家河的一个专治流鼻血的老婆婆，那老婆婆有一个由她嘎婆（桑植方言，外婆、外祖母）一藤人传下的秘方，侄姑娘吃了那老婆婆的三副药，好了，以后再没流过鼻血。王腊月问谷成和屋老太，你侄姑娘是不是也不来好事才流鼻血啊？谷成和屋老太说，这倒是没在意问，兴许她是呢，兴许她的那个血是当鼻血流了，俺明儿去陈家河俺哥家问问。王腊月说，俺跟你一块儿去。

第二天，王腊月和谷成和屋老太一块儿去樵子湾，毛毛也跟着去了。洪家关离樵子湾三十几里，到樵子湾打问过谷成和屋老太的侄姑娘，吃过中饭，王腊月三个又马不停蹄去了陈家河，八十多里的山路走了一整天，王腊月和谷成和屋老太却不觉得怎么累。毛毛陪着走下来，也不喊累，她说，从小跟爹娘经常走山路，小时候在部队办的学校上学，学校经常搞野营拉练，早把她的脚力给练出来了。毛毛的吃苦耐劳不娇气，更惹王腊月怜爱。王腊月想，要能治好毛毛，就是折去俺二十年阳寿俺也不打嗯吞（桑植方言，指说话含糊、不爽利，拒绝或推诿的意思）。

天下黑时，三个人到了那老婆婆的家，那老婆婆七十多岁，姓谢，人都称谢婆婆，晚上就在谢婆婆家住下。可谢婆婆说，毛毛的病她不敢治，从她嘎婆的嘎婆那一代就给后来受传秘方的女儿们立下规矩，不治毛毛这种无经的姑娘。

谢婆婆待人热情，也和善，她耐烦讲了她嘎婆的嘎婆为啥立下这么个规矩。说是要治毛毛这病，必得下用麝香，可麝香却是不能乱用的药，要是给姑娘家下用了麝香，往后姑娘家就不能生孩子了。谷成和屋老太提到她侄姑娘。谢婆婆说，你侄姑娘与毛毛不同，你侄姑娘流鼻血，经血少，有时候还闭经，可她不是无经，毛毛是无经，所以毛毛她不能治。

谢婆婆说，她嘎婆的嘎婆就因为治了一个无经姑娘，那姑娘后来是有经了，可她不生养，后来嫁了人，不能为夫家传宗接代，夫家对她不好，她自个想不开，就上吊死了。就为这，她嘎婆的嘎婆就立下了那样一个规矩。

毛毛也算是懂事了，她听过谢婆婆的话之后说，不能生孩子有啥要紧？只要治好俺，不生孩子俺也愿。

谢婆婆说，闺女你就别说了，俺不会治你的。

王腊月是不赞成毛毛的想法，就说，毛毛不急，俺几个明儿去别的廊场访。

王腊月一个劲地给谢婆婆使眼色，谢婆婆说，还有比俺手段高的人，你们再去访吧。

其实王腊月心里明白，谢婆婆都不敢治，怕是再难访到能治的人了。可要是不管毛毛了，她又不甘心。她那会儿预感到，在这件事上，一定会有啥奇迹出现。

就在王腊月三个人回到洪家关的当天，铜牙子也回家了。傍晚，铜牙子一到家，一帮寡妇老太们就替毛毛去访他，问他能不能访到为毛毛治病的人。

铜牙子说，俺知晓有人能治毛毛这病，可俺不跟你们说。闹得寡妇们脸臊红臊红。她们中间谁放过他闷棍，谁扔过石头土块打过他，铜牙子心里跟明镜似的。

寡妇们也都自知。就都低声下气地求铜牙子大人不记小人过，放过她们。铜牙子爱理不理。她们个个就骂自己是白眼狼，有眼不识他铜牙子大泰山，连猪狗不如。她们个个都请铜牙子到家里去吃饭，甚至为谁先请谁后请相互间扯起皮绊。

吵得铜牙子烦躁了，他才说，你们喊王腊月去。

寡妇老太们就打起飞脚跑来王腊月家。

王腊月过去了，铜牙子说，心眼子不亮爽的人，不值得听这事。

寡妇老太们听出说的就是她们，就都乖乖出屋去了。

铜牙子说，腊月姐，能治你家那闺女的人，远在天边，近在眼前。

王腊月说，他是谁。

铜牙子说，你是个亮爽人，俺才跟你说这事，要换了个人，打死俺也不管这份咸淡事。

他的话，王腊月听得不全懂。她说，毛毛这闺女，跟俺亲生的一样。谁要能治好毛毛，俺一辈子记他的好。

铜牙子不响。

王腊月就说，你跟俺说了，不管人家愿不愿治，俺都不怪人家。

铜牙子说，你去找葵梗吧。

王腊月说，葵梗能治？

铜牙子说，她能，就看她愿不愿意。

王腊月说，原先俺是不愿把蕙兰嫁过去，这你晓得。可娃他爹回家时，要俺把蕙兰给人家，现在俺听娃他爹的。

铜牙子叹了口气说，葵梗愿不愿治毛毛，跟你嫁不嫁蕙兰无关。俺的意思是，你家蕙兰就是嫁定了守柱，铁板钉钉了，她要是不愿，还是个不愿。你明白了吗？

王腊月说，那是怎回事呢？

铜牙子，天机不可泄露。别的事，俺不能说了。眼下，你去求她就是。

四十八

王腊月去葵梗家的路上，心里真如十五只吊桶打水——七上八下。

王腊月没料到，葵梗在等她。堂屋里亮着四根蜡烛，葵梗盘腿坐在草垫上，窗户开着。

王腊月说，葵梗姐……

葵梗说，怎么，你没把你家毛毛带过来？

王腊月说，葵梗姐，俺是跟你商量蕙兰跟守柱的事来啦！

葵梗说，你把毛毛喊来呀！

王腊月说，云林回家时跟俺讲过，别再拗了，就把蕙兰给人家吧。现在俺听他的。

葵梗说，先别说这事，你把毛毛喊过来！

王腊月说，你愿为毛毛治病？

葵梗说，不管你嫁不嫁蕙兰，俺都会治毛毛的。

王腊月说，你就不要先说说蕙兰跟守柱的事？

葵梗说，先给毛毛治病就是。

葵梗的样子，显得比王腊月还急。她为啥这样，又为啥在等她，王腊月没多想。她照她的意思，回家去喊毛毛。

四十九

向云林屋老太

　　好多年后，当毛毛嫁给大她十一岁的青松为妻，又为师长夫人生下三个孙子，两个孙女的时候，她想到了这天晚上葵梗为她治病的事，想到了俺和一帮寡妇们为她张罗和奔走的事。她感谢爹娘生她落到这个世上，也感谢这些好心的寡妇们。

　　俺把毛毛带到葵梗家时，看见葵梗已穿好了灰白色的道袍，手执拂尘。她这是要跳一场大神了。寡妇们也都来了，她们想看看葵梗将怎么打杀堵塞毛毛身上血脉的那毒鬼儿。葵梗也不怕人家看她跳神，她那样子，倒像是有意让大伙见识她的本事。在葵梗的吩咐下，寡妇们捉来一只还没下过蛋的母鸡，捆了翅膀，挂在大门的左扇上，又从地里拔来一只萝卜，斜着削去根的一小半，挂在大门的右扇上。等俺和毛毛一到，寡妇们就拉着毛毛坐在堂屋靠近大门的一角。葵梗画了三道符，贴在门楣上，随后便满屋子转着圈跳起来。只见她挥着拂尘，像打蚊虫似的左打一下，右打一下，脚不停地跳着。开始她跳得慢，随后脚步慢慢加快，而且越来越快。她一边跳，一边嘴里不停，一时尖声细气地喊叫，一时粗声恶嗓地大骂。她的两脚一边跳，还左一脚右一脚，往两旁狠狠地踢。她越跳越快，越喊越凶，越踢越狠。俺们看见，她本来扎得很贴服的头发慢慢散开，后来就全披散开，遮住了她的脸……

在葵梗跳的时候，坐着的毛毛好像睡着了一般，打着绵长细匀的鼾声。

葵梗从午夜子时一直跳到月亮西沉，东方泛白，最后她跳得咕咚一声跌坐在地上。这时，伴随着毛毛月娃一般的哭声，俺们都看见大门上的鸡咯咯叫了两声，那萝卜削了根的廊场流出一线血水来。随后满屋子的人，就都惊喜地听见毛毛惊喜的喊声，我流出血来了，我流出血来了。

这时，俺们看见坐在地上的葵梗，她那披散着的遮住了脸的头发丛中冒出一股股的热气，蒸气一样往上走。随着那热气往上升，只听见一种蚕嚼桑叶的窸窸窣窣的声音，俺们就看见她那本来青黑的头发慢慢变白，一会儿全白了，白得跟蚕丝一样。这时，满屋子的人静下来，静得地上掉根针都听得见。

葵梗坐在地上，两手放在膝上，从屋外赶来的微弱的天光照着她虚弱的脸，她的眼睛深陷进去，黑黑地打量着另一个黑的世界。她的命好似就聚在她那一头散乱的白发中，久久不散，又慢慢弥散开，灼得大伙的脸又臊又热。

葵梗挣了一下，倒在地上，俺和黄长坡屋老太上去，捉住她的两只膀子，提她起来。可她仍是坐着的样子，两腿怎么也抻不直，空悬着。俺感觉手里轻得跟提件衣服似的，俺和黄长坡屋老太把她放到一把靠背椅子上，用手揉她的腿。大伙都围着她，想帮上一手又帮不上，只干着急。俺和黄长坡屋老太两双手，在她腰上、腿上慢慢地揉。过一会儿，葵梗的身子才软下来，靠在椅子上，嘴里咯咕咕响着，慢慢把嘴张开，又合上，再张开，她那深陷的黑黑的眼睛闭上，又睁开，看看俺，看看大伙，这才从打杀毒鬼儿的世界回来，她问，毛毛呢？毛毛呢？

俺对她说，多亏你，毛毛的血出来了！

这一年，葵梗还只五十七岁。可她本该和师长夫人一样能活九十岁的寿命，就为给毛毛治病跳神而耗去了三十几岁。这道理还是事后俺听了铜牙子的一番讲说后才明白的。铜牙子说，凡事有因果，俺铜牙子对红尘人事怎会看得比你们谁都清明，那是因为俺的两只肉眼看不见，老天就用了另一番好处找补俺。他说师长夫人为啥要活过九十呢，那是因为她一辈子积德行善，而她的师长男人二十七岁就死了，老天也要找补她。又说，葵梗姐本该也要活过九十岁，可她为啥六十岁挨边就得谢世，那是因为她干了一件折去阳寿的事啊！俺这时也才明白，那天晚上，铜牙子指点俺去求葵梗的时候，为啥说天机不可泄露，他是怕俺知道葵梗为毛毛跳神就得折寿的道理后就不去求她了，又担心着俺求葵梗了而若是葵梗不愿跳俺会责怪他。

五十

刘大兴屋老太

援朝七岁上学了，俺又整天整天坐在院坪里一边拉鞋底、上鞋帮，一边瞎张望，苦盼着屋门前的那条路上，有上了年纪当了军官的刘大兴走来。这时俺的苦盼又多了一个人，那是英武气十足、当了军官的学文朝家里走来。

就在这样瞎张望又苦盼中，有一天，俺听到了一种声音，好像是从很远的廊场传来，高尖细长，刚好那时李参谋回家吃中饭，俺便扩张了耳朵，脸朝向李参谋，问他听到了啥。李参谋侧耳听了听，是唢呐声，谁家在接亲呢。

俺说是接亲吗？

李参谋说是的。

俺没话了。一会儿，俺停下手中的针线活，轻轻抽泣起来。李参谋问俺哭啥呢？俺说，李参谋，过了秋……过了秋你就成个家吧！别为俺和早芹误了你……

成啥家呢？俺都是当爷爷的人了，成啥家呢？

要找一个，要找一个，你总得有个女人。

说啥话呢？

你总是一个人过，一个人做饭吃，你那哪像个家的样子？

别瞎琢磨了，俺当初答应过陈营长，要照顾学文的，可学文还没回来，我还成啥家呢？俺要……等有一天，陈营长回来了，俺把学文交给陈营长，等大兴回来了，把你和早芹交给大兴了，到那时，再说吧！

可……可……

俺说不下去了。因为俺想，学文、大兴、陈营长，这几个男人，会有回来的那一天吗？兴许，兴许……他们都不在了……这话俺说不出口了。

李参谋说，行啦行啦，弟妹，啥也别说了！俺就这么过，不好吗？

俺止不住又哭起来。

第二天，俺用一根细长的竹棍探路，摸摸索索去枫坪村和洪家关村的家家户户。俺求好心人帮忙，给李参谋找个女人，大姑娘不行，找一个没生养过的寡妇也行。开始都还犯嘀咕，闹不懂俺。说你们两个——啊，别在意，柳叶嫂，这话要是不中听，就当没听到——你们两个不是挺合适吗？你们两个，不是住一个家院吗？

不，不，不，俺说，俺有男人的。俺男人是要回家的……俺说得很伤感，红了眼圈，含着泪。

旁人就不好再说下去了。

就有人开始张罗。

起初，李参谋还耐着性子见见面，却没一个中意的。不是嫌胖就是嫌瘦，就都晓得李参谋是在瞎挑剔。后来，李参谋索性连面都不见了，又总是俺一个人游说，别人就不愿操心了。

俺去找村支书老谷叔，让老谷叔去李参谋的老家白石一趟，请他的两个弟弟给张罗。老谷叔就到白石去，路上走了两天。到了白石，李参谋的两个弟弟听老谷叔讲清明来意，他们请老谷叔在白石待一天，立马找人去给李参谋说媒。刚好他们邻村有个三十多岁的寡妇，男人是一九四六年被国民党抓壮丁走的，一九四八年时投诚当上了解放军，一九四九年渡江战役时牺牲，她也算是烈士家属，民政局发过烈士证书的；再说她没生养，她人的长相、劳动能力、操持家务、待人接物等，在村里都是一等一的出尖；她没再嫁，不是夫家作梗她不敢嫁，也不是她自个不愿嫁，而是没找到称心的。当她听讲说李参谋读过师范，当过红军，曾在芭茅溪避乱年月还当过先生，她觉得李参谋就是她等着改嫁的那个人，因为李参谋吃过墨水，又有担当，就连人家有脚疾是个跛子，也觉得算不上啥毛病了。她只是提出，李参谋上门到她那儿过日子。她夫家对这一条也没人反对。

李参谋的两个弟弟随老谷叔来枫坪后，把那寡妇愿嫁他的事说给他听，说成婚后，那寡妇在夫家原有的房产和自留地都归他们新家所有，而且她夫家没一个人反对。可李参谋横竖不愿意。李参谋当着大伙还是原先对俺说过的那话，你们都别瞎琢磨了，俺当初答应过陈营长，要照顾学文的，可学文还没回来，我还成啥家呢？俺要……等有一天，陈营长回来了，俺把学文交给陈营长，等刘大兴回来了，把弟妹和早芹交给刘大兴了，再说吧！

从此后，就再没人敢过问他的婚事了。

怎么说，也是俺拖累了他。俺要补偿他。一天晚上，俺让早芹早早地带援朝睡下，俺就到屋西头李参谋那儿去，俺给他做了双鞋，要他试脚。就在他坐椅子上穿鞋的时候，俺忍不住抖动着两肩哭起来。算了……算了吧，李参谋，俺也不给你张罗了，你要是不嫌俺是个瞎子，就娶了俺吧！俺走拢他，抱紧了他的头脸。李参谋手忙脚乱地推开俺，说，这怎么行？这怎么行？你是俺弟妹呢。他把俺推开后，俺再没敢有所动作，任他把俺拉到椅子上坐下。李参谋就给俺说，举头三尺有神明，俺的良心日月可鉴！给你说啊，弟妹，俺不娶，不是俺想着你才刚说的，俺要跟你怎么怎么样……你是俺弟妹呀，是早芹的娘，是俺儿子学文的丈母娘，是俺战友刘大兴的女人呀……俺不能，弟妹……俺答应过大兴，答应过陈营长的，要好好照顾你，照顾学文和早芹的……俺答应过的！

可过去了这么多年，大兴，陈营长都不见转来。

他们没回来，可俺心里得有他们！他们一辈子不回来，他们还装俺心里！弟妹，别哭了！啊！俺呢，和你就这么过！俺和你，都一心一意等他们！你要相信，他们会有回来的那一天的！

这可委屈了你，李参谋！

啥委屈的，每天收工回家，看到你在，看到孙子在……还图啥呢？

李参谋跺跺穿上新鞋的脚，说，俺每天都能穿上你做的鞋，还图啥呢？

从那以后好多年，俺和李参谋两家人日子过得很平静。只是这平静中有一种似乎生来就有的等待。不是吗？俺等待大兴归来，早芹等待学文归来，李参谋等待陈营长归来，也等待学文归来……其实也说不上是谁在等谁，反正大家都在等，等所有该归来而没归来的人。而似乎有了这种等待，所有的日子，才成为俺两家人该过的日子，这人，也就活得有奔头。

五十一

师长夫人

朝鲜战争结束时，青松全须全尾地回国了。可他却选择退伍回桑植到俺身边来。俺替他不值，说当初你爹你娘把你带去成都，是想要你有个好的前程。你倒好，大学不上，偏要去当兵。现在，你当兵回来了，你总该回成都吧，可你……青松说，我当兵那是为了报国。现在回桑植，也是不能把你一个人丢在老家。

青松是个懂事又记恩的人，像他这样的人，过去，现在都不多。哎，想想也是俺拖累了他，是俺欠他的。那些年，洪家关乡一直是张小牛当书记，俺去求他给青松安排个工作。张小牛说，婶儿，我正要找你说这事呢。洪家关乡供销社调走了一位管财务的同志，需要填补，我第一个想到的，就是青松。俺说，这事，你不为难吗？张小牛说，啥为难的？青松是革命烈士的后代，又是退伍的志愿军，不管从哪方面讲，别人都比不过他。

青松到乡供销社工作后，把账目做得清清楚楚，工作安排得井井有条，与同事相互体贴，相互配合，深得同行们的喜欢。青松不像他继父春生，也不像他亲爹锦章，一心只想往外扑，远走高飞，干一番大事业。从俺内心讲，俺不喜欢春生和锦章那种性情的人。俺想，青松有个好工作，又在本乡本土，不正合俺的意吗！俺想，这是上天对俺的关照，也是对春生一番好的回报。俺过了好几年的舒心日子。有时，心里一想就乐，一心就乐。每天夜里，俺照旧织东西，织春生喜欢的枪、枪套、军帽、皮带啥的。俺希望春生到俺身边来，陪陪俺，与俺一块儿说说话，俺心里的舒坦也要与他分享呢。可春生一次也没来。青松二十五六的人了，俺想早点抱孙子，早点给地底下的春生一个交代，就四乡八村地走动，找人说媒。却是一次也没说成。要说青松有啥不好，就是这点不好，眼眶子高，一般姑娘他看不上。就这样，青松的姻缘就一直搁着，不见动静。

想想，青松摊上俺这个背时的养母，也是命苦，一九五七年"反右"运动，青松就是因为俺成了右派。事情的起因是这样的，新中国成立时搞土改，俺公爹手里置下的几十亩田地都算在早就死去的春生头上，俺是春生的老太，就将俺的成分划为富农，锦章一家人，也算上青松划为中农。这样的划分结果，也是一大家人事先合计事情时俺坚持下来的意思。俺觉得富农对俺一个寡妇影响不大。现在是共产党的天，俺还是个红军师长的遗孀呢，别人能把俺怎么样？可青松参加工作后，却容不下俺富农成分了。他写报告，上访了好几次。结果，俺的成分没改过来不算，反而呢，一九五七年运动一来，他为这事牵扯成个右派。他供销社的人，都是根子正，背景好，却要硬拉出个右派来，于是大伙就选，选去选来，就选出了青松。要算起来，青松工作干得最好，为人也最好，可他为俺的富农成分上个访，告过状，再加上他本人还是中农呢，好，那右派就是他了。青松被打成右派后，俺心里的那个苦水哟，俺不知往哪诉。有天半夜，俺正在织东西，忽然觉得屋里不只俺一个人。俺一看，原来是春生。他在房门口坐很久了，他穿着一九二八年他刚回家时俺亲手给他做的一件青色的褡扣家纺布衣服，他一点没老，还是27岁时的样子，他的两手放在膝盖上，不说话。俺问他你还好吗？春生仍是不说话，他只是苦笑，摇头。俺就知道，他晓得俺心里苦，他来陪陪俺，可他没啥话要说。俺就对他说，春生你放心，青松是打成了右派，可俺会待好他，让他好好过下去。青松一个礼拜有三个晚上都回家来住，每次回来都挑水，把水缸挑得满满的，有时天黑好久了，还去挑粪浇菜。几年来他一直帮俺做这些家务，让俺少劳累。他打成右派后，俺对他放不下心，怕他有啥想不开的，有两次他出门，俺偷偷跟在他身后。他发觉了，浇完菜他对俺说，娘，你不用跟着，不就是个右派吗，又不是旧社会被人追杀，要灭门砍脑壳，我会好好过下去的。俺就知道，俺是把事想过头了。

一九五八年人民公社时，县民政局修光荣院，来安置一些孤寡老人，就是红军老太呀，还有孤寡的老红军、老八路一类人。光荣院就建在俺洪家关村，还要征用俺老贺家的老屋，在俺老贺家屋基上建。征地领导有县民政局的，有公社的。他们给俺做工作，俺没打半句嗯吞。俺只一个要求，莫动春生的坟。后来光荣院建起，也是朝西向的，大门外是段一里长的坡路，春生的坟就在离大门百米远的坡路边，硬是一根草没动。征地前，俺生怕青松给领导提要求、提意思，俺私下里对青松说，国家修光荣院是为民办实事，办好事，俺娘儿两个要全力支持。俺娘儿两个支持了这事，也是积德行善啊。青松说，娘，我全听你的。我本来有意见要提，可你这么说了，我就半口不开了。青松说他有意见要提，是指光荣院建好后，进光荣院养老的，也应该算上俺。可光荣院修建前和修建后，领导都没给俺一个准音，要俺进光荣院。俺娘儿两个就在生产大队给指定的一个巴场，再建了一个房子。

人说天道自在人心。一九六一年的时候，张小牛到县里当副县长去了。洪家关公社书记是贺兴凯。他是洪家关公社人，对俺知根知底，想俺一个红军师长的遗孀，国民党当权时俺东躲西藏，过着水深火热的日子，如今是人民的天下，俺却是个富农婆，儿子还因为俺成了右派，俺没过过一天好日子，俺活着还有什么想头呢？俺要是有一天想不开寻了短见，那一定是他这个党委书记的失职，更是他这个贺家子弟的耻辱。于是贺兴凯上县政府，找民政局，把俺送进了洪家关光荣院。贺兴凯摆出的理由就两条：一九五八年洪家关建光荣院时占了俺家的老宅基，现在老了；再说俺是红军师长贺锦斋的遗孀，是正儿八经的红属。两条理由铁板钉钉，任谁也无法反驳，任谁听了，都会心生善意。

俺人住到光荣院，不用参加生产队集体劳动，也不用自个动手做饭做家务，也有饭吃。可俺心里还是有负担，因为青松的姻缘没见动。青松他自个也不急，这事情就一直拖着。

五十二

向云林屋老太

没过几天，俺就把蕙兰嫁了。

那几天，俺忙一会儿，哭一会儿，把蕙兰嫁给守柱，俺这时还是不甘心，可俺得嫁，俺就是这样的命！

蕙兰离家的那会儿，与俺隔了层心好久的蕙兰突然抱住俺，俺两个哭成一对泪人儿。蕙兰到底是懂得俺心里苦。

俺呢，一把屎一把尿地拉扯大她，她本是俺的贴身棉袄，可她与俺犟着来，她要嫁的，却是俺生死不愿的，现在说走就走了，俺怎能不哭呢！

寡妇们也都劝说，是闺女都要嫁的。又不是嫁到外乡外土，住一个村子，几百步的脚程，说回来就回来了。再说呢，女婿还是个战斗英雄……听到最后一句，俺哭得更伤心了。

按俺这块嫁女的乡俗，有两样，俺家是破了规矩的，一是接亲时，得新郎自个背着新娘上轿，可俺女婿守柱却是个瘫子，只好换了亲哥立夏背蕙兰上轿；二呢，送亲接亲的，还有为新娘扯眉毛装扮的、絮新被子的等帮忙的，得请夫唱妻和的，寡妇一般是不要拢边的，可俺家，除了一帮热心肠的寡妇老太们，又有几对齐全夫妻来帮忙呢，就只好该来的都来，不该来的也来了。

寡妇们为了能让俺嫁女嫁得安心气顺，喊来了二十几个回乡的老红军，说这些老红军虽然是些缺手跛脚的，单罩巴耳的，还有个全瞎的彭瞎子呢。可这些人都是些从枪林弹雨中打出来，从死人堆里滚出来的，满身杀气，连阎王爷的手下见着了都要绕路的人，有他们在，寡妇们的晦气就抵冲掉了。于是这天，送亲的、接亲的、喊礼的、调盘打席的、督司的……差不多都是寡妇老太和回乡的老红军们。

立夏背着蕙兰送她上轿时，俺两手端了盛半盆清水的木盆，走出屋门。俺的左边，由俺亲家公彭瞎子陪着，俺的右边由师长夫人陪着。

蕙兰上轿了，忍不住喊一声，娘——

俺咬着嘴皮子，哗地将一盆水狠劲泼出去。

泼这盆水，也是俺这块嫁女的乡俗，这意思很明显：嫁出去的女，泼出去的水！这泼出去的水，是想收回也收不回了。

看着送亲接亲的队伍吹吹打打，满村子游走，最后游到葵梗家去，俺又忍不住地喊一声：

蕙兰——

蕙兰嫁过去两个月后，就有身孕了。寡妇们还打心里疼蕙兰，蕙兰出怀时，正是青黄三四月，怀娃的女人都爱吃酸，有几个寡妇就时不时地给蕙兰送麦李、杏子吃。

五十三

女娃

四季花儿开，
花开是一朵来，
一对鸽子飞过山来，
飞过山来看，
瞧见我的小乖乖，
恩爱恩爱真恩爱，
夏季花儿开。
夏季花儿开，
花开是二朵来，
一对阳雀飞过山来，
飞过山来看，
瞧见我的小乖乖，
恩爱恩爱真恩爱，
秋季花儿开。
秋季花儿开，
花开是三朵来，
一对斑鸠飞过山来，
飞过山来瞧，

瞧见我的小乖乖，

恩爱恩爱真恩爱，

冬季花儿开。

冬季花儿开，

花开是四朵来，

一对喜鹊飞过山来，

飞过山来看，

瞧见我的小乖乖，

恩爱恩爱真恩爱，

瞧见我的小乖乖。

五十四

何文池屋老太

　　蕙兰真是争气，第一胎就生下了一对活蹦乱跳的双生子。似乎，腊月对蕙兰的怨气和不甘心，还有她与俺两人心里疙瘩，都因这对双生子到来被冲到九天云霄外了。蕙兰生得顺畅。师长夫人接生，她的一双手，是这世上迎接那对小哥弟的第一双手。迎接小哥弟的第二双手，就是腊月的。腊月为他两个清洗、包扎。本来，第一个娃到师长夫人手上后，一直守在旁边的守柱想动手摸一摸他，却让俺喝住了，说，还有一个，先别急着摸，快，喊他嘎婆去！

俺又说，等喊来嘎婆，那第二个娃就出来了。

守柱就摇着轮椅到了腊月屋院，他大声喊，嘎婆嘎婆，报喜了！报喜了！

腊月在屋里一听，就知晓蕙兰生了。守柱平日都喊腊月娘，只有这生娃报喜时，他才会喊俺嘎婆的，那是顺着娃的口喊的。俺这块的乡俗，生娃时，得由女婿上门给嘎公嘎婆报喜，还得带上事先准备好的一只鸡仔和几只红皮鸡蛋。

腊月出屋看他急赤白脸的，又没带鸡和蛋来，就说，看你那急的，鸡和蛋怎没带呢？

守柱说，搞不及了，搞不及了。

腊月说，怎的，生不出来？

守柱说，生不出来，生出来了。

腊月说，那你急的？

守柱说，还有一个，还有一个。

腊月说，你是说两个——双生呀？那俺快些去。

守柱说，俺娘说了，等着嘎婆洗、包。

腊月说，啊，那难怪！守柱，你自个慢慢摇，俺先过去啦！

不用问俺也知道，腊月感到一种喜气。对的，那是一种喜气。俺为啥要守柱喊腊月过去给孩娃清洗、包扎，俺是要把那喜气送一半给她分享。你该想得到，在俺桑植那样一个从旧社会走过来又迎来太平日子的廊场，无数平头人家经见多了遭杀害和遭灭门后，这时不管谁家生娃，都是一种喜庆。那就是一个添人进口顶要紧的年代。一般人家生一个娃，就是喜得不得了的事，而俺的媳妇儿蕙兰，一胎就生了两个，你想，那是多大的喜呀。腊月这时，不觉得蕙兰给她出丑不算，还觉出蕙兰是给她长脸了。

那天，腊月把第一个小外甥清洗、包扎后，顺手递给俺，俺亲了下娃的脸，递到蕙兰手上。等腊月将第二个娃递给俺，俺亲了下娃的脸，这才递给已等了好半天想亲娃却没能得手的守柱。俺说，喏，亲吧，亲个够！

俺就看着腊月笑。

腊月说，姐，这下，该满意了吧！

俺又笑了下，笑出了泪花，却不回她的话，俺对守柱说，守柱呀，要记住你丈母娘的恩典，不是她把宝贝姑娘给你，你一个瘫子，能娶得到老太？还能有娃？

守柱听了俺这话，将手上的娃递给俺，他不能下地，就坐轮椅上给他丈母娘磕了三个头，他的额头碰在轮椅的横杠上，咚咚地响。

接下来，俺将娃递给守柱，到堂屋去，在堂屋神龛上烧一炷香，再双手捧合了，说，守柱他爹呀，你看看吧，俺何家添男丁了，还是两个。你在那边把心放胸口好好揣着，俺这边已是太平社会，你的孙娃会长大的，俺何家也会兴旺发达的。

俺觉得，俺这辈子做的顶大的一件事，就是扶大了守柱，又为他娶了媳妇，添了娃，为何家续上了香火。

俺把给两个娃取名的事交给腊月。腊月没费多大的脑力就取好了，她想到俺在神龛前对文池说的那番话，名字就出来了。腊月对俺说，大的叫太平，小的叫兴旺。这是俺能想到的顶好的名字了，姐，你看怎么样？

俺笑得嘴巴都咧到耳根子去了，说，最好哒，最好哒！俺这就告给文池去。

俺到堂屋神龛前跟文池说去了。

五十五

向云林屋老太

后来，俺想，嫁蕙兰那天俺泼的那盆水，是连俺自个也泼出去了。

那年代，说起来人是感到舒顺，可日子也是挺苦的。一九五八年人民公社成立了，刚解放时分到各家各户的田地又都划到公社名下，只房前屋后留些自留地，这时实行的是集体生产，人人都是社员，人人都得出工。在全生产队，守柱是唯一可以不出工而又能分到口粮的人。可蕙兰和葵梗出工去，他在家就得带孩娃。刚开始，俺就为蕙兰担心，俺最担心的是葵梗，她原先本是像俺一样能挑百十斤担子，走起来能把路踩得咚咚响的人，可自打为毛毛跳神后，她的身子就垮掉了。她的头发全白了。走在路上弯腰驼背的。她在家院里赶鸡，她声音虚弱，鸡是不会听她的，得不停地手舞脚甩做出轰赶的大架势。可就像这样赶会儿鸡，她就会累得气喘吁吁了。果然，葵梗出工干了一上晌后，就瘫倒在田头起不来了，她的脸虚白，嘴皮发乌，话也讲不连句，只坐那儿喘气。队长连忙喊人，扎了副担架，要送葵梗到公社卫生院去。葵梗上担架那会儿，对着队长又羞又愧地笑了下，俺真的没用，俺得吃闲饭了。队长说，人民公社好，大伙都要吃饱，能少得你一口？在跟着葵梗去公社卫生院的路上，蕙兰说，俺家就俺一个劳力，挣下的口粮全家能吃饱吗？抬担架的人说，你男人是战斗英雄，有俺大伙在，能短了你一家的口粮？

葵梗住了两天卫生院，又让人抬回家，医生交代说，她是太虚了，往后得在家养息，万万不能下地干活了。

这可就苦了蕙兰，她每天上工时，心里挂着两个孩娃，每到那歇工的一小会儿，都要急急地回家去奶孩娃，她是跑着去又跑着来。每到一放工回到家，先是急着奶一阵孩娃，然后才顾得上做家务。后来，太平和兴旺慢慢大了，守柱和葵梗娘儿两个尽力去做，把家务都揽下来，蕙兰才松快些。搞集体生产只过半年，俺的蕙兰就累脱了形，人瘦了不算，还见老了好些岁，她一年多前做新娘时如花似玉的模样，这时连影子都望不见了。一见蕙兰，俺的心就一扯一扯地疼，等一背到她，俺的那个泪，就吧嗒吧嗒地往下掉。俺就去找队长，说是俺要与蕙兰家合户，队长同意了。其实俺的意思，是个人都看得清明，俺五十岁还不到，俺一家就俺一口人，还是个全劳力，把俺合到蕙兰家去，那是明摆着，是把俺富余的劳力都补过去。

你说，俺泼蕙兰的一盆水，不是牵连把俺自个也泼出去了！

俺两家合户后，俺吃在那边屋里，住在俺原先屋里，有时也在那边住。住那边时，与葵梗睡一张床。除了白天上工，这家里的做饭、洗衣、挑水、砍柴、种菜、喂猪、喂鸡、带孩娃……一应的活，俺是长草短草一把挽到，俺全都做，见缝插针地做。啥叫见缝插针地做呢？你想，俺这都是替蕙兰做的，可俺不能与蕙兰同时做一件事，就是蕙兰在做一件事的时候，俺就去做另一件事，啥时候都不能让俺的身手空着。有俺在，蕙兰可轻松多了。俺合户到她家后，蕙兰脸上肉多了，气色好多了，也笑得多了。俺这是心疼蕙兰年轻，不能让劳累把她压垮，也是教她做女人的道理。俺对她说，不管啥时候，不管日子多苦，你都得担起来。俺又说，你可比俺和你婆婆好呀，过去，你爹出去打仗了，你公公干革命，是被反动派砍了脑壳死的，还有俺村里的那些寡妇老太们，又有哪个是得了男人半斤力气的，可都不是没被苦日子压垮，俺们都不是过来了吗，有孩娃的把孩娃拉扯大，没孩娃的也要好好地活下去。

不久，人民公社兴办公共食堂，生产队长带人上门，将各家各户的米粮挑到公家食堂充公，还将大伙的饭锅没收。这都没啥说的，可队长要把各家各户的灶也砸了，连灶神菩萨也给拆了。这可不是桩小事。俺是说这灶神菩萨可是不能随意拆毁的。俺这块的人都姓神，各家各户都供有家神菩萨，堂屋正墙壁上都供神龛，神龛正中用红纸条竖写"天地君亲师位"，再用小红纸条左边竖写"九天司命太乙府君"，右边竖写"搬柴童子运水郎君"。这"九天司命"和"搬柴童子"就是灶神菩萨，他们本是天上星宿，被玉皇大帝派到人家监护各家各户过好一日三餐的日子。两位灶神菩萨有多要紧呢？说一件事吧，每到腊月二十三晚上，各家主妇都得把灶屋打扫得干干净净，设香案，摆盘碟，内放茶叶五谷果品，装香烧纸，磕头作揖，因为要送两位灶神上天去向玉皇大帝禀告人间的日子，到腊月二十九日晚上，又用同样的排场，装香烧纸磕头作揖地将他们两位接回来。生产队长拆灶神菩萨时说，现今公共食堂吃饭不要钱，我们要跑步进入共产主义，再往后，吃的、穿的，要啥有啥，菩萨要它有什么用？拆！只管拆！可生产队队长拆了几家后，遭到很多人的阻拦和责骂，他拆不下去了，其余人家只好留着了。别的生产队和生产大队可不像俺队上，他们都是该拆的拆，该毁的毁了。俺说这件事，可不敢说是迷信，你想想，办公共食堂连着过苦日子的那几年，这不就是得罪了灶神菩萨嘛！

俺队上没收饭锅和砸灶的时候，俺在俺老屋里藏了一只鼎罐和两袋子苞谷籽。不是俺比人家会藏，只是俺早合户到惠兰家去了，俺老屋早不开锅火了，俺藏点东西，生产队队长和社员们都不怎么注意罢了。俺的想法是，俺家立夏在乡粮站工作，俺孙娃大林该不会饿着，俺不用管，可俺两个外甥太平和兴旺却是比不上俺孙子，俺就得管。俺是担心队上的食堂万一有一天没吃的了，俺藏的东西可就能应急了。

果不然，吃了一阵子食堂，大伙都嚷着吃不饱，再过阵子，就吃汤喝水了，搞到最后就啥也没吃的了，大伙饿得干瞪眼，你瞪俺，俺瞪他，他瞪你，最后都瞪生产队长。生产队长也没法，食堂就解散了。那一阵子，生产顾不上，也就不用上工。可是，俺藏的两袋子苞谷籽俺的两个外甥子到底是没吃上。怎么回事呢？偏生那个时候，向云林带着毛毛回老家来。他看大伙没得吃的，就各家各户送点钱去。俺说，这个时候，有钱也买不到吃的。俺把两袋子苞谷籽拿出来，让他各家各户送一碗去。那天，队上就像过节一样，人人都喝到了苞谷糊糊。苞谷糊糊的香味飘绕着整个村子，别的队上的人都闻到了，闻得他们的肚子咕咕咕地闹起义。一些人跑到俺队上，看是向云林回家了，就都向他诉苦。向云林不敢多待，第二天早上就带着毛毛走了，他走时对俺说，把你的一点藏货给大伙吃了，你家怎么办？俺拍打着胸脯说，俺自有办法。想旧社会，俺带着一家人到芭茅溪躲反，那时不光是饿肚子，还得随时提心白狗子土匪恶霸捉拿去杀头，那么苦的日子俺都不是对付过来了，现今是共产党的天下，人民当家做主，俺还怕过不去这个坎？

在俺家，大人不管多饿，有啥吃的，都得尽太平和兴旺先吃，吃饱了，大人才吃。

俺终于坐不住，俺要向向云林求救了。就那天晚上，俺一个人到公社去，找到管电话的干事小李，给在省城的向云林打了个电话。俺也没跟向云林客气，俺是这么跟他说的，向云来，你要是个人，你要是记得洪家关老家还有你的后人，俺这儿都要饿死人了，你就不能不管！俺说完，没等他回话，俺就挂了电话。两天后，一辆草绿色的军用大卡车开到俺洪家关村里，指名道姓让俺给大伙分粮食。俺打着趔趄，有气无力地爬上卡车看了，车上有五麻袋番薯，三麻袋白米，三麻袋苞谷籽。可要俺给大伙分，俺却不敢，俺喊来生产队长，让他给大伙分。俺当时没想通是啥道理，可俺还是想了下，这救命粮该着生产队长分。事后俺想，让生产队长分是对的，这个时候向云林让人给俺生产队送救命粮来，那是犯了多大的难，冒着多大的风险呀，这个时候的向云林，可不是俺向家的向云林，他应该是大伙的向云林，所以他送来的粮食就得让生产队长给大伙分。到生产队长分时，大伙都不晓得这是俺替他们求来的救命粮。那天生产队人人都吃饱了肚子，村子里弥漫着一股好闻的米饭香气。别的生产队上闻着香气过来要借粮，生产队长不敢独自做主，把俺喊去商量，俺就对生产队长说，这是救命粮，他们人都来了，就都给点打发打发吧。

那天，送粮的是一个司机和一个押车的，都穿着军装，他们两个要走时，俺上前打问。那押车的说，他的名字不好说，过后也不要跟人说有人送了这车粮。说你们真要谢恩，只要记住向云林向副厅长就行了。然后就开车走了。直到一九六五年，向云林带着一家三口下放回老家时，俺才搞明白，那车救命粮是从州军分区送来的，那位押车的是军分区的一个啥副部长，姓谢，他在部队时曾是向云林的部下。俺打电话求了向云林，向云林便打电话去求他，这样就有了那车粮送来。可就为这车粮，向云林和那谢副部长都犯了"错误"，谢副部长还因为那车粮食被送进了班房。

五十六

何文池屋老太

俺就是过苦日子那时候死的。俺死的时候，比太平、兴旺重不了几斤。腊月给两个外孙子一勺一勺地喂完稀饭后，就顺手把俺放在腿上一勺一勺地喂俺。俺这块，尤其是俺那辈人是见多了生来死去，腊月和俺之间早就不忌讳谈死了。腊月说，姐，你要想文池哥，你就早些过去。别牵挂这边，这边的事，俺一应都照管好。腊月一边喂俺一边这么跟俺说，俺的满头白发在没有风的空气中飘呀飘的，有两根都拂到她的脸上去了。俺听了她的话，没来得及回答，俺正撮着布满菊花纹似的嘴，吃她喂给俺的稀饭呢。俺对她还笑了笑，一点也不感到难受。这时，俺就像一个刚生下地的孩娃，又像一个刚出生的老太婆。俺把那口稀饭吃下去后，就笑着说，腊月，等俺过去后，俺会和文池保佑你长命百岁，保佑你们向家分枝发桠，荣华富贵。腊月说，你还是保佑你们何家吧，保佑你的两个孙子长大成人。俺说，这是自然，俺还得保佑蕙兰再生几个孩娃。腊月知晓俺这辈子不能生养，俺最稀罕的就是生孩娃和孩娃了，腊月就说，你过去了，俺让蕙兰只管生，她生几个，俺就帮她扶大几个。俺流泪了。俺不是怕死才流泪的。俺是因为有人这么跟俺说话，这么知俺的心才流泪的。

八月中秋的那天早上，俺睡在床上无声无息地死去了。俺选在这天死，是要与俺的男人文池在那边相会。家里人遵照俺说的，将俺与何文池葬在一起，并在俺的坟前栽了棵马桑树。

不过，也不是全照俺说的葬。俺说的，只要一副薄棺，只要两三个人抬去就行了。可家里却给俺置了副四五六的棺，柏木的。听说俺死了，全生产队的人都来了，那些动手打过俺的寡妇老太们，全都披了孝布在俺的灵堂前好好地哭了一场。连别的几个生产队都来人了。商量办丧时，队上人都说，万不能像一般人那么葬，葵梗虽是个始俚妮，一生行的都是仁义之事，再说她男人何文池当年是为乡亲们死的，是大大的仁义。

三十二人的抬棺队伍送俺上山。送行的排场可比腊月的公爹大。全生产队的人都来送俺，别的生产队，别的大队都有人来送。连县里、公社都来人了。芭茅溪公社的人听说了，湖北鹤峰县那边几个公社的人听说了，也都来人了。洪家关全公社的人都在传，那个积德行善一辈子的始俚妮死了。又都说就是那个当年被白狗双砍了脑壳的桑鹤游击大队长何文池老太死了。送葬的队伍有四五百人。四五百人送一个始俚妮上山。送一个一辈子没生养过却儿孙满堂的寡妇老太上山。洪家关是个重仁义的廊场，祖祖辈辈，不怕砍脑壳杀头，也不敬权不敬势，就敬两个字：仁义。俺自个没生养过孩娃，可俺上山归去的排场远比生养过孩娃的人要大。

寡妇老太们，那些动手打过俺的来了，全大队的也都来了。全洪家关公社的寡妇老太怕是也都来了。她们拢肩搭背，呜呜咽咽地哭，号号嗨嗨地哭，俯俯仰仰地哭。风把她们的哭声传得很远很远。

那天，一只叫不出名字的鸟，跟着送葬的队伍，它一边哭一边唱。很多人都听见了。

送葬的队伍到廊场了。坑，早挖好了，并着当年的桑鹤游击大队长何文池的墓穴。棺材落下去了。先是家里人一人捧一捧土撒下去。再是生产队长捧一捧土撒下去。再是全生产队的人都捧一捧土撒下去，所有在场的人都捧了一捧土撒下去。

风吹过坡上坡下远近的树林子，树林子沙啦啦地响。

黄土掩上去，棺材看不见了。再堆成个土堆，再一铲一铲地拍紧。最后，用搬来的人头大小的河卵石砌成个灰白色的包堆，顺便把文池的坟修整了，补砌了些石头，两座坟便连成一体。不忍离去的寡妇老太们，又一捧一捧地往新坟旧坟上捧土。

坡上坡下，一片哭声和哀叹声、唏嘘声。周遭的山们都肃穆着，环起一个哀痛的世界。

那只叫不出名字的鸟，一直跟着叫。后来那只鸟就站在了俺坟前的那棵马桑树上唱歌。

那只鸟唱了好些天。后来，俺就托梦给寡妇老太们，说那只鸟叫女娃，就是俺生下的孩娃。说是老天怜惜俺这辈子不生养，就派神灵送了颗马桑果让俺吃，后来俺就生下了女娃。

五十七

刘大兴屋老太

援朝十二岁这年九月，早芹三番几次地说，俺听到箫声了，那箫声一天比一天近了。这些年，早芹总是说他能听到箫声，意思是，学文还活着。俺和李参谋信她说的，又不敢信实。

一天，援朝到公社上中学去了，早芹和李参谋出工了，洪家关大队的铜牙子的探路棍探到俺屋院里来了。俺给他搬来椅子，又端来茶水，指望他能坐下来，俺两个好瞎扯一通。铜牙子说，俺就不多坐了，俺来是要告你一声，你家有人要回来了。

俺听他这么一说，就好像掉落云里雾里，浑身哆嗦着。

在四乡八村，铜牙子就是个神人，他说啥便是啥，谁也不会对他的预言有半点疑惑。只是他这话来得唐突，让俺一时难以承受。俺这不是做梦吧。俺觉着头晕，觉着浑身虚软无力，俺站不稳了，只好偏倒在椅子上，软弱得连句话也说不断了：你说是……俺……俺女婿学……学文，要回……回来？

俺不知道是谁要回来，铜牙子总是那副铁齿铜牙的口气，可不管是谁，反正已经在路上了。

铜牙子屁股一挨椅子，只喝一口茶，就起身走了。俺被他的话给惊着了，又喜又悲，没招呼他再坐会儿，就任他走掉了。

过两天，大白天家院里还是俺一个人。老谷叔领来两个人，俺搬椅子、端茶水给他们三个。随后早芹和李参谋被老谷叔派去的人从正收秋的坡地上喊回来。老谷叔介绍那两个人，一个是县民政局的同志，一个是洪家关公社的同志，他们上俺屋来是查问一下陈学文的情况。李参谋、俺，还有早芹都把学文的情况照实说了：陈学文是李长桐的养子，他的生父是红军营长陈荣丰，长征走后一直没回来；陈学文是早芹的男人，俺的女婿；儿子陈援朝，十二岁了，在公社中学念书；陈学文1950年12月入伍，到朝鲜打仗去了，一直没回来。两位同志把这些都写到本子上去。

问完写完，也不说要干啥。俺就问了，陈学文什么时候回家来？

两位把笔和本子收起来，放进挎包里，起身要走了，听俺这么问，那位民政说，明后天吧！

都走出两步，他又站下，回头问俺，婶儿，你从什么时候听说了？

俺笑了笑说，前，前天。

那是谁说的，我都是昨天才知晓呀？

老谷叔就当笑话跟他讲，洪家关大队有个铜牙子，是个瞎子，整天说瞎话，陈学文要归家的事就是他说的。两位同志大概都听说过铜牙子的名声，摇头又点头道：早听说过这人，很神乎的，这回真见识了！

第二天，生产队的一多半劳力在离俺屋不远的一面坡上收苞谷。掰着苞谷棒子的早芹隔一会儿站下愣听，隔一会儿站下愣听，学文的箫声离她越来越近了。

真有人来了。

越来越近了。

看得清是三个人了。

看得更清了。有两人，是县民政和公社那两位同志。

两位同志走后面，那另外一人走前面。脚步搓着地，走得慢，不时有小石子被他的脚给撞到路边。那人手里拿着根箫管。

后来两位同志说，那天在路上，他走一段又吹吹，走一段又吹吹。

坡上，大伙都在收苞谷。苞谷一个个长得棒槌似的，须子黑红黑红。有的在掰棒，有的在倒梗，有的在装筐……这时都停下手中的活，看着三人走近。

那人穿着草灰色新衣，新胶鞋，头发也是刚理过。后来听民政同志说，他穿的衣鞋是在县民政给换上的，他原先可全是破衣烂衫，跟狗撕了似的，胳膊肘、膝盖全露在外面，鞋子藏不住脚趾头，他头发蓬乱，脸黑灰，像是刚从地下钻出来。这时他新衣新鞋，可那样子实在落魄，气色难看。看到生产队的人，他站下了，眼睛搜着找谁，头又不敢抬高，很怕人的样子。他手里拿着根箫管。

他有些怕羞地笑着，脸黑灰，衬得新衣裤打眼。

俺的早芹，第一个失声叫出来：学文咦——

学文羞羞地笑着，站在那儿。早芹奔过去，扑到他身上，呜呜哭起来。

李参谋，他的养爹一高一矮，跌跌撞撞从苞谷地那头过来了。到了他跟前，坐倒了，抱住他的两腿，也哭起来。

学文摸摸早芹的肩臂，又低头看看他养爹，啥话没说，却止不住抽起鼻涕，泪涕巴挲，雪亮雪亮的一溜长线，直牵到地上。

生产队的人远远近近，站在狼藉的苞谷地里，全望着他，眼睛全红了。头上的苍穹碧蓝碧蓝。

两位同志止不住鼻子一酸，也要抽了。

学文是从哪来，又受了多大的磨难？后来他自个花了三天，才讲清他这么多年的去向。因为学文的经历了太多奇曲周折，真要讲三天才讲得完，俺就跟你简单点说吧。当年，学文的事奇之又奇，所有人都是第一次听说。现今，学文那样的经历，早已天下大白，你是大笔杆，想必你是知道一些的。

学文在朝鲜被美国佬捉住，成了俘人，关了两年。后来停战了，中国与美国签下停战契约，就交换俘人。这时出了个意外，啥意外？就是他意外被运送到了台湾，还好后来又回来了。

俺还是简单点说吧。学文在台湾被关过，被强逼当过兵，守过金门岛。是在金门，他装疯卖傻，连自个厕的屎都吃过，却被人四脚四手摁住，在背上用烧红的铁条子烙下几个字。学文当兵复员后，当过锅炉工。当锅炉工时，自个反着手，用烧红的铁火钳，把背上的字抹掉，俺摸过学文的背，全是皮绊疙瘩，没一块好肉。学文捡过破烂，也帮开饭馆的湖南老乡打理过生意。学文暗自攒钱，谋划着逃回家。等钱攒得差不多了，就开始逃了。先是搭客船到香港。是假装到香港旅游。到了香港，他到罗湖口岸观望，那是连接内地的通道，学文本想，撒开腿脚，泼了命，一口气就冲过来了。可他观望几天，发现那关口看管得太严，他见好几个人跑了，结果都被抓，没一个漏网。聪敏的学文就盘算着找一条迂回路线。他买了张从香港到泰国的黑市飞机票。到了泰国，他自由多了，他朝着北方，朝着中国方向日夜赶路。他的钱用完了，就打工，到后来，他讨米叫花。再后来，他到了缅甸，他还是讨米叫花。他被缅甸警察抓了，坐了半年牢。坐牢出来，缅甸警察要送他回老家，他扯谎说他是从中国过来的，缅甸警察就派人派车，把他往边界上送。这正中他下怀。后来缅甸警察把他直接交到中国边防军手上。等见了中国边防军，学文没撒谎，讲明自个的来龙去脉。边防军没为难他，做了询问和记录，把他转送到民政。那是在云南，那廊场叫景洪。景洪的民政接待了学文，也做了询问和记录，又带他吃了顿饱饭，随后与桑植这边的民政联系，派了人，汽车火车，又火车汽车地，几换几转地把学文送到桑植。所以呀，学文人还没到桑植，桑植这边的民政早接到电话了，这才有了桑植县民政和洪家关公社的两位同志来俺家里询问核实。

五十八

女娃

正月望你过新年，
佳肴为你备齐全，
饭香菜好无夫君，
暗将泪水泡冷饭。

二月望你赏花朝，
深夜坐等待良宵，
孤灯又被寒风灭，
红罗帐内独自飘。

三月望你祭清明，
人家夫妻挂祖坟，
我家先人断香烟，
祖宗怎会保儿孙。

四月望你吟诗文，
纸笔依旧念主人，
空有书房无人进，
唯闻老鼠磨牙声。

五月望你闹龙舟，
年轻夫妻站船头，
唯独奴家守孤船，
暗将泪水付东流。

六月望你下池塘，
郎擦背心妻擦肩，
可是当年结发处，
如今早已无鸳鸯。

七月望你过月半，
指望祭祖化纸钱，
空有纸钱无人烧，
先祖幽灵岂能安。

八月望你度中秋，
苦妻一人上绣楼，

多情月圆人不圆，
算来人由命不由。

九月望你贺重阳，
各家上酒奉夫郎，
为妻亲酿苞谷烧，
备起美酒无人赏。

十月望你正立冬，
清早起来望天空，
鸿雁寄书无音信，
要得相逢在梦中。

冬月望你连天雪，
寒夜茫茫清更迫，
不觉转眼冬又到，
抛妻未必你舍得。

腊月望你除旧岁，
夫妻田园能相会，
孰知苍天太无情，
为妻夜夜孤枕睡。

梦中常见你还乡，
马儿拴在槐树桩，
醒来明知这是梦，
是梦也要去寻望。

五十九

刘大兴屋老太

后来，学文每天出工，都带着箫管。每到生产队哨子一吹要歇工时，学文都会拿出箫给大伙吹一段。大伙都喜欢听学文吹箫。你问学文那时吹些啥歌是不是？这可多了，莫看俺是个瞎子，目不识丁，过去这么多年，半个多世纪了，现今俺还能顺嘴讲出一大串学文吹过的歌。学文吹《大海航行靠舵手》，吹《社会主义好共产党好》，吹《洪湖水浪打浪》，吹《唱支山歌给党听》，吹《一条大河波浪宽》，吹《烽烟滚滚唱英雄》，吹《翻身农奴把歌唱》，吹《马儿呀你慢些走》，等等。

那时，俺枫坪大队和其他大队一样，水田少，多是些山坡地，种的是番薯、苞谷，可也送公粮，俺枫坪是送苞谷，每到秋后，生产队的人，每次都是几十人几十人，排成长长的队伍，都挑着满担满担的晒干了的苞谷，扁担吱呀吱呀颤悠悠，一路送到公社粮站。到了粮站，在趁着粮站的人验收的间歇，大伙就让学文吹箫。这时，学文就吹《喜送公粮》，吹《丰收歌》，吹《毛主席来到咱农庄》，吹《桂花开放幸福来》……其他生产队，其他大队的人也都听到了学文吹箫，就都知道俺枫坪村有个能吹箫的陈学文，他爹是个老红军，他本人到朝鲜打过仗，是从台湾逃跑回家的。可是没人嫌恶学文，因为都喜欢听他吹箫。

学文不管是在歇工时吹，还是在粮站吹，还是在其他廊场吹，大家都感觉学文吹得天也高来地也阔。蓝蓝的天，厚厚的地，都感觉那是再幸福不过日子。学文吹着箫，那些听到箫声的庄稼呀、花草呀、树木呀，会一律摇晃身子，似乎是谁说了个大笑话，都忍不住捧着肚子，笑弯了腰……

学文回家只十个月，俺家早芹就生了。生得并不费难。人到山坡地上喊学文，他忙到忙到往家跑。还没到屋院，就听到哇的一声落地了。这回又是个大胖小子。

还不到半年，早芹又怀上了。俺说，生吧生吧，生多少养多少。李参谋说，生吧生吧，生多少，养多少。生产队长也说，生吧生吧，生产队缺粮，可添人进口的粮，是万万不会缺的。那是个大生产的年代。俺不是说地里的生产，是说人的生产。那时候有能力养的，都敞开肚皮生，那时没人管。那时，只那些担心养不起的，才不愿多生。那时信奉的是，人多力量大。

俺一个人摸到刘家祖坟上去了。俺想想就乐，想想就乐，没想到俺活到这个份上了，眼看着没啥指望了。不料，峰回路转，俺全家盼回来个学文，又行了。俺摸摸索索，到了大兴爹娘，俺的公婆坟上。风吹过来，坟头的青草沙沙响。俺腿一软，坐下来，说，公公婆婆，俺家时来运转，早芹生了个大胖子小子，再又怀上一个……过了会儿，俺又说，你们呀，在地底下要保佑大兴活着，保佑他能回家来。

那一次，不晓得铜牙子的竹棍怎么拄到那儿去了。那是个山包，却连着去杨柳溪的路。俺正跟俺公公婆婆拉话呢，不晓得铜牙子到了。铜牙子呢，站路边听风辨物，俺的话他全听去了。

柳叶嫂子，心里乐着吧！铜牙子冷不丁说话了，听说，早芹又怀上了。

你个铜牙子，吓嫂子一跳，俺揉了揉心口说，你那回到俺屋，随后没见你再来。这不，俺正要感谢你呢！

俺说，你随俺回屋去，俺给你打荷包蛋，再放两勺子红糖。

不了，俺赶路呢。再讲，无功不受禄，你的荷包蛋，俺怎么吃得下呢！

讲哪里话，那回要不是你到屋来，说学文要回来……

俺只给你报信，学文可不是俺说回来的！

怎么说，俺都得感谢你！

说着说着，俺起身走过来。俺两个瞎子，就站路边，瞎扯起来。

铜牙子，你给说说，俺男人大兴啥时回来？

天下的事，可不是说了就有的。该回来的，自然会回来，不该回来的，神仙也说不回来。

……

铜牙子那天到底是没到俺屋去。不过，俺从他最后那句话里，还是听懂了，俺是盼不回大兴了。

俺那时得了一种病，心衰，浑身软弱无力。郎中看过后，对家里人说，这病，受不得大刺激，刺激大了，觉得活下去没啥指望了，人就快了……铜牙子那话，对俺可是个大刺激。大兴不能回来，俺觉得活够了，再活下去，也没啥意思了。

六十

向云林屋老太

　　你去打问下，现今洪家关村的许多老辈子一定都还记得，俺这辈还干了件豪壮事，便是一九六七年俺带着一百多号劳力到公社办在南岔砖厂的抢人事件。俺带人抢的是向云林一家三口。向云林被清查出来，就为当年那车救命粮的事。那位州军分区的姓谢的副部长也是，他是因向云林犯下的错误，可他吃的亏比向云林大，他坐了班房。这个俺们全生产队的大恩人俺到死也没见过。向云林只是被撤了职，一九六七年他要求带领全家下放回老家当农民，组织上准许了。这对一个经见了当年一同出去的绝大多数战友都已死去的老红军来说，要是不能再做官，回老家当农民便是最好的出路。向云林就带着方佳南和毛毛喜兴兴地，先是坐火车，后坐汽车回到桑植。先是到县里报到，县里也随他心愿，让他到洪家关公社报到，由公社安排他一家去老家的生产队。这不，事情到公社时就受到阻梗。到公社报到时，连公社随便哪位领导都没见到，就被背步枪的民兵带到了南岔砖厂。南岔是个生产大队，可那砖厂是公社办的，向云林一家三口去那儿了，就算不上正经农民了。俺听说了，就到南岔砖厂去看他们。俺看见向云林与方佳南两口子正在挑砖坯，就是从刚脱坯的泥棚那儿，把砖坯子挑到三四步远的宽敞廊场码起来，码成一两米高的砖墙，一溜一溜，排得齐齐整整。俺在溜道口等他两口子。一个背枪的民兵过来，要赶俺走，俺说，俺是公社王主任的娘，你跟俺动手动脚，王主任知晓了，包你尿滴（桑植方言，就是尿裤子，吃不了兜着走的意思，带着警告、威胁语气）。另一个民兵认出了俺，把那人拉到一边去，说她真是王主任的娘，就游到别处去了。俺怎么又成了王主任的娘了？王主任是谁？这又得岔开说了。王主任就是俺那个不争气的儿向立夏。怎么回事呢？立夏本在公社粮站干得好好的，后来被提拔。立夏也是年轻，不懂事，为了表明他与犯了错误还在省城的爹向云林划清界限，就改名换姓了，叫王立新。他是随俺姓，立新嘛，就是破旧立新，意思是往后他要脱胎换骨，重新做人了。你看你看，俺不是说他年轻，不懂事，纯粹瞎胡闹嘛。其实就是他下命令将向云林一家三口拉到砖厂的，只是那会儿俺还不知晓事情的原委。

向云林两口子过来了，让他两个坐下说，他两个不敢坐，只好站着。这时俺看见向云林头发花白，还跛了一只脚，后来俺听他两个自己说是在省城被人打坏的，可见他是吃了好些苦头的。这时他也不再是从前副厅长的模样了，整个就是个农民老头子了。方佳南倒还见得着从前那副好看乖致模样，可就是见老了好些岁。俺说，可苦了你两个，俺毛毛呢？方佳南随手一指，说那边呢。俺就望见毛毛在那边挽高裤腿在踩泥，她还没看见俺来。俺说，先别喊她，俺们三个说说话。俺问，怎不回生产队呢？向云林不响。方佳南说，到县里时，都说好了，让回老家，可到公社一级时，就带这儿来了。俺那会儿还不知晓是立夏使的坏，说，是不是有啥人为难你们呢？两口子不响。是不想多说话的样子。俺说，老屋就俺一个人住，空得很，俺接你们三个回去住。方佳南说，那敢情好，可我们……

俺说，你们回生产队的事俺去办，你们不用操心。你两个过去，喊俺的毛毛过来。毛毛听说俺来了，连腿上的泥都没洗一下，跑过来抱住俺就哭起来。俺说，毛毛你多大的人了，还哭？毛毛说，大娘，我还以为，是你不要我爸妈了呢！俺玩笑说，你爸俺可不能要，他是你妈的，可毛毛是俺的，谁也争不去的。毛毛说，那你要我妈不？俺听出了毛毛话里的意思，他们三个不能回老家生产队，不定是俺不同意呢。可俺不答她的话，俺说，你身体还好吗？那该来的好事每月都有吗？毛毛还是个哭，边哭边点头。俺说，那就好，等过几年，大娘给你找个好女婿，生孩娃，好好做女人。毛毛说，俺啥都听大娘的，可大娘你不能不要我爸我妈了呀！俺说，毛毛你先过去踩泥去，等着俺来接你们回去。毛毛过去时一步一回头地看俺。俺看毛毛那不舍得俺的样子，俺的心都快要碎了，都忍不住快要落泪了。就丢砖块似丢了句狠话，毛毛你记住，俺要是没法子把你们一家三口领回去，你往后就别叫俺大娘了。

离开砖厂，俺又去公社找熟人打问了下，就知晓其实是当了主任的立夏使了坏。俺想了想，先不声张，免得惊动立夏，打草惊蛇。俺回家后，找来生产队长商量向云林一家三口回生产队的事。听说俺到南岔砖厂去看向云林一家人了，全队上男女老少都跟着过来了，不等生产队长说话，大伙就七嘴八舌说开了，说向云林是从俺队上跟贺文常出去打江山的，如今，向云林不在官任上了，俺们都不要他，他还靠谁去？这个时候，俺们就是他的靠山。又说，贺文常是不能回乡，他要能回乡，俺们都该八抬大轿抬他回家。生产队长说话了，说大伙说得对头，大伙说怎么办就怎么办。可现在公社这一级受到阻梗，大伙得团结起来，劲往一处使，都听王腊月的号令，把他们一家三口弄回来。明儿呀，大伙都不上工了，全都给我去南岔砖厂接人。俺与王腊月合计了下，明儿的事情是这么的，先让王腊月到公社说去，主要是说清大伙的意愿。公社要是同意呢，那事情就是个顺利，正合全队人的愿。可王腊月这边要出意外，就是公社作梗，不让人回家，那就得劳大伙有胆气有担当，动手把人给我抢回来，大伙敢不敢？大伙齐整整地答说，敢。声音大得快要掀掉屋瓦。那晚上，生产大队长不知从哪听说这件事，他这时赶过来，听了俺与生产队长的主意，说这件事也是全大队的事，要用得着他的时候，他就全大队找人去抢。

第二天，俺与生产队长就带着全生产队的男女劳力去了公社。俺让大伙等在公社机关外面，莫要张扬，俺则带了师长夫人和辣子进去找立夏。一个端着步枪的民兵上来拦挡，俺耍出威风来，跳上去就是一个耳刮子，说老娘是你们王书记的亲娘，你要再敢动枪，看俺怎么收拾你。俺把立夏那花生子堵在办公室里，让师长夫人和辣子把着门，俺就跟立夏讲做人的道理。俺开先就说，听说你改名换姓了，叫王立新。有本事你连姓也没莫要了。立夏猜不透俺要干啥，说，俺是跟娘你姓呢。俺说，你改向姓王，就是说，你亲老子可以不要，娘还是要的。立夏说，那可不是。俺就直接说了，向云林一家三口，大老远回来，都当农民了，你怎么百般阻梗人家回家，连面也不见。立夏说，俺让这事难着了，俺是不想让他一家三口回去。他们要与你一个生产队，一块儿出工，弄不好，还要与你住一个屋檐下，那有多丢人现眼呀。俺说，俺想他们三个回去，俺不怕丢人。立夏说，娘，你看，俺正琢磨把他们弄到猪倌屋那山里头，让他们一家三个都看守林场。俺摸清了立夏的心思，下面该说哪些话，俺自然就会说了。俺说，立夏，你改名换姓，这事先不说，可你在对待向云林一家人的事情上，可丢失了做人的良心。你做得有两大不该，这一，你不该不见他，还把他一家人赶到南岔砖厂劳改；这二呢，你不该不让他一家三口回家。俺说的第一条，已经过去，就不说了。俺要说的是第二，你不让他们回生产队。你想，他们当年这批人是把脑壳提在裤腰带上，跟你文常伯出去打江山的，他们死了多少人。结果，俺洪家关大队就你岳父和你亲老子活下来，多不容易呀，多大的造化呀，他是出生入死的人，是几百人中才活下来一个的人，这人现在要回老家，你却不让他回，你说你该不该？是的，向云林是个犯了错误的人，可他还是个人，是个为天下穷苦人打下江山的人，再说，他犯的错误，不是伤天害理，不是欺宗灭祖，不是人性变坏，脑壳上长疮脚底流脓，他是为救人性命让人拉了一车粮才犯发错误，俺的儿呀！按说你该是比俺懂得多的，可在这件事上，你就是做错了。俺就说说你不见他。他要是在官位上，他没犯过错误，你不见他，别人还说不上你啥，有些人兴许还对你刮目相看。可他现在却是犯了错误的人，是个落难的人，他拖家带口没廊场去了，只剩回老家一条路了，这个时候，老家是他最后的依靠。你不见他也就罢了，可你却要一棍子将人打死，连这最后的路都给堵死，这更是大大的不该。你要回家，组织都批准了，县里也没人阻拦，你却从中作梗，你这是戳人肺管子地伤人的心啦，俺的儿。说到这儿，俺问立夏，道理俺给你说了一大通，你听懂没听懂？立夏不响。俺就对站在门口的辣子说，他辣子大娘，你进来，让他戴娘娘一个人把门。辣子应俺一声，进来了。俺正经对立夏说，你要弄清明，你首先是从娘肚子里出来的，你要是今儿不答应放你亲爹回老家，俺就以你亲娘的名义，以你戴娘娘当初接生你的那双手的名义，以埋在俺屋后坡上的你爷爷的名义，收回你的小命。俺叫一声辣子，你过来，动手吧！辣子又应一声，好的，俺听你的。俺对立夏说，俺让你辣子大娘做帮手，要把你活活掐死，俺说辣子大娘，上啊！俺和辣子一起冲上去，辣子扭住他的一条胳膊，俺则抓住他的头发，一下子就把他放翻在地。立夏倒在地上，两手胡乱招架着，嘴上说，亲娘咦，俺依你的，依你的，你说怎么办就怎么办。俺和辣子把他压在地上，没让他起来，俺说，你给砖厂那边写个条子，再盖个章，俺过去领人。随后，立夏就按俺说的，写了条子盖了章，又喊那位吃了俺耳刮子的民兵进来，交代他领俺去砖厂。立夏又对俺说，领了人，一定再带来公社登记，才可回生产队。

俺三个寡妇和那民兵从公社机关出来，早候在外面的乡亲们随俺去南岔砖厂领人了。俺带这么多人来，是做了两手准备，他立夏要是死硬到底，俺也不会把他掐死，可俺得动手把人抢回去。幸好那天立夏写了条子，没发生让双方难堪的事。

到砖厂把人领出来时，那位民兵要俺把人带到到公社登个记，办个手续去。俺说，这人到俺手上了，管他手续不手续，大伙都马上回家。一百多号劳动力，早鼓了一包子劲，却没使出来，这时又领到人，都快疯掉了，就三个人一伙三个人一伙地，手架着手，把向云林一家三口给抬了回去。向云林、毛毛、方佳南都嚷着要自己走回去，大伙却始终不放他们下地。回去的路上，欢笑声，哦嗬声，直惊得天上的云团奔过来跑过去地看热闹。

六年后的一个晚上，当向云林躺在祖屋里一点一点地死去的时候，他仍在回想这天全生产队的男女劳力把他一家三口从南岔砖厂抬回来的情景。从一九三五年十一月十八日，他们洪家关村的十三勇离开家跟着贺文常出外打天下的那天起，他唯一感到知足和快意的正是这件事。可这种知足和快意来得太漫长了，这中间隔着三十二年，而三十二年间，他得经见十五年的南征北战和无数次与死神的擦肩而过，在后来的一些年里，还得像猴子掰苞谷棒子似的把得到的荣华富贵随手丢弃，最后又因那车救命粮犯下错误（还连累毁掉那位谢副部长的前程和命运，为这个他欠下了这一生也无法偿还的情感债），他这才能够下放回乡。他想他幸亏犯了错误，不然，那种因家乡人热切得不问情由地抢他回去而得来的知足和快意怎么会闹进他的心头呢？

<h1 style="text-align:center">六十一</h1>

师长夫人

　　月晕而风，础润而雨。俺洪家关贺氏家族中的几位遗孀中有个刘定姑。算起来，她是文常哥的堂弟贺干臣的老太。贺干臣早年在上海，他是地下党，搞情报工作，一九三六年死在上海国民党监狱中。刘定姑唯一的儿子也在一九五六年病死。一九五八年她进光荣院时，已经是一个疯疯癫癫的人了。一天，她在洪家关乡街上看到游行队伍呼喊口号，回到光荣院她便关紧房门，便长一声短一声地哭起来。第二天早上，不见她来吃饭，去敲门喊她，看见她用自己的裤腰带把自己吊死在床架上了。

　　俺不准再住光荣院，让俺回生产队，参加集体生产。青松被开除供销社，回生产队接受管理。

　　每当俺饥渴时，会有人事先在俺走过的路边丢下一根番薯或萝卜，让俺捡了吃；每当集体出工俺干不动时，生产队长就会装作凶煞煞的样子呵斥俺：你个富农婆在那儿死撑啥呢？累倒了想害人吗？还不快些滚回去！

人们为什么突然对俺变得这么好？多年后，乡亲们在回忆往事时，对俺在春生的坟将被挖掉时以吃水蟒藤相抗争给予了无以复加的夸赞。乡亲们全被俺打动了。说俺一个老人，不害人，不偷人，不搬弄是非，还那么有情有义、心地良善，是个好人。他们不该与俺过不去。

生产队长对俺好了，社员们也对俺好了。俺和大伙一道上工，只是摆摆样子，想干就干，不想干了就待一边歇着，再不会有人对俺吆三喝四。每天还不到放工时候，俺就走了，到春生的坟地去。每天这个时候，俺都要陪春生说一会儿话。

再隔一会儿，太阳落土了，收工的社员们拖着疲乏的身子慢慢走回家去，就会看见靠着春生的坟坐着的俺。他们不招呼俺，也不高声嚷叫，为的是不搅扰了俺和春生，他们很快走过去了。往后的好多年里，俺坐在春生的坟前陪春生说话的样子，就如同长在那儿的一棵树，那是人们熟悉得不能再熟悉，熟悉得甚至已经忽略掉的一个景致。好多年后，大伙在回忆往事的时候，总是感叹那是一幅令人眼热的画面，许多年来一直让他们从心底里惊叹。

在那个风吹雨打的年月，受磨难的人心里尝到的，其实也不全是苦。而反过来讲，人要是不平头每日荷锄，怎么又会懂得人的真和真性情呢？人啊，要说最难得的，还是这个。为人一世，识到了这个，才算是幸，是福。

还有青松。青松的姻缘就是那时候动的。有一次下大雨，生产大队后山的堰塘快要决了，男女劳动力都赶去那儿，扩挖溢洪道溢洪。那是一九七〇年，向云林的小女毛毛也是生产队的人了，也参加了那次抢险。这事简单点说，毛毛从没经见过这事，不懂得自个保护，不小心从溢洪道冲下去了，大伙都丢了手上的活去救人，结果是当过兵体力最好的青松，冒死从快冲到杨柳溪的那段水沟里救起了毛毛。救起毛毛时，她肚子里灌进去好些水，人迷糊了，都不知道是谁救了自个。可事后，救了毛毛的青松并不在向云林一家人面前显摆，平日里在做工的田间地头，在路上见了毛毛总是远远地避开。可毛毛总是有事无事地要接近青松，她爱与他一块儿做工，爱找他拉话。毛毛与俺也变得亲近了，她常到俺屋里来与俺拉话，帮俺做家务，俺要是下河洗衣，她一定也去。俺看出毛毛的心思来，私下里就正经问她，是不是喜欢上了青松，毛毛红着脸对俺点了头。俺又问她，你不嫌青松大你十一岁。毛毛说，我不嫌。青松哥和我以前处过的对象大不同……稳住了毛毛，俺先找腊月说这事。腊月一直在帮俺相儿媳妇，现在毛毛看上了青松，她和俺一样高兴。俺和腊月就一块去跟向云林、方佳南两口子说这事。他两口子不知道毛毛喜欢上了青松，可对青松的人品、劳动能力和文化水平却是称道的，两口子只稍微想想，就同意了这事。半年后，青松就把毛毛娶进了屋。

青松是四十一岁上娶的毛毛。他们两个相差十一岁，可青松不老，毛毛也不小。两个都身板结实，又是夫唱妻和，如胶似漆，他们在十年间不断气地为俺和春生添上五个孙娃，三男两女。青松与毛毛两个，都是生产队各方面一等一冒尖的人。他两个都有文化，也一直学文化。一九七七年，国家恢复高考，毛毛都是三个孩娃的娘了，俺和青松都支持毛毛去考。毛毛一考考上了本省的一所大学。可后来，大学录取通知书都到了，毛毛却是没去上。是毛毛自个做主不去的。毛毛怀上了第四个娃。她说，上大学重要，可俺生娃更要紧。不过呢，那大学毛毛也没白考上，全县关心上大学的人都听说了洪家关有个考上了而不去上的人叫毛毛，那时候人才紧缺，不久毛毛被请到公社中学代课，几年后公社改乡了，学校仍是缺教师，毛毛不仅转了正，后来还当上了乡中学的校长呢。

六十二

刘大兴屋老太

俺女婿学文被关起来。一关就是半年。

李参谋进城去找学文。李参谋走时，早芹屁股后面跟着建新和国强，去送他。早芹已是三个孩娃的娘了，援朝十八岁了，二的叫建新，六岁，三儿叫国强，四岁。

那一阵子，早芹的眼睛突然不好使了，看啥都模糊，越来越模糊。李参谋想起早芹小时候失明的事，忧心得很，恐怕她又会看不见。走到村口，李参谋说，早芹你放心，学文没多大的事，你少烦心，我和学文很快就能回来。

走一阵子，回头看，早芹与两个儿子痴痴望着他。李参谋挥手，让他们回去。又走一阵子，回头见早芹娘儿三个还是痴痴望着他。早芹一只轻飘飘的手在空中扬起，像一只受伤的鸟慢慢晃。李参谋有了种不祥的预感，心里泛起少有的凄楚。转身迈步时，泪水流下来。

半夜，与学文关进同一间屋子的李参谋醒来。他感到他的心似被一把刀剀着，一下一下。他悲哀地说，学文，你要好好活着啊！

这天早饭过后，李参谋一个人悄悄爬上一栋厂房楼顶。李参谋向城外的大路张望，等他的目光望空了，浑身颤抖了一下，感觉无边无际的荒凉像突然降下的冰窖一样，根植到他全身。李参谋想，老子从这儿跳下去摔死算了。脑子里放电影一样，将何文池被敌人砍头，姚萍跳崖而死，还有早芹的嘎婆及两个舅舅的死都放一遍出来……

正要往下跳那一刻，李参谋不经意抬了一下头，这一抬头，他的目光被长长地拉出去，他看到了无比心酸的一幕。

在通向县城的一条黄土大路上，一个瞎子在匆匆赶路。瞎子手里细长的竹棍，伸在身前两步远的廊场探探点点，引瞎子前行。可竹棍毕竟是竹棍，竹棍探得清路，却探不了路上的小坑陷阱。李参谋看到瞎子脚一崴，摔了个嘴啃泥。瞎子摔狠了，保持面部身胸贴地的姿势，半天没动。李参谋又看见瞎子慢慢坐起来，揉了会儿两只小腿，站起来，又匆匆上路。李参谋看不清瞎子的面目，却从瞎子行路的样子，看出那是谁了。

李参谋想，我还不能死啊。我死了，早芹怎么办？学文怎么办？这一家人怎么办？

看守人员也看见了李参谋，他们喊道：站在那儿干什么？赶快下来！

李参谋想，却原来，死，比活还难啊！

最先看到失魂落魄的李参谋的，是楼下的学文：爹，你干什么？

那赶路的瞎子，正是早芹。

李参谋好些天没见回家，早芹心急得火燎似的，接着眼睛就看不见了。她想：眼瞎了，心亮着呢！俺不能丢下爹和学文不管。她交代援朝带好两个弟弟，天一黑就上路，朝县城的方向紧走慢赶。早芹的眼瞎了，可她辨得清去县城的方向。于是，二十几里的路，她走了一夜，统共摔了几十个跟头。一次她跌进一个刺蓬里，好不容易爬出来，荆棘却将她的外衣挂得稀烂，再上路时，几块的烂布鸽子似的迎风扑扇。一次，她扳进一丘水田，全身湿透……天亮太阳出来时，她总算赶到县城边上了。

早芹经人指引，找来厂院外。而此时李参谋和学文眼里的早芹，竟是一个衣衫脏破、浑身泥垢，满脸挂花的可怜人儿了。

李参谋说，早芹，你的眼睛……

早芹说，俺的眼睛前两天就看不见了。

李参谋说，你看不清了，你还到这来？你看你，摔了多少跟头。

早芹说，我昨儿天一黑就赶路，是想告诉爹爹和学文，一定要活下去。千万，千万别想不开啊。

李参谋的心抽几下，说，你到这儿来，就是为着告诉爹一句话？

早芹说，爹啊，要活下去，活下去比啥都要紧。

李参谋想，幸亏我没跳。李参谋就说，早芹你放心，爹好好的，爹不会怎样的。学文也好好的。你回家去，好不好？

早芹没回家去，好几天，她都在那厂院大门口转悠。

有一天，造反派又对李参谋大打出手。就在厂院里，皮带、枪托、拳脚一起招呼，把李参谋打得滚过来，滚过去。待在大门口的早芹喊，你们不要打他！你们不要打他！说着就往厂院里冲。大门口的造反派看守拦住她。一方要进，一方不让进，双方撕扯起来。随后，两个看守人员一人抓住早芹一只胳膊，往大院外拖。早芹爆出全身力气挣脱，两手狂抓乱扯，两个看守人员头脸被抓出血来。这终于惹恼了其他看守人员，他们涌上来，动手将早芹制住，再往大门外拖去。因为担心早芹用头撞用牙咬，其中一人抓着早芹长长的头发，用力牵扯着。学文一直不透声气地老实地站在那儿。这个动作，突然激起他的满腔怒火，忍不住大吼一声：你们放开她！她就是个瞎子，你们这样对她，你们还有人性吗？

从被关进来的那天，学文给造反派们的印象，一直都是弱不禁风的样子，没有与造反派发生大的冲突。而此时，在看到自己的青梅竹马又相依为命，为自己生养过三个孩娃的老太刘早芹如此被人凌辱，他终于忍不住了。

几个看守人员竟被学文镇住，不自觉放开早芹。早芹伸出手，摸摸索索朝前走去：爹，爹呀，你还在吗？

一个小头目走过来，朝几个看守人员吼道：拖出去！给老子拖出去！他们一起上来，抓住早芹往外拖去。

学文看不下去了，像一只恶豹样扑上去。像学文这样当过兵有过在战场上出生入死经历的人，一旦变成了恶豹，就没人拦得住。眨眼之间，几个抓着早芹往外拖的看守就翻倒在地。学文出手又快又狠，几个看守人员不是被打歪了下巴，就是被打肿了脸，其中一个让学文一脚踢出去两丈远。

学文矮下身子，将委顿在地的早芹紧紧抱在怀里。

厂院里集中了两个班的持枪民兵，他们都被印象中病猫似的学文突然爆发的举动和功夫惊得发慌。可在造反派那小头目的喝喊下，他们立即操起枪一起奔过来。接下来，几个二百五民兵抡起枪，朝学文狠狠砸去。杂木做的步枪枪托十分结实。谁都听得见学文身上钝物撞击人骨发出的沉闷声响。这时已没人管顾先前被打的李参谋，他踉踉跄跄扑过去，扑在学文身上，他要以自己身体盖住头上身上受过枪伤的学文。可他们将李参谋拖开去，继续用枪托砸。早芹虽看不见，可那砸在学文背上的每一下都如同砸在她心上。早芹开始求他们：你们不要打他，他身上有伤！他的头上有伤！这倒是提醒了他们中某个失去了理性的家伙，那家伙抢起枪托朝学文的头砸下去。这一时刻，身心灵醒为一体的早芹暴跳而起，她要用自己的身体挡住那一枪托，自己就是死，也不能让他们将她的男人砸成个废人。然而，早芹到底还是迟了一点点，结果是，她的头不巧与那一枪托相撞，伴随一记清脆的骨裂声，早芹发出一声令人毛骨悚然的尖锐惨叫。殴打戛然而止。

李参谋挣脱抓缚，喝醉了酒似的扑过去，两手捧住早芹的头：娃呀，你怎么了？娃呀，你怎么了？

六十三

何文池屋老太

那时，俺虽不在人世了，"文革"也没牵扯到俺家啥事，可俺时刻关心着洪家关的事。俺想说说铜牙子。铜牙子一个瞎子被牵扯进去了。俺说出来，你要觉得没啥用，别往书上写就是。

铜牙子因为卜算，说是搞封建迷信，也被当作"地富反坏右"关了起来。地富反坏右们有时被拉到县城外修河堤，有时接受批斗。而当他们被关到那厂院的时候，等看守人员一转背，就找铜牙子卜算。这有点没事可干寻开心的意思。铜牙子也不端架子，谁找他，他都卜算。有一次，有人就当前的运动问起他天下形势。铜牙子兴口便说……再等不到十年，国家必有大变化，到时会清明反正，国家要走上正道……啥的啥的，俺学他不圆，反正是说了一大通。想不到，铜牙子这话让造反派给听去了。

听到铜牙子话的那人叫王军犬，是负责看管和批斗地富反坏右分子的小头目。王军犬听到铜牙子那话，觉得这是阶级斗争新动向，事情很严重。

王军犬是洪家关公社的一个年轻人，他爹新中国成立前在南门大码头当过搬运工，解放后王军犬子继父业，在县航运队混过事。他本是个吊儿郎当人，上班三天打鱼两天晒网的。偏是，他自认为怀才不遇，英雄无用武之地，所以"文革"运动一来，他觉得他的机会来了，于是勇敢地站到风口浪尖上，当上了造反派的一个小头目。

王军犬指使两个打手将铜牙子拖到院坪。王军犬像对待其他地富反坏右分子一样，命令铜牙子跪下来。铜牙子不跪。平常，铜牙子走哪儿，人们尊重他。现在一个晚辈突然让他下跪，他不习惯。他手挂竹棍站着，戴了墨镜的脸就像平常那样微微仰起微微笑着，什么也没听见似的。王军犬又呵斥他跪下来。铜牙子冷冷地说，俺铜牙子跪天跪地，就是不给目无尊长的人下跪。

关着的那些人正趴在窗户边观望，王军犬觉得自己的威严大打折扣。他心里怨怪铜牙子，你不跪就不跪，竟连个下台阶的机会也不给。你既要硬碰硬，那就别怪我不客气了。于是大喊道：阶级敌人不投降，就踏上一万只脚，让他永不得翻身！

王军犬的话音刚落，旁边一个打手上前就是一脚，将铜牙子踹得扑趴在地，墨镜摔下来。

铜牙子慢慢爬起来，手拄竹棍站直，依然脸微仰、微笑，一副誓死不下跪的样子。

王军犬冷笑一声，上前一脚踩住墨镜，只听见格剌剌一声响，墨镜碎裂了。铜牙子脸上的笑突然梗住，腮上的肌肉一阵阵抽搐，铜牙子说，我好言劝你，别把事情做过头了，日后免得遭人戳脊梁骨……

王军犬鼻子哼一声说，你个阴阳先生，煽阴风点鬼火一直是你的把戏。告诉你，与无产阶级专政作对，绝没有好下场！

铜牙子说，你既然不听劝，那我就不说了，要杀要剐，你就痛快点！

王军犬说，没那么便宜，事情不和你理清，别人还以为我欺你眼瞎。你说说，你为啥搞封建迷信？为啥污蔑"文化大革命"？

铜牙子不响。

王军犬说，你是不是说，到那时，国家走，走，走上正道……你这不就是居心叵测，污蔑"文化大革命"吗！你是梦想着变天！告诉你铜牙子，革命群众的眼睛是雪亮的，你的阴谋我一识就破！

铜牙子说，军犬娃，人讲话要凭良心。今天的事，你非得上纲上线，那俺就不和你说了。俺还是那句话，要杀要剐，痛快点吧！

铜牙子嘴角浮出一丝笑，本来微仰着的脸再向上一扬，不再言语。王军犬觉得铜牙子是在轻视自己。他坏得这么明目张胆！是可忍，孰不可忍！王军犬怒从心起，他走近铜牙子，突然飞起一脚，将他踢倒在地。

铜牙子哼也不哼一声，又从地上颤巍巍爬起，再站直。现在一阵风都能将他吹倒，可他偏要站着。

巧不巧的，这时候发生了刘早芹闯厂院的事。刘早芹那边刚闹起来，王军犬就挥了挥手，让打手将铜牙子提拎走了。不料节外生枝，铜牙子身上的一件东西叮当掉落地上。那是铜牙子随身带着的铜花生。认识铜牙子的人都知晓，铜花生是铜牙子最要紧的东西。王军犬弯腰顺手捡起来，揣进口袋。他感觉他已捏住了铜牙子的命门，得意地笑了。

刘早芹这边闹完，砸伤了头的她也被拖出去后，王军犬想起铜牙子的事还没完，就让人再把铜牙子拉出来。事情真如王军犬所料，铜牙子一见到他就说，军犬娃，你把东西给我吧！

什么东西呀，这么要紧？

铜花生，和我的命一样要紧！

你认罪吗？

我对不住大侄子，我有罪！

你早干什么去了？现在知道自己有罪了！

我有罪，把铜花生给我吧！

东西我倒是捡得了一件，本来我是想还给你的，可我又一想，这件东西来历不一般，就不能给你了？

没什么来历，一件小东西而已。

铜牙子歹话好话说尽，也没讨回铜花生。王军犬被他缠得没法，说铜花生已上交到造反派司令李大江手里了。铜牙子愤怒了。他狠狠地说，告诉你王军犬，你是小辈，瞎闹，不懂事，别的事我都能原谅你，可铜花生你非得还我。我说了，这件东西和我的命一样要紧。你要不还，哼，告诉你，你算是得罪下俺了，俺，俺，俺会缠住你不放，让你永不得安生，俺就是做鬼也不会放过你的……

铜牙子越骂越气，猛不丁地一竹棍打过去。王军犬没提防，他的额头挨了一击，嗷地叫一声，顿时矮下去，蹶在了地上。铜牙子眼瞎，那竹棍也不长眼，王军犬便挨了这一竹棍。

这下事情可严重了。王军犬还没来得及起身，大院内那三五个手持步枪的打手们跑过来，挥起枪托，全往铜牙子身上砸。铜牙子像一张烂鱼网似的瘫在地上。

不知过去多久，才悠悠一口气醒转。铜牙子声音微弱地呻吟着。想爬起却半天没爬起。

终于，他两手撑地，慢慢抬起他的上半身，又腾出一只手伸向前，扯尽力气喊道：王军犬，还俺铜花生！

王军犬头上已缠上了纱布，他走过去，咬牙切齿地说，明白告诉你，铜牙子，铜花生我是不会给你了，你喊也没用！

王军犬伸出脚踩住铜牙子的身子，变换出类似关切的语气：你没死，你还好吧！

铜牙子用微弱的声音说：我不扳倒你这个黑心狼，我就不会死！

王军犬冷笑说，你是鸭子死了嘴还硬。你不是会卜算吗？那你算算，你啥时扳倒我呢？

铜牙子轻轻地，甚至是以平和的口气说，你放我出去，不出三天，我就能扳倒你！

王军犬呵呵着说：那好，我现在就放你出去，我倒要看看，你怎么扳倒我？随即补说一句：我怕你是有那份贼心没那份贼胆！

铜牙子竟然站起身来，偏偏倒倒地朝大门外走去。他左手拄竹棍，右手举过头顶，连头都懒得回，右手伸出三个指头来：三天！不出三天，俺铜牙子一定扳倒你。过了三天，俺扳不倒你，俺再回来，随你怎么剐杀都行。

他又说，这回，你就是头牛牯，俺也要把你的牛角扳下来！

到了这一步，事情真的变得严重了。这当然是对王军犬而言。只是他不会卜算。他真是小看了铜牙子这位远近闻名的卜算子，竟然就这么眼睁睁地看着他走掉。

六十四

向云林屋老太

铜牙子走出厂院后的事，俺也掺和进去了。

俺掺和进去，是因为向云林和方佳南两个也被关了起来。被关了的向云林和方佳南吃过亏，却都是些小亏，没像铜牙子、李参谋、陈学文几个那样遭到毒打，就不说了。

铜牙子遭打后的第二天早上，桑植县城出现了有史以来最奇特的一景，十几个瞎子静坐在那厂院大门口，他们黑污着一张张汗脸，翻着没了水分的白眼，挥动着手中竹棍高喊道：还我铜花生！还我铜花生！

这些瞎子中，有一位特别打眼，她就是刘早芹。刘早芹的瞎，不是眼睛枯干没了水分的瞎，她是眼珠子明亮却看不见的瞎，加上她是个女人，所以看起来特别打眼。刘早芹一家三口遭打和铜牙子遭打碰在了一天。昨天，造反派把砸伤了头的她拉出厂院后，她哪也没去，就偏倒在厂院门口，嘴里不停地骂着些啥。后来，遭了打的铜牙子从厂院里出来，他两个就待一块儿了。黑夜到来后，十几个幽魂一样的瞎子，一个一个来到他身边。瞎子们用他们掌握的民间药方为他两个敷药疗伤，又拿些东西让他两个吃，天明时，瞎子们便做出这番示威抗议举动。

此时县城外几条乡间小路上，几十位寡妇老太正往这边赶。俺昨天傍晚听说铜牙子和刘早芹都遭打了，就立马出门，连夜联络洪家关公社的寡妇们，打算去县城和造反派闹一闹，不许他们再打人。不料，消息传出去，周边几个公社也来了一些寡妇老太。

寡妇老太们来了，厂院大门口的人越聚越多。王军犬没理睬这些瞎子，他觉得他们是阴沟里的泥鳅，翻不起大浪。晌午时分，寡妇老太们和瞎子们一起离开。

人们看见十几位瞎子手握竹棍，前后相牵，慢慢在街上走着。寡妇老太们则前前后后，领着、跟着他们走。不管是寡妇老太们，还是瞎子们，这时都是一脸庄严和肃穆神情，好像是要赶赴一场纵是死也要完成的大事情。全城都被惊动了。人们看见，这些人黑白相杂的枯发根根立起，也许是不堪风吹，枯发的上半端在空中拂拂扬扬，让人想起世间许多伤心事。

寡妇老太们和瞎子们来到县城西郊大路旁的一处宅院前。这处宅院规模大过平常人家的两三倍。他们一个一个进去，成行地盘腿坐在阴湿的地上，然后将一张张命薄人脸仰起，望向苍茫天空。

这座宅院的主人，就是俺的亲家公彭兴汉。多年来彭兴汉养尊处优，每天都要睡一个长长的午觉。这天午后醒来，他老太，俺的亲家母进去告诉他：来了一院子的人，有十几个瞎子，其余都是些寡妇老太。彭兴汉不知道来这么多人干啥。当他听说俺也在其中，立马拄着棍子走到院子里。高声喊道，亲家母来了哇！俺回应道，今儿没亲家母，今儿只有来向您请愿的人。

　　平常，这个宅院里什么人都来，县里领导、中小学生、边近农民、街上摆摊做小生意的、还有讨米叫花的人……谁来，他都不烦。要汇报，就听汇报；要讲故事，就讲故事；要给县领导讲句话，就卖个面子给县领导讲句话；叫花子要吃的，就打发些吃的……他晓得，桑植人都敬他，都愿意亲近他，他也乐意让人敬让人亲近。要是哪天院子里没了人进，他会生了病似的心慌难受。而今天，来的却是一院寡妇老太和瞎子，这时也听俺说是来请愿，就晓得今天这些人来找他办的事非同小可了。就不再跟俺单独说话，他说，大伙是有啥冤屈了，慢慢说来，俺要能办，一定会给大伙办！

　　彭瞎子朝院子里跪着的人拱手作揖，并俯身将他们一个一个拉起。可他们被拉起又坐下。正惊疑间，突然异口同声一股呼喊拔地而起——彭清天，您给申冤啊！——冲撞得他脑门子发麻。

　　大伙让铜牙子站到彭瞎子面前去。彭瞎子伸出手将铜牙子的头脸摸过一遍，摸到的尽是风霜雪雨。

　　彭瞎子问，你是谁？

　　铜牙子没说他是谁，他说他是张大胆的亲外甥。

　　彭瞎子极是灵醒，立马想起几十年前文常哥的警卫排长。

　　彭瞎子掉下泪来。他微仰起头，那样子好似在看着极远极远的天空，其实他是在回忆遥远往事。他说，张大胆是我到死都不会忘记的人。一九三八年，在山西抗日战场，天上鬼子的飞机丢下一颗炸弹，就落在贺老总的身边，是张大胆将贺老总扑倒，再用自己的身体紧紧盖住贺老总，贺老总才躲过一难啊……张大胆却死了。开追悼会时，贺老总对我们桑植老兵说，大胆是我姑表外甥，为救我死了。大家帮我记住，桑植老家他还有位瞎眼外甥，打陈家河那一仗时，他帮我们送过情报，等以后革命胜利了，不管谁回桑植，都要特别关照啊！贺老总问我们记住了没有？我们都大声说记住了……

瞎子们和寡妇老太们都纷纷落下泪来，还有人呜呜哭起来。

彭瞎子摸着矮他一头的铜牙子的脸说，一九五八年洪家关办光荣院，我就特意给县里领导转达了当年贺老总的话，后来县里派人查找到你，又请你到光荣院去住。可听说你在光荣院住不习惯，没住多久又走了。

彭瞎子问铜牙子，是不是有这回事？

铜牙子将头依在彭瞎子宽阔的胸膛上，孩子似的呜呜哭着直点头。

彭瞎子说，可这么些年了，你为啥不来找我呢？不，是我不好！我为啥就不打听打听你呢？我彭瞎子真是白活啦！

铜牙子说，彭叔叔请千万别这么说。俺不来麻烦你，是俺自有俺的日子，俺活得自在。俺没有怪你的意思。

彭瞎子说，闲话少讲，你就给我讲讲，你是有啥冤屈，只要我彭瞎子办得到的，我就是豁出命来也要给你办。

铜牙子就把县城里造反派乱关人、乱斗人的事说给他听，又把造反派头子王军犬没收他的铜花生又狠打他的事说了，把刘早芹一家三人都遭打的事说了。

彭瞎子问，你说的那件铜花生是件啥？

铜牙子说，铜花生是俺姑公送俺的，俺带在身上都几十年了。你晓得的，一九三五上半年，在打陈家河那一仗前，俺给姑公送过情报，俺见到姑公时，他老人家蛮高兴的，就送了俺三块光洋和一大捧子弹壳。后来，俺请铜匠把那些子弹壳串起来，那就是俺的铜花生……彭师长，那铜花生跟俺的命一样要紧！

彭瞎子说，我晓得了，铜花生是姑公留给你的信物，是你的一份念想，这当然重要！

可彭瞎子直爽性子，没有顾忌地说，可那铜花生，也不比你的命要紧呀！

铜牙子说，铜花生小是小，却是我的信仰啊！

彭瞎子说，孩子，你就给我讲讲，啥叫信仰啊？

彭瞎子活了大半辈子，关于信仰的事，没人比他听得多。战争年代，部队首长讲；和平年代，报纸讲，广播讲；老红军党支部开生活会也经常讲。此时，他倒想听听一个瞎了眼的卜算子，能讲出啥新名堂。

铜牙子说，一个人，瞎了眼，得找个理由活下去，就是信仰。

彭瞎子耳朵抖了一下。他也听见盘腿坐在地上的人们耳朵抖动的声响。铜牙子这话在这满院的瞎子和寡妇们听来，真是振聋发聩了。铜牙子的话，让他们想起他们在过往的人生光阴里，无人能替他们承受的所有苦难，那打落的牙齿肚里吞，有了泪水喉咙里咽的辛酸，没人能比他们体察得深透。他们为啥都活着？那是因为他们心中各自都亮着一盏信仰的灯啊！

彭瞎子默了会儿说，我懂了，孩子，这件铜花生着实和命一样要紧！

彭瞎子一张泪脸朝院子里坐着的人们转扫一遍后，甩下一句字字砸坑的话来：只要我彭瞎子一条命在，我非得把那些批斗的人抢出来！将铜花生夺回来！

彭瞎子从院子里坐着的人中挑出十来个，分赴县境澧水延伸的各个纵深处，去搬愿听他指挥打仗的三十几号老兵。他们都是长征过来的人。当年文常哥率领的将近两万人的长征队伍，其中桑植籍子弟兵就占五六千人，新中国成立时，这五六千桑植子弟兵活下来的也不过几百人。而这些人中，像彭瞎子这样卸甲归了乡的，也就这些人了。包括彭瞎子在内，一共三十六人。用彭瞎子的话说，正好一个加强排。这些人除彭瞎子眼盲不方便行走才住在县城西郊，其余都回到了生养他们的乡间，过着他们战争年代梦想的田园生活。新中国成立后，县里设老干局，老红军们工作和生活归老干局管，老干局每要给他们开会，都在彭瞎子家集中。他们散漫无羁，不愿受人管，更不愿开会，都玩笑说，座谈会、团拜会、慰问会、党支部生活会……一年要开多少会？少开为好！少开为好！要是有仗打呢，那是另一回事，保证寅喊卯到，日里喊日里来，夜里喊夜里走。

以往要集中开会，都是摇把子电话从县城打到公社，再由公社去通知。而这次，却没打电话，彭瞎子派出了"通信兵"，都是寡妇老太，有三个还是瞎子，显得紧急而神秘。那些已是五六十岁不再年轻的老兵，每个人接到口信的时候，一下子就掂出事情的重要和特殊：或许真的有什么战事了，或许是要上山打游击了，需要我们老兵重新出山了。他们又想：彭师长之所以不给公社打电话通知，而是派人送口信，一定是怕走漏了风声。他们个个热血偾张，说不出的兴奋，觉得年轻又回到了身上，他们立马出发，马不停蹄，第三天早上，就全都集中到彭瞎子家院里了。

老兵们一个不少，都挺胸凹腹地站在彭瞎子面前。

彭瞎子开始作战前动员。他让铜牙子站到老兵们面前，问大家还记不记得贺老总的警卫排长张大胆，老兵们都大声回答记得。把铜牙子介绍几句，问，张大胆的亲外甥是不是我们大家的亲外甥。老兵们大声说是我们大家的亲外甥。他将造反派把贺老总留给铜牙子的信物铜花生抢去了的事说给老兵们，把刘早芹一家三口遭打的事说给大家听，把向云林和方佳楠被关的事说给大伙听，最后问老兵们该怎么办。老兵们齐声回答，听彭师长的，彭师长怎么办就怎么办！

彭瞎子就又问，大伙还是不是贺老总带出来的兵。老兵们大声回答是贺老总带出来的兵。

接下来他说，现在各方面都有些人，小人得志，助纣为虐，把贺老总搞下台了，真是无法无天，这是上面的人。下面的一些人呢，看到贺老总下台了，就开始反攻倒算，就整与贺老总有联系的人和事，就连打下红色江山的我们这层人也不会放过……所以呀，大道理不讲，我们要与他们打一仗，给他们些颜色看看，就是表明，我们还是贺老总带出来的兵，我们永远与贺老总在一起！这层意思，大家明不明白？

老兵们义愤填膺，扯尽嗓子大吼道：明白！

可是，彭瞎子却突然变了脸：我看哪，个别人就不明白！

彭瞎子的意思很明显，他对他们中的某一位极其不满意。

彭瞎子走到只有一条腿的张见岭面前，伸出手中拐棍，拐棍长了眼似的触碰到那条从膝盖处就断掉的残腿。彭瞎子敲了两下那断腿，大声喝问，张见岭，为啥最后一个赶到？

张见岭将手中当腿用的那根拐杖狠拄两下，地下发出笃笃的沉闷声响：报告彭师长，我住得远，又只有一条腿！

彭瞎子冷笑一声说，呵呵，你是说我眼瞎，看不见你只有一条腿！

彭瞎子接着说，一条腿？一条腿也不是你迟到的理由！

张见岭觉得惭愧，不作声了。

彭瞎子转身走了几步，不睬他了。彭瞎子咳了一声，清了嗓子说，除张见岭外，全体都听好了：我彭瞎子要亲自带你们去打造反派，让那些兔崽子们知道天有多高地有多厚，好不好？

老兵们高呼：我们准备好了！

张见岭气得呼呼喘粗气，胸脯一起一伏，愤愤难平的样子。他说，我要请问彭师长，为啥不让我去！

彭瞎子冷冷地说，你只有一条腿，不方便嘛！特殊一点嘛！那好，你就留下来，你来当总指挥，我彭瞎子带兵去打仗，好不好？

张见岭大声说，彭师长，见岭错了，不该迟到，可见岭要去……

彭瞎子说，不，你就留在家里，你当总指挥！

张见岭将拐杖又狠狠往地上拄了两下，地上发出更重的笃笃声。他实在是忍受不了彭瞎子这般奚落他，排斥他。恰此时，彭瞎子家那条卧在墙角的看门恶狗，见他样子过激，立马翻身爬起，朝他汪汪叫几声，警告他不要太张狂了。

张见岭真是忍不了，骂道，狗仗人势！连你个狗也容不下我张见岭了！

大伙就都看见，他从身上摸出一颗栗子大的石子来，手一扬，石子击在看门狗脑门上。看门狗哼了两声，声息而倒。

彭瞎子听见，他家的看门狗就在这一眨眼的工夫，倒毙于张见岭手中飞出的一颗石子。他面色铁青地走回张见岭面前去，伸出拐棍狠狠地敲他的断腿。一边敲一边问，你这是什么功夫呀？

张见岭竟得意地说，报告彭师长，小把戏而已！见岭天天上山放牛，就练这招，专打兔子和山鸡。我啥时都在练，等的就是这一天！

呵呵，练到这一天，你就杀我的狗啦！

报告彭师长，见岭不是这个意思！

那你是个啥意思嘛？打狗欺主。你不晓得这个理儿？

彭瞎子又敲一下张见岭的断腿，突然放声哈哈笑起来。笑过，大声道：你有这个功夫，我就放得心了。张见岭听令！

张见岭胸脯一挺，手中的拐杖和立在地上的那条好腿一并，做个立定动作：张见岭到！

彭瞎子说，今天，我就将这些老兵交给你指挥。仗怎么打，我不管，我只要结果。

张见岭大声说，是，保证完成任务！

彭瞎子最后敲一下张见岭的断腿说，不过，你打死我的狗这笔账，以后我还得跟你算。

张见岭显出高兴的样子说，是，彭师长！见岭认账！等这次任务完成后，您老就把见岭这条好腿剁下来吧！

张见岭得了指挥权，将老兵们分成三个班：行动一班，行动二班，两个班进城行动；另一个是机动班，等候在城乡接合部的路上做接应。

张见岭带领行动一班去了造反派的指挥部，那是原先的县文化馆大院。老兵们拿着红宝书，高喊着"军民团结如一人，试看天下谁能敌"等几条语录，以满头灰发老人的面貌突然闯进烟厂，与持枪的造反派们来个鼻子尖对鼻子尖，让他们无法开枪也不敢开枪。

紧接着他们出其不意，施展出空手夺白刃的功夫，将守在大门口、院子里、楼道口的造反派们手里的枪夺过来，并命令其他持枪人员一律放下武器，将所有人控制住。

挂着拐杖的张见岭与另一位叫杨武的老兵突然进入造反派头子李大江的办公室。李大江办公室另有三个造反派头目，其中一个就是王军犬。昨天晚上，王军犬突然有所警觉，张铁口是要搬什么硬角色要来找他取回铜花生，他怕一个人应付不了，所以一大早他就过来找李大江汇报铜花生一事。

张见岭进门就抡起拐杖，给来不及反应的四个人每人一下，都打在膝盖处。四人立马滚落在地，再无反抗能力。张见岭要李大江交出铜花生。李大江三十多岁，血气方刚，开始态度强硬，拒绝交出。杨武便像抓鸭一样，一只手拿住他的脖子，提起来，往地上狠狠了掼了两掼。李大江依然不愿交。杨武再次手拿他的脖子，喝问道：交，还是不交？又将他提起，做好要往窗外扔出去的架势。铜花生王军犬刚刚交上来，他还没来得及细看，就顺手放进办公桌抽屉了。此刻他突然盛满不知是对谁一腔怒火，可又实在忍受不住这样的折腾和侮辱，只好指指他的办公桌。杨武放下他，他像只泄了气的皮球，委在地上。杨武从他的办公桌抽屉里取出铜花生。

趁这工夫，张见岭一手拿住委顿在地的王军犬的后脖，提起来，猛地向下一掼，同时手上用劲一捏，算是给他一点小小的教训。他那脖子从此歪在一边，那样子好似是他鄙视某人，就扭脖乜眼作态，不想那一扭便再扭不过来。到他年老时候，他还是个歪脖子。

在王军犬杀猪般的哭叫中，挂着拐棍的张见岭带着老兵们离开。老兵们一边警戒，一边有次序撤退。

而几乎就在同一时间，行动二班的老兵们在厂院，也以同样的方式夺了造反派们的枪，将整个大院控制住，当得知王军犬已带着铜花生去了造反派头子李大江那里，估算行动一班那边已拿到铜花生，才按预定计划撤离。

两个班很快会合。这整个过程，两个班硬是未放一枪未费一弹。

只是，在向城外撤退途中，造反派满满两卡车的人追了上来。有两位老兵，用刚刚夺来的步枪，对准车头和车轮，一人只放一枪，卡车就动不了了。这让老兵们多少找到点战场的感觉。他们在新中国成立后已在家乡的山沟沟里憋闷得太久了。他们已有好多年没能像今天这样在枪口对枪口的锋芒中活过了。他们已有好多年没能像今天这样奔跑喊叫了。他们感谢手里的枪,感谢挑起这场大动静的俺王腊月和铜牙子,更感谢敢于向他们委以如此重任的彭师长啊!

两辆卡车瘫痪在路边,那些持枪的造反派们谁也不敢追过来,只是朝天乱放枪。刚放过枪的两个老兵因为找不着打击目标,便不再开枪。他们打了那么多年的仗,从最初打游击起,就把子弹看得金贵,现在虽然枪刚到手,两人各自只打一枪,可也不愿再打。打一枪,就得击中目标,对敌人构成创伤。再说,造反派那帮狗娘养的,已经不敢追过来,就自然不能打了。

撤退极其顺利。守在城边上的机动班老兵,虽然手痒难耐,还未与造反派打个照面,整个战斗就结束了。这让他们骂了半天娘,怪老天爷不给他们机会。

事后,彭瞎子总结说,整个战斗行动果敢,出奇制胜,撤退迅速,又消隐于无形,真正达到了快、准、稳的效果,大家勇猛机智不减当年!

造反派再去各公社、大队逮"地富反坏右分子",那些过去的老贫农、老民兵、老农协都会站出来阻止。造反派起高腔,上纲上线的。可没谁怕的,都用手里的锄头、镰刀死拦住,不让随便逮人。要不就是一把土铳抵在造反派胸前,怒喝一声,滚。就滚了。造反派从此失了势,再不好逮人斗人。

不久县里组织了十几个人的专案组,到处调查,最后谁也不敢下结论,是谁组织,又是哪些人参与了这次袭击行动。专案组有好几人去彭瞎子家调查这事,进门诚惶诚恐,态度极是谦恭,坐下来刚说了个话头,不料彭瞎子火冒三丈,说我一个瞎子,你们都不放过,都是些什么东西!有人挨了不问青红皂白的一棍子，都狼狈出门。彭瞎子是打下红色江山、功高盖人的老红军，挨了他的打，那是白挨。

六十五

女娃

初一初二不见月，

初三初四蛾眉月，

初五初六一把梳，

初七八九月半边，

十一二里月多半，

十五十六月团圆，

十七十八，月起庚发，

十九二十，人静亥时，

二十一二三，月起半夜间，

二十四五，月起鸡开口，

二十五六，月起一驾牛，

二十七八，月起相擦，

二十八九，日月一起走。

六十六

向云林屋老太

那次老红军出手的抢人事件后，向云林度过了他命里的最后几年。

向云林患有很重的哮喘，一到冬天就咳嗽不止。抢他回家时天还不冷，他的病没见发作。要是关到冬天，一经折腾，他的命很快会玩完。

俺家是一栋土墙茅顶屋。那是公爹时的老屋场，原先的屋是在俺一家到芭茅溪躲反时被白狗子烧掉了，新中国成立后回到洪家关那阵子，俺就带着立夏和蕙兰在老屋场上再建了。向云林一家回来后，是要长远过下去，就拿出他的钱买来椽、檩、瓦，换掉了茅草屋顶，原先是三大间，现在又在东头加盖一大间。屋修整好后，东头为大，俺还是让向云林一家三口住东边的两大间，俺一个人住西头一大间，余下的那间是共用的堂屋，屋前是用柴棍栅起的院子，俨然一院两家人的样子。开先，俺从不到东头去，向云林也不到西头来。倒是方佳南和毛毛每天都到俺西头来。俺要有啥事了找向云林商量，就站在院子里喊，毛毛，喊你爹出来，俺问他个事。那时向云林有病，已做不起挑担、挖地之类的活，俺就带着方佳南、毛毛把房前屋后的自留地和空地种满了菜，菜是两家人的，可以随意采吃。

毛毛常常夜里过来跟俺睡。俺听毛毛说，之前她在省城的一所学堂教书，如今她还是可以当她的老师的，可爸妈要走，她就连工作也不要，一起到桑植来了。毛毛还说，她本有个已谈了三年的对象，都快结婚了，可她爸被撤职后，她那对象就与她断了。

有天晚上，记不起啥事由了，方佳南终于与俺睡到了俺的床上。俺两个像好多年前睡在她省城的家的床上那样说起了女人间才说的话。俺说，向云林是犯了错误，可你没有。俺听说，你要与他打离婚划清界限，可保全你的工作？方佳南说，姐，你可别小看我，我不是那样的女人。俺说，那你是哪样的女人？她说，我也说不清，可我不会与他离的。俺说，那你怨他吗？她说，云林是个好人，他为救人命才犯错误的，要是我遇到那情况，也一样。俺就叹气说，你两口子下放来了，没啥要紧的，只要你两个感情好，走哪儿不是过日子！可就是亏了俺的毛毛，她是不该跟着受这个罪，下来当农民的。方佳南流泪了，说，毛毛这丫头犟，她生死要与爸妈在一起。方佳南又叹了口气，说，说来也怪你人太好了，毛毛说，她到桑植来，就想跟你一块儿过。方佳南这么说，其实是绕着弯夸俺，可俺听着更难过，觉得很对不起毛毛。

后来，因为向云林的病，俺就常到东头去。

向云林咳嗽时，翻江倒海，不管方佳南怎么为他捶背，帮他喝药，他咳得就是停不下来。毛毛就喊俺过去。俺去了，给他捶一会儿背，他就会停下来。要是俺坐那儿守他一阵，他会很安静地睡一会儿，打出的鼾声和风细雨一般。

向云林因为哮喘病还引发出其他几种病，拉不出屎，就是现今讲的便秘呀，是最折磨人的一种。每到他想拉却又拉不出来时，他会难受得嗷嗷叫。他就让方佳南帮他掏。方佳南不能掏，一掏，就作呕。每次她一掏，就急急冲出茅房，蹲在院坪里呕，呕得满脸的鼻涕眼泪。于是，俺就进去帮他掏。俺一掏一掏，他就拉出来了。俺一点不呕。俺除了用小棍儿掏，还能用手指抠。

俺问方佳南，你一个医生出身，怎么就不如俺一个大字不识一箩筐的农妇呀？方佳南说，她当医生当院长时，没遇到过帮人掏屎的事，她可能是这种体质，见不得这种邋遢事，就像有些人会晕血一样。俺就说，你说得有道理，这真不能说你娇贵。俺又说，他是你男人，撅着个屁股让俺掏，你心里醋不醋？方佳南说，他原先也是你男人，他啥你没见过？俺说，可他现今不是俺男人呀。方佳南说，那他就是俺两个的男人。

俺也无数次地想，世上的许多事，你是讲说不清：是医生，自己不能治自己的恶疾；是她男人，她却不能给他掏。这不是和种田的吃不饱饭，驾船的最后葬身鱼腹，扛枪的总被枪打死……一样的道理吗？

俺又想，向云林要不是犯错误下放回乡，他怎么能觉受出俺对他的好，怎么能觉受出老家人对他的好。老家人，还有俺对他的好，是打断骨头连着筋的好，是割得断脐带割不断血缘的好。再退一步说，向云林要是个伤天害理、十恶不赦的人，他要回乡了，老家人同样会收留他；他死了，老家的土地同样会温情地收葬他。他要不是因了下放，他怎么能觉受出平头百姓的真性情。看来，这世上的一些事，祸福总是相依相伴，同样一件事，明摆着是坏事，可细究细考一番，却并非又不是件好事呢？

后来，向云林对俺有依赖了，他咳嗽时，没俺照管，他总不能睡。有时，他连着咳了几天几夜后，为了让他睡一觉，俺就守在他的床前，连累得几天几夜没睡觉的方佳南，就只好到俺西头屋里去睡一觉。

俺就想，怎么就搞得他离不得俺了呢？这是不是老天给俺的一种谕示呢？

有一天，向云林突然有了好气色，他不咳不喘，拉屎也不难受了，好得跟没病的人一样。他一个人出去，随意走，不知不觉间走到坡上他爹坟上去了。那天俺不声不响地跟在他后面走。俺看见他在他爹坟前坐了很久，随后就靠着他爹的坟包睡着了。

那是秋收后的十月天，天气难得晴好，太阳光暖洋洋地照着，有一些暖和的风，绸缎一样奔跑过来，一层又一层，亲热着他，包裹着他。他很睡了一会儿。他醒了。他坐起来。就是这时候，有生以来第一次，他想跟他爹说说话。

他说，爹啊，我来看你。

他说，爹啊，我是没想到，你的坟场是这样好。他说，我走遍了大半个中国，天下最好的廊场，原来就是俺老家。

他又说，爹啊，我怕是活不了几天了，我死了，就跟你葬一块儿啦。

这天晚上，俺翻来覆去睡不着，突然像从前那样有了吃马桑果的冲动。俺翻身爬起，走到坡上去，采了把马桑果。不知不觉间，俺又到公爹坟上了。俺坐下来，把马桑果一颗一颗吃下去。从前俺吃马桑果的时候，能感受到遥远的向云林的存在。现在俺又感受到了向云林，他的身体正一点一点地死去。这时，那只叫女娃的鸟待在附近一棵马桑树上唱起来：

> 姐是一只彩凤身，
> 光阴远去负年春。
> 人生如同梦一场，

失了今生有来生。
……

　　女娃的歌是歌引子，听着她的歌，俺嘴上也就挂上一首歌来，俺唱起来，把洪家关惊醒了：

> 盼俺郎，望俺郎，
> 望得眼花脖脖儿长，
> 望得小孩生下又长大，
> 望得古树枯了又发芽。
> 一天又一天，
> 一年又一年，
> 俺的冤家啊，
> 怎么还不见你回转？
> 铁树开花俺望进了坟，
> 俺的冤家啊，
> 埋在高坡望来生。

　　这首恓恓惶惶的歌，浸泡着那些凄风苦雨的岁月。寡妇们全都从屋子里走出来，站在院子里，望着遥远的天空发呆，她们也都流下了泪水。

　　第二天早上，方佳南从睡得无声无息的向云林身边醒来，她起床后，到厨房烧了洗脸水，回头喊向云林起床，发觉他已死去多时。她有些慌张，可她没掉眼泪，她想了会儿，来到俺屋敲门，门没关，吱呀一声自动开了，她走到俺的床前，发觉俺也已死去。她这才伤心难过，落下泪来。她站在俺床前，她有些蒙。向云林死，她并不感到奇怪，她想不通的是，俺怎么也死了。她说，姐啊，死是啥好事啊？你跟着凑热闹！又说，他死你也死，你这不是打我的脸，诚心埋汰我吗？她想到俺死了，往后她可是遇事少了个帮她拿主意，帮她费心操劳的人了，这才放声哭起来。

俺说，俺的妹呀，俺是吃马桑果吃死的，其实俺是没想死的呀！从前，俺吃过马桑果，俺没吃死，可这回，怎么就吃死了呢？俺一个劲地这么跟她说，可俺的话，她是半句也听不到了。

在办向云林与俺的后事时，大伙让她拿主意，方佳南说，将他们两个埋一块儿吧，就埋在他爹旁边。从下放桑植到现今，她第一次有了决断。这时候，她才明白，往常，凡事她都习惯依赖俺。这往后，她变成个能干的爽利的人。为云林和俺办过后事，她找到洪家关大队的书记和大队长，要求为社员们做些事，她成了名赤脚医生，每天背着药箱，到各生产队巡回看病。有一次，她走在田间地头的时候，突然想起毛主席的话"农村是一个广阔的天地，在那里是可以大有作为的"，她觉得，这才是一种火热的生活，了不起的人生。向云林和俺死的那年，她五十岁不满。"文革"后，国家给下放的知识分子落实政策时，她还不到退休年纪，她又到县人民医院当了几年院长。退休前，她自作主张，将自己又嫁了一回，她那位老伴，也是一位下放到桑植来的知识分子，退休前，是桑植一中的教师。

俺的故事讲完了。

六十七

师长夫人

每天傍晚，俺都到春生的坟前去。除了陪春生说话，常常俺也站起身，踮起脚尖，手搭凉棚，朝通向县城的那条公路张望。当初那个雾罩盘绕有些清冷的凌晨，春生骑着大白马，和他的也骑着马的警卫员，就是从那儿走的。而在作别了俺的那个清晨之后的几天里，春生率领部队有效地阻击了敌人对洪家关的反扑。俺看见一个女人走出家门，走过村街，走到村街尽头那片马桑树林，然后站下了。这个女人就是俺。她站在那儿等她的春生胜利归来。天气晴好，阳光明媚。阳光穿过马桑树丛跃落到她身上。阳光亲近她，在她身上开一朵花，又开一朵花，开成无数光的花瓣。她清秀丰润的脸上便有了令人炫目的光影。一对相亲相爱的蝴蝶，衔头接尾，绕着她不停地转圈，最后落在她的头上。阳光的透视效果让这对绒脚的蝴蝶呈现出透明而斑斓的色彩。

俺看见一匹战马从路的尽头奔跑过来。奔至近前的时候，站在春生坟前的俺，看见站在村街尽头那片马桑树下的俺微微扬起下颌，俺看清骑在马上的正是俺日夜思念的春生。春生翩然下马。春生微微笑着，紧紧牵住俺的一只手说，我听到你唱的歌了。我们再也不分开了！随后春生将俺扶上马。就这样，俺骑在马上，春生牵着马朝前走去。这个时候，俺为春生唱起那首俺唱了无数次的情歌：

> ......
>
> 马桑树儿搭灯台，
> 写封书信与郎带，
> 你一年不来我一年等，
> 你两年不来我两年挨，
> 钥匙不到锁不开。

你知道，俺这样是盼不来春生的，因为春生一九二八年就已经死了。可是，你一定想不到，俺到底是盼来那个啥？那又是谁呢？这么跟你说吧，就像大冬天冰冻了的草木盼来了大地回暖的春天，俺盼到了——那是有关文常哥的好消息。

那是一九七五年七月的一天，由几辆草黄色的油布篷车（吉普车）组成的车队从县城驶向俺洪家关。车队在波光晃眼的玉泉河边停下。从车上走下来的十几个州里、县里的领导，呼拥着一个头发粗硬而灰白、神态举止酷似将军的老者。他们爬上河岸，走上田埂，来到一块稻田边站住了。

那块稻田正是前些年拆了房屋、平整过的文常哥的老宅基地。

那天是个难得的风和日丽的日子。洪家关上千亩由水稻田组成的小平原上，每一株稻禾都已成熟。它们正弯下沉甸甸的身子，等待着几天之后人们来收割。一阵风儿吹来，一排排稻浪从田畴的那头滚过来。阳光大团大团地泼洒，使得金波黄浪间弥漫起一阵阵庄稼和泥土的芳香。后来人们回忆起这天的事情的时候，就好像闻到了那一阵阵混合着庄稼和泥土的新鲜气息。

后来据当时随行的县里的工作人员说，站在田埂上的老者以十分平静的口吻询问县长，桑植县这些年的水稻产量怎样？

县长实话实说，桑植九山半水半分田，产下的稻谷养不活五分之一的人，群众的口粮主要还是靠杂粮。很多山区，一年到头，只能混个半饱。

老者的脸色一下子变得像淬过火的铁块，说，贺老总的老屋基都开成了稻田，群众还吃不饱？

这话要是丢在地下，保管能砸出坑来。可这话是说给县长听的。县长直噎得无地自容，羞愧难当。

这位老者称文常哥为贺老总，可见得他与文常哥有着不同一般的关系。

这位老者叫张平化，是当年的中共湖南省委第二书记。他是文常哥的老部下，后来听说，长征时，他先后担任红二军团四师政治部主任、红二方面军政治部宣传部部长和红三十二军政治部主任。后来桑植县志对他这天的到来是这么记载的："张平化同志到桑植县亲自组织贯彻学习中共中央为贺龙平反的决定精神；为贺龙故乡洪家关筹建洪家关中学，实现贺龙生前夙愿。"

俺要补说两点的是，一是一九七四年的九月，党中央就已经发出了《关于为贺龙同志恢复名誉的通知》。二呢，一九八二年十月，党中央认为前一次对文常哥的平反不彻底，有些提法有错误，就再一次为文常哥昭雪，彻底平反，恢复名誉。你去查查，看史志上是不是这样说的。

文常哥得到平反，也给俺的生活带来了天大的变化。

那天，张书记勘察打算要修建的洪家关中学校址时，不经意走到了一座坟前。县里的同志告诉他，那是红军师长贺锦斋的坟。他低头默立了一小会儿。当听说贺师长的遗孀戴桂香就是俺的情况后，他说马上要见俺。

那天俺伙在一群年轻妇女中，正在一条水渠里清除淤泥。当生产队把一身泥水的俺带到那些陌生人面前的时候，俺就是一副勾头弯腰的样子。可让俺没想到的是，张书记拉着俺的手让俺坐下来，他叫俺嫂子，和气得就跟亲弟弟一样。

张书记对俺说，嫂子，你坐下。

可俺害怕，不敢坐。俺坐下了又起身，两腿打着战。

俺是连看一眼张书记都不敢，可那会儿，俺分明听到了啥？是的，俺听见了。俺是听见张书记心头咯咯地一热，喉头哽了一哽，泪水就止不住在眼里打转了。是的，他的泪水在眼里打转也是俺听见的。俺不骗你。俺是不敢看张书记一眼，可俺能听见这些。真的，这是俺听见的。你要相信俺这话。你往书上写这事的时候，一定得写是俺听见的。你要写这事，就写是听见的，别写是看见的。因为那会儿，俺还不敢看张书记呢。要不，你就干脆别写这件事了。

张书记对着俺，把腰深深地弯下去说，嫂子，我向您赔罪了！

俺这意思你要听明白，张书记这是向俺鞠躬啦。

俺惊惶得哟，话都说不连句了：你，你，你是谁？

张书记仍是像亲弟弟样子对俺说，我是贺老总手下的一位老兵，受党中央、毛主席的指示，今天为贺老总的事来的。咱们为贺老总平反，把贺老总的老屋再建起来……从今往后，您的日子也会好起来的……

俺声音哆嗦着问他，你说的可都是真的？

张书记平和地、一字一句地跟俺说，我说的千真万确。您别怕啊！谁也别怕！

俺的眼泪哟，下大雨一样，哗哗流下来。只是从怕到惊再到喜，俺承受不住这忽而从地上升到天上，全身酸软得像件衣服掉落在地。张书记搀着俺坐下。

待俺坐下，场面上静下来，鸦雀无声。张书记对桑植县几个主要领导开了金口，要他们为俺办好两件事：一、戴桂香的富农成分，土改时划分不当，得适当纠正为小土地出租者；二、戴桂香应该享受红属待遇，这么大年纪，再不要让她参加劳动生产了，而且要立即送光荣院养老。

当天晚上，俺就住进了光荣院。俺的故事，讲到这儿也可以作结了。从那天起，俺又活二十年。这二十年，俺都是在洪家关光荣院度过。光荣院二十年的日子，平静而安逸，俺过得心宽体胖。

青松与毛毛养儿育女的事，俺都没帮衬上啥。不是俺不愿，也不是俺人老力衰做不动，而是青松与毛毛两个孝敬俺，不让俺沾手家里的事。平常，家里做了啥好吃的就让孙娃们从光荣院把俺拉回去，等俺坐上首了，等俺开筷了，孙娃们才能吃。光荣院每月都发点零用钱，逢年过节时，县里、乡里的领导来光荣院看望俺这些红属，也给点红包，俺的钱全给孙娃们攒着呢。买吃的，买本子、笔、连环画，也买衣服、鞋。跟你说哇，俺疼孙娃们，不光是疼在心上，也疼在钱上的。

对了，俺在生时还见到了春生呢。只是后来，青松与毛毛生养下的五个孙娃是遇上了国家搞计划生育，只为俺和春生生五个重孙。春生后继有人，香火不断，你说，这算不算俺这辈子的一大功德呢？

要说俺还有啥故事，便是与《马桑树儿搭灯台》这首望郎歌有关。俺养成了一个爱好，就是不断采折马桑树枝，俺的房里的箱柜上，有一个白色的玻璃花瓶，里面啥时都插着俺采折来的马桑树枝。每个早晨太阳升起的时候，或每天黄昏夕阳沉落直到夜色弥漫大地，俺似乎总是坐在春生的坟前，为春生唱歌，陪春生说话。光荣院的老人们常听到俺说的一句话就是——

你得等着俺，俺死了，还与你在一起！

俺嘴里、心里永远唱着的，便是《马桑树儿搭灯台》这首望郎歌；俺唱着《马桑树儿搭灯台》，守着俺的永远只有二十七岁的男人春生……

这就是俺生命的最后的二十年生活。世界是那样平和，那样恒常。因为守着春生，在俺看来，生与死就没了边界。

六十八

刘大兴屋老太

就在张首长为贺文常平反的事来洪家关的那一次，李参谋拉着俺的只有十一岁的小孙子国强，找到张首长，跪下来，请他出面，寻找一位叫陈荣丰的红军营长。本来，李参谋是要拉俺女婿陈学文去找张首长的，学文死活不去，然后又拉早芹去，早芹也不去，结果他只拉了国强。张首长让李参谋站起来说话。李参谋硬要跪着说。张首长拉他不起来，就让他跪着说。李参谋说他当年就是陈荣丰营长的参谋兼文书，脚受伤了才留下来的；说陈营长的儿子陈学文在红军长征前就寄养在他

♪ 264 ♪

的警卫员刘大兴家；说眼前随他一起跪着的就是陈学文的第三个儿子；陈学文的老太早芹是陈营长的警卫员刘大兴的闺女……李参谋强调说眼前随他跪着的这个娃就是陈营长的第三个孙子……李参谋把他想到的都讲了，最后他向张首长打问，陈营长是不是还活着？刘大兴是不是还活着？要是还活着，为啥两个人都不回来？而要是死了，他李长桐和他两个的亲人至今却是不知晓他们死在哪方天地。所以，请求张首长替他打听这两个人的下落，是死是活，他和他们两个的亲人都要个响落。

张首长耐心听李参谋诉完，随后紧紧握着仍跪在地上的李参谋的两手说，我向你保证，陈荣丰还活着！接着张首长说，至于陈荣丰现在在什么地方，他为什么这些年不回来，我现在不好跟你解释。可是我以贺老总部下的一位老兵的名义向你保证，我一定为你联系到陈荣丰，告诉他，他的参谋，他的儿孙盼他回来盼了好多年。张首长问李参谋，我这么跟你作保证，你相信吗？

李参谋站起身说，我相信！

最后张首长说，你相信就好！可你也得耐心等一等，一年，两年，也许三年，也许四年，陈营长一定会来看你们！要是不相信我老张说的话，你李参谋可以到省委吵去、闹去，你可以造我的反！

张首长都把话说到这个份上了，李参谋不敢不信了。

后来，张首长离开洪家关的时候，乡亲们都看见，张首长深深地弯下腰去，向乡亲们、向洪家关的土地鞠躬呢！

于是就等。

头一年，陈营长没见回来。

第两年，没见回来。

第三年，还是没回来。

到第四年，是一九七九年了，陈营长回来了。

陈营长是一个人悄悄回来的。他先是到贺文常的老屋瞻仰。这时桑植县政府已在贺文常老屋宅基上，按原先的样式和规模重建了一栋屋。那天吃过早饭，李参谋扛着锄头下地去，几个孩娃打起飞脚跑到他的面前说，来……来了！……来了！

李参谋问谁来了。

孩娃们说，一……一个老头，头发半黑半白，在文常爷爷屋……屋里转好半天了，又是……又是鞠躬，又是……又是抹泪的……

李参谋站下来问，那他是谁呢？

孩娃们说不晓得。

李参谋说，不晓得？那跑来干啥，看上气不接下气的。

孩娃们说，不是，他从文常爷爷屋出来，打听你和学文叔呢。

李参谋声音打颤了，说是吗，是吗……

李参谋丢了锄头，拔腿就向洪家关村方向去了。他跛着个脚，一高一低，一低一高，却走得飞快。

李参谋过去时，陈营长也快步往这边赶。两人在洪家关村挨着枫坪村的一段坡路上相遇了。

这两个人一个往坡下去，一个往坡上来。

这两个人越走越近了。

远处、近处的乡亲们见了，也都慢的呀，快的呀，靠拢来了。

这两个人很近了。

这两个人都站住了。

这时，正往这边靠拢的乡亲们就都看见，李参谋整扯下衣装，随后两手端在腰间，腾腾腾小跑到那陌生的老人面前，李参谋立定，又敬礼，又扯尽嗓子喊：报告营长，红军战士李长桐报到！

平日里像温暾的水一样的李参谋，这一举动大出乡亲们意料。他除了跑步上前时一高一低的步态有些难看和惹笑外，他的所有动作毫不拖泥带水，做得那么标致和洒脱。这时，他行军礼的右手就停定在额前。大伙看见他腰板挺得笔直，目光平视，坚定而笃实，他的脸肃然俊气。

那老人也神情端肃，向李参谋行一个礼，大声道：红军战士李长桐，执行任务坚决，意志坚定，抛家离亲，机智勇敢，不怕牺牲，任务完成得好，精神可嘉，营长陈荣丰同意你归队！

乡亲们听得清明，就都晓得这是李参谋和陈学文一家人盼了多年的陈营长了。

乡亲们看见李参谋放下举在额前的右手，一高一低地小跑，跑到陈营长身后。陈营长就带着这个才只有两人的队伍出发了，向坡上走来。走到坡头，陈营长让队伍解散。

乡亲们也都拢到坡头来。

这时，俺闺女、女婿和几个孩娃，都各自从屋里，从坡地上靠拢来。就在那坡头上，陈营长和他的儿呀，媳呀，孙呀，相认了。那场面，说不上皆大欢喜，说是悲悲戚戚、恓恓惶惶倒还差不多。这事就不说了。

后来，就都坐在那坡头上了。

陈营长是这么跟李参谋讲他这些年为啥没回来找他们：战争年代，他南征北战，长征，抗日，打老蒋，最后是到朝鲜打老美，一直马不停蹄，一直打仗……仗打完了，他又带着部队随王震将军去了新疆垦荒。几年后，又带部队来到一大片戈壁滩上，保卫科学家造原子弹……后来，"文革"了，他又坐了十年牢……他原以为，刘大兴一家人都不在了，儿子也不在了，就没回来找……又想过，兴许儿子还在，可也是别人家的孩子了，养生打熟，早与人有了抚养情分了，要回去找，不就是夺人之爱吗……还是三年前，刚从监狱出来，就接到张首长的亲笔信，说儿子还活着，李长桐还活着，孙子有三个，正盼星星盼月亮地盼着他回去呢……直到今年，他平反了，才回来的……

陈营长说，我回来迟了！

陈营长又说，他是在新中国成立后，经组织牵线搭桥，与部队文工团一位女团长再婚的，他们只生两个女儿。陈营长仰天长叹说，共产党人不信什么儿呀孙呀传宗接代呀封建的那一套。可作为一个有宗有族的人来说，他要感谢李长桐，感谢刘大兴老太保护了他儿子陈学文，并将早芹嫁给学文，为他生养下三个孙子，他还要感谢贺老总的家乡人，感谢桑植这块土地，把他的根留在了这里。

陈营长流着泪说，长桐呀，你和桑植的乡亲们，是我的恩人！桑植的土地，是我的恩人！

俺的故事，讲完了。

六十九

女娃

一个鸡蛋两个黄，
一个姐儿想十郎，
想个大郎当大官，
想个二郎开钱庄，
想个三郎卖绸缎，
想个四郎开盐行，
想个五郎做木匠，
想个六郎做和尚，
想个七郎做郎中，
想个八郎开药房，
想个九郎卖生姜，
想个十郎卖砂糖。
要扯布来有绸缎，
要吃盐来有盐行，
要打官司有大郎，
要用钱来有钱庄，
要修屋来有木匠，
要念咒语有和尚，

要看病来有郎中，
要吃药来有药房，
肚子疼来有生姜，
孩娃哭来有砂糖，
左思右想无定准，
不知要嫁哪个强。
······